ABSEITS DES EISES

Chesterford Coyotes 1

RJ SCOTT

V.L. LOCEY

Übersetzung
XENIA MELZER

Love Lane Books

Abseits des Eises

Abseits des Eises (Chesterford Coyotes 1)

Copyright 2023 RJ Scott, Copyright 2023 V.L. Locey

Cover: Sarah Chreene

Lektorat englische Ausgabe: Sue Laybourn

Übersetzung: Xenia Melzer

Veröffentlicht von Love Lane Books Limited

Korrektur: Eva Melzer

ISBN - 9781785646393

Alle Rechte vorbehalten

Eine Coming of Age Liebesgeschichte mit High-School, Hockey-Rivalitäten, Freundschaft, Familie und Coming out.

Sorens Welt verändert sich auf einen Schlag, als er und sein jüngerer Bruder von Hockey-Adel adoptiert werden. Sein neues Leben zu begreifen, ist schwer genug, doch als er in einer Privatschule angemeldet wird, bedeutet das, dass er sich einer ganzen Reihe neuer Probleme stellen muss. Durch Freundschaften, Familie und Hockey zu navigieren ist eine Sache, aber sich zu dem Jungen hingezogen zu fühlen, der ihm auf die Nerven geht, ist eine ganz andere.

Felix muss einen Ruf schützen. Er ist der Junge, der alles zu haben scheint, aber Äußerlichkeiten können täuschen. Mit seinen Lügen über sein perfektes Leben hat er eine Fantasiewelt geschaffen, an die er mittlerweile sogar selbst glaubt. Nur, dass es nicht lange dauert, bis alles in sich zusammenfällt, all seine hübschen Lügen kommen ans Licht und nur sein größter Rivale sieht durch seinen Schmerz hindurch und steht zu ihm.

Kämpfen ist einfach, Freundschaft ist schwierig, aber Liebe ist alles.

Widmung

Für meine Familie, die mich und all meine Marotten
und Eigenheiten akzeptiert.
Sogar die Plastikbanane in meinem Holster.
VL Locey

Immer für meine Familie.
RJ Scott

Glossar

Erläuterungen:

Die Geschichte spielt an einer amerikanischen Ganztagsschule und viele Begriffe sind nur schwer ins Deutsche übertragbar, weil das System sehr unterschiedlich ist. Darum hier eine kurze Erläuterung der Begriffe, die nicht oder nur sehr umständlich zu übersetzen gewesen wären.

AP-Fächer: Das sind an der Gesamtschule die Leistungsklassen, vergleichbar mit den Leistungskursen vor dem Abitur, nur dass die Schüler in jeder Jahrgangsstufe danach eingeteilt werden. Es gibt also in jedem Jahrgang für jedes Fach mehrere Klassen, die unterschiedlich schweren Stoff vermitteln.

Freshman: Studienanfänger. Jemand, der das erste Jahr an der High-School oder der Universität ist.

Sophomore: Schüler im zweiten Jahr an der

High-School. Entspricht grob der 10. Klasse in Deutschland.

Senior: Schüler im vorletzten und/oder letzten Jahr an der High-School, je nachdem auf welche Art von High-School (vierjährige High-School – wie in der Geschichte – oder Junior und Senior High-School) die Person geht. Nach dem Abschluss folgen zwei Jahre *College*, danach geht es an die *Universität*.

Abseits des Eises

EINS

Soren

„… ein guter Sommer, in dem ihr Spaß hattet und dennoch so viel wie möglich geübt und trainiert habt. Willkommen im JV Hockeyteam, das nicht nur eine Verantwortung gegenüber euch selbst ist, sondern auch gegenüber eurer Familie und, vielleicht die größte von allen, gegenüber der Chesterford Academy."

Coach Sennett machte eine Pause und schaute sich im Raum um. Ich hatte letztes Jahr eine ähnliche Ansprache gehört, nur dass ich damals der Neuling gewesen war, mir meines Platzes in der Welt, ganz zu schweigen vom Team, unsicher.

„Vergesst nicht, dass das, was ihr hier auf dem Eis erreicht, euch den Rest eures Lebens begleitet. Wonach ihr schulisch strebt, wird das ebenfalls tun. Wir haben ein paar unserer Seniors verloren, aber wir haben neue Gesichter aufgenommen und wir werden hart daran arbeiten, zunächst als Team zusammenzufinden und dann werden wir die Champions werden, die wir sein können. Go Coyotes!"

„Go Coyotes!"

Wir schrien und beklatschten die Rede von Coach. Wir alle respektierten unseren Coach, weil er ein guter Mann war, warm und offen gegenüber all seinen Spielern. Er hatte siebzehn Jahre lang in der AHL gespielt, dann diese Stelle angenommen, nachdem er mit dem Spielen aufgehört hatte, und sein Wort war Gesetz.

Als er und die anderen Coaches – beide Freiwillige – ebenso wie Mr Holley, unser Hockey-Direktor, die Umkleide verlassen hatten, schauten wir uns an. Coach hatte recht, es *gab* neue Gesichter. Einige Freshmen, die es geschafft hatten, die offenen Stellen im Team zu besetzen, aber es gab auch Sophomores – wie mich – und es war die Aufgabe der älteren Jungs, den jüngeren zu helfen.

Shaun Stanton stand auf und wandte sich an alle, von der gehobenen Position aus, im letzten Jahr der beste Spieler des Teams gewesen zu sein. „Na gut, Connor Clooney, unser vorheriger Kapitän, spielt jetzt in der College-Auswahl, darum werden wir nachdenken und einen neuen Kapitän wählen müssen. Die Wahl wird über die nächsten zwei Wochen laufen, also denkt gut darüber nach, von wem ihr denkt, dass er diese Rolle am besten ausfüllen wird." Er lächelte die Neulinge an. „Ich weiß, dass ihr Neuzugänge uns nicht gut kennt, aber wir sind alle wunderbar, klug und unglaublich gut aussehend." Wir alle lachten. Das stimmte offensichtlich, aber wir alle wussten, dass wir Shaun zu unserem neuen Kapitän wählen würden. „Ihr werdet uns im Laufe der Trainings vor der Saisoneröffnung gegen die Altoona Hawks besser kennenlernen."

Wir alle buhten beim Namen unserer Gegner. Die Freshmen stimmten ein und wir bauten bereits eine Verbindung auf. Coach wäre so stolz. Über den Blödsinn lächelnd, den Shaun von sich gab, schaute ich mich im Raum um, war glücklich, für eine weitere Saison zurück zu sein. Mir gefiel der Sport und viele Leute dachten, dass ich ganz sicher darauf aus war, Profi-Spieler zu werden, da einer meiner Väter – Tennant Madsen-Rowe – ein Hockey-Wunderkind war und für die Harrisburg Railers spielte, nicht zu vergessen, dass mein anderer Dad – Jared Madsen-Rowe – Coach bei den Railers war und in der NHL gespielt hatte. Ich war mir aber nicht sicher, ob es das war, was ich mit meinem Leben machen wollte.

Ich arbeitete wirklich gern mit Kindern, also vielleicht ein Jugendberater? Ich wusste, wie es war, im System zu sein, bevor ich das Glück gehabt hatte, adoptiert zu werden. Aber ich hatte noch Zeit, es mir zu überlegen. Wie mein Dad, Jared, gesagt hatte: „Es besteht kein Grund, deine gesamte Zukunft zu entscheiden, bevor du überhaupt fahren kannst."

Nicht, dass Fahren in so weiter Ferne lag. Im Oktober wurde ich sechzehn.

Meine Adoptiveltern waren cool. Jared war cool. Genau wie Ten. Ich hätte mir keine besseren Väter für mich und Milo wünschen können. Ich hätte nicht mehr Glück haben können.

Lautes Lachen kam aus der hinteren Ecke, in der Felix Maxwell-Sinclair Hof hielt. Ugh. Dieser Typ war ein absoluter Arsch und die einzige Person aus dem Team vom letzten Jahr, die ich verabscheute. Ich war mir nicht sicher, wie er überhaupt Eislaufen konnte, weil er, bildlich gesprochen, so einen fetten Schädel und einen Stock weit in den Hintern geschoben hatte. Klar, er war niedlich, heiß sogar, aber Mann … dieses Aussehen glich seinen unterirdischen Charakter nicht aus. Er war das reichste Kind auf dem Campus und hatte zwei schwerfällige, strohdumme Arschkriecher, die ihm überallhin folgten und die laut über alles lachten, was Felix sagte. So wie der Arsch auf den Hinterkopf meines Freundes Tyler schaute, wollte ich wetten, dass er etwas Gemeines von sich gegeben hatte.

Tyler − mein Kollege im Flügel − spannte seine Schultern an und dann drehte er sich zu Felix, sagte etwas. Felix trug dieses verächtliche Lächeln, das ihm eines Tages jemand aus dem Gesicht schlagen würde und ich hoffte, dass ich da sein würde, um es zu sehen.

Gerade als ich darüber nachdachte, wie Felix' Gesicht einer Faust begegnete, sprang er auf, schubste

Tyler und sprang auf den kleineren Jungen, als Tyler von der Bank auf den Boden fiel. Ich reagierte sofort und war innerhalb von Sekunden im Getümmel, rollte Felix mit einem Bodycheck von Tyler herunter, der jeden der Railers von den Kufen gerissen hätte. Nicht wirklich, aber es klang gut. Tyler war kleiner als die meisten, blitzschnell auf dem Eis, aber wir beschützten ihn – ich beschützte ihn.

„Geh von mir runter, verdammt!", knurrte Felix, versuchte, mir eine zu verpassen, während wir um die Kontrolle kämpften. Er war stark, hatte ungefähr meine Größe und mein Gewicht, aber ich hatte den Vorteil. Dachte ich zumindest. Er zog seinen Arm blitzschnell zurück, traf mich am Mund. Mein Vorderzahn grub sich in meine Unterlippe und ich schmeckte Blut, was mich irgendwie wütend machte. Wir kämpften unter den Rufen unserer Teamkollegen, bis ich es schaffte, ihn unter Kontrolle zu bringen. Zum Großteil.

Er lag auf dem Boden, sein Gesicht in zwei verschwitzte Sneaker gedrückt, die vor einem Spind lagen. Ich drückte mein Knie in seinen Rücken, während die anderen Jungs sich beeilten, Tyler aufzuhelfen.

„Was zur Hölle, Sinclair?", bellte ich Felix an. Wir benutzten nie unsere vollen Nachnamen, nicht, seit er entschieden hatte, dass schwule Väter zu haben bedeutete, dass ich es nicht verdiente, beide Nachnamen zu bekommen. Wie auch immer. Er hasste es, dass ich bei ihm dasselbe machte und das war nur ein weiterer Punkt gegen diesen verdammten Idioten.

„Geh von mir runter, Rowe!", knurrte er, fügte diesem Kommentar noch etwas hinzu, das schwer zu verstehen war, weil sein Gesicht in einen schmuddeligen, feuchten, grau-schwarzen Nike gedrückt war, der einem der Jungs gehörte, die über den nassen Sportplatz hierhergelaufen waren. Caleb hatte die Sneaker ausgezogen, um seine Socken auszuwringen, musste seine stinkenden Füße aber erst noch wieder bedecken.

Caleb hörte aus irgendeinem Grund gern, wie wir uns über den Gestank seiner Füße beschwerten. Der Typ war seltsam.

Es klang, als ob Felix vielleicht ein Queer-Schimpfwort benutzt hätte, aber ich konnte mir nicht sicher sein, ob es das Schw-Wort war, obwohl ich schon gehört hatte, wie er es in den Mund nahm. Er sollte es sich genau überlegen, das vor mir zu benutzen. Meine neue Familie war ziemlich queer, genau wie ich und ein paar der anderen Spieler. Coach ließ auch keine rassistischen, sexistischen oder homophoben Bemerkungen durchgehen. Ich hatte Felix schon einmal eine verpasst, vor einiger Zeit, als er angefangen hatte, Scheiße über meine Dads zu reden, aber das hatte damit geendet, dass ich und meine neuen Dads in einem Büro saßen und ich mich fragte, ob sie mich wieder zurückschicken würden.

Natürlich hatten sie das nicht gemacht — sie liebten mich und Milo und wollten uns als ihre Söhne, zusammen mit ihrer Tochter. Wir waren eine Familie und es war alles offiziell. Dennoch bedeutete der Gedanke, dass ich vielleicht meine Dads enttäuschen könnte, dass ich wirklich versuchte, mich von Felix nicht provozieren zu lassen und ihn erneut zu schlagen.

Aber er hatte Tyler angegriffen und das war nicht richtig.

Ich schaute durch meinen Vorhang aus dunklen Haaren auf, die wirklich geschnitten werden mussten, sah, dass Tyler wieder stand, zitterte. Ich schluckte Blut, sprang von Felix herunter, bevor ich stolpernd auf die Füße kam und ein paar Schritte rückwärts machte, um ihm Platz zu geben. Er kam auf seine teuren Sneaker, die blonden Haare hingen in seine Augen, Schlamm war über seine Wange und den Mund geschmiert und er starrte mich finster an.

„Verpiss dich auf der Stelle, Rowe!", schrie Felix, zog denn seinen Handrücken über sein Gesicht.

„Was ist passiert?", fragte jemand aus dem Team.

Tyler fing an, über Frühstücksflocken zu plappern, und dass er hoffte, seine Mom hatte Milch gekauft, damit er sich mit Count Chocula vollstopfen konnte, wenn er nach Hause kam und dass er dachte, dass Felix vielleicht keine Frühstücksflocken mochte. Nichts davon ergab irgendwelchen Sinn und ich musterte Felix, als er auf den Boden spuckte, dann die Leute wegschubste, um aus der Umkleide zu stürmen, sich nicht die Mühe machte zu erklären, warum er auf Tyler losgegangen war.

„Na schön, Sinclair ist offensichtlich kein Fan der Köstlichkeit, die Count Chocula darstellt", sagte ich laut, hoffte, die Dinge ein wenig zu deeskalieren. Ein paar der Jungs kicherten. Tyler warf mir einen Blick zu und zuckte mit den Schultern. Ich leckte über meine aufgeplatzte Lippe. Sie blutete immer noch. Ich war mir nicht sicher, wie ich die Lippe meinem Vater erklären sollte, wenn er mich in fünfzehn Minuten abholte, aber ich war der König des schnellen Denkens. Mir würde etwas einfallen …

„OKAY, willst du es mir noch einmal erklären?", fragte Dad, als ich mich auf dem Beifahrersitz anschnallte. Milo saß hinten, seine braunen Augen groß, starrte mich offen an. Er ging auch auf die Chesterford Academy, aber das Grundschulgebäude befand sich auf der anderen Seite des großen, grünen Campus.

„Ich bin gestolpert, als ich in die erste Stunde gegangen bin", erklärte ich, warf einen Blick nach hinten auf meinen zehnjährigen Bruder. Seine Augen waren so rund wie Radkappen. „Ich bin ein Tollpatsch."

„Deine Füße sind zu groß", sagte Milo, seine

Sorge schien sich aufzulösen, nachdem ich ihm ein schiefes Lächeln geschenkt hatte.

Lächeln tat weh, aber für ihn machte ich es. Dann lehnte ich mich noch mehr um den Sitz, um meiner kleinen Schwester, Lottie, zuzuzwinkern. Charlotte hatte dieses Jahr mit dem Kindergarten angefangen und saß lesend in ihrem Autositz. Das Mädchen las viel. Die ganze Zeit über. Vor allem einfache Worte, aber sie erweiterte ihr Vokabular täglich. Sie kam auch zu mir, damit ich ihr große Bücher vorlas und wir verbrachten Stunden zusammengekuschelt mit Fantasy-Büchern – ich, sie, Milo und unser Hund, Gordie, auf der Couch im Spielezimmer, wo wir alles über Drachen, Helden und Heldinnen und mystische Orte, die auf Wolken schwebten, lasen.

„Deine Füße stinken", erklärte Charlotte mir. Ich streckte ihr die Zunge heraus und sie kicherte.

„Soren, deine Lippe?", fragte Dad, brachte mich zurück zu meiner geschwollenen Lippe und der klaren Lüge, die ich mich entschieden hatte zu erzählen. Sie lag mir irgendwie schwer auf der Zunge. Oder vielleicht war es der widerliche Geschmack alten Blutes. Nein, es war die Lüge. Absolut. Ich löste meine Krawatte mit einem Seufzen.

„Gestolpert. Ich habe mir Chelsea Myers' neues Oberteil angeschaut und-"

„Schon gut, wir müssen nicht mehr ins Detail gehen", sagte Jared, verdrehte seine Augen in Richtung Rückbank.

„Warum hat sie ein neues Oberteil bekommen?", fragte Milo, während er versuchte, etwas unter seiner Sitzerhöhung hervorzukramen.

„Ist es rosa?", fragte Lottie hinter mir. Sie stand auf Rosa. Diese Woche. Letzte Woche war es Lila gewesen. Die Woche davor Rot. Was der Grund war, warum jeder im Haus jede Woche neue Manis/Pedis bekam. Wir alle trugen Chesterford-Uniformen in Rot, Schwarz und Blau, unseren Schulfarben. Lottie hatte einen kleinen Faltenrock in Dunkelblau, während Milo und ich Hosen trugen. Wie sexistisch konnte man sein, Schulverwaltung? Lebten wir in den Fünfzigern, oder was?

„Nein, es war weiß und flauschig", antwortete ich, warf Jared einen Blick zu. „Chelsea hat wirklich hübsche … Oberteile."

„Mm-hmm", murmelte Jared, während wir darauf warteten, dass vor uns die Kinder in ihre Autos stiegen. „Es ist gut zu wissen, dass die junge Dame attraktive Kleidung besitzt."

Jared war bi, so wie ich, darum verstand er die Sache mit den hübschen Mädchen in Oberteilen. Genau wie sein Sohn – jetzt mein Halbbruder – Ryker, NHL-Spieler, der auch bi, aber mit einem schwulen Mann verheiratet war. Genau wie Jared mit Ten. Wie gesagt, unser Haus war queer vom Keller bis zum Dach.

„Ja, wirklich schöne Oberteile." Ich lächelte, als

ich mir Chelsea vorstellte. Ja, sie hatte *unglaublich* schöne Oberteile.

„Versuch das nächste Mal, deine Augen dorthin zu richten, wo deine Füße dich hintragen, anstatt auf Oberteile", ermahnte Jared, entfernte sich vom Gehsteig, um einem goldenen SUV zu folgen, der sich vom Bring-und-Hol-Bereich vor dem Verwaltungsgebäude entfernte. Die Schulbusse, die Chesterford für Schüler zur Verfügung stellte, die innerhalb eines bestimmten Radius der Schule wohnen, waren bereits weg. Ich war fürs Abholen ein wenig spät dran, wegen des Hockeytrainings oder Hockey-jetzt-sehen-wir-uns-wieder-Tages, wie man es auch nennen konnte. „Wie war das ‚Willkommen zurück bei den Coyotes'-Treffen?"

„Oh, cool. Ja, es war nett."

„Nett. Gut. Nun, solange es nett war." Dad lächelte mich an, bog dann aus der runden Ausfahrt, um zurück nach Hause, nach Harrisburg zu kommen. Ich hatte bereits Hausaufgaben. Der erste Schultag und die Lehrer schütteten uns bereits mit Aufgaben zu. Ich meine damit, ja, ich war ein Einser-Schüler, aber mussten wir gleich am ersten Tag mit Mathe anfangen? Nein, nein, mussten wir nicht. Es war beschissen. So wie Felix Maxwell-Sinclair. Vielleicht war Felix beschissener. Es war schwer zu sagen.

ZWEI

Felix

Soren Rowe sollte an einem Sack Schwänze lutschen.

Die Leute starrten mich an – redeten über mich und fällten ein Urteil und das war alles Sorens Schuld.

Ich war Tyler angegangen – was hatte das mit allem anderen zu tun? Am wenigsten mit Soren, der wahrscheinlich allen erzählt hatte, wie er mich zu Boden gestoßen und mein Gesicht in einen Sneaker gedrückt hatte.

Arschloch.

Ich hob mein Kinn, ignorierte, wie alle mich anstarrten und hinter vorgehaltenen Händen tuschelten und entschied, dass ich, am zweiten Tag Schule, bereits mit niemandem etwas zu tun haben wollte.

Tyler hatte bekommen, was er verdiente, weil er gedacht hatte, er könnte damit durchkommen, mit mir zu reden, als ob das in Ordnung wäre. Es war schlimm genug, dass er gestern Morgen in *meinem* Haus gewesen war, als ich aufgewacht war – aber die Tatsache, dass seine Mom in unserer Küche gestanden war und Pancakes gemacht und zuckrige Frühstücksflocken verteilt hatte, als wäre sie meine Mom oder so, war ein Schlag in mein Gesicht gewesen. Sie hatte mich sogar gefragt, ob ich gut geschlafen hatte, und das ging einen Schritt zu weit.

Mom war erst seit drei Monaten weg und ich war am Boden zerstört, dass Dad so schnell in eine neue Beziehung tauchte – als ob seine Ehe nichts bedeutet hätte. Musste er wirklich jemanden übernachten lassen, nachdem ich mich gerade an die Stille im Haus gewöhnt hatte? Denn hier war er, lud eine fremde Frau in unser Haus ein, und schlimmer noch, sie hatte ihr verdammtes Kind dabei.

Tyler Corrigan – *der Schwule,* mit seinen unglaublich schlaffen Haaren und seinen Regenbogen-Ansteckern – hatte diese Art, mit mir reden zu wollen, nur weil mein Dad seine Mom flachlegte, als würde es mich kümmern, ob er atmete. Zur Hölle mit diesem Scheiß. Weder wollte noch brauchte ich jemanden, der meine Morgen durcheinanderbrachte oder zu mir kam und über verschiedene Frühstücksflocken plauderte, während seine Mom in *meinem* Haus, bei *meinem* Dad war.

Es gab keine schwache Hoffnung, dass vielleicht, eines Tages, Mom zurückkommen würde und wir eine glückliche verdammte Familie sein würden, weil sie es geschafft hatte zu vergessen, dass ich ihr *Sohn* war, aber das war ein Gedanke für einen anderen Tag. Die Scheidung war noch nicht einmal durch und auch wenn ich die beiden nicht wieder am selben Ort haben wollte, weil die Streitereien absolut wahnsinnig waren, hieß das nicht, dass Dad mir in meinem eigenen Zuhause ein anderes Kind aufzwingen konnte.

Miles und Jonah kamen neben mich – meine Barriere gegen das Geflüster – und ich spannte mich an, als Miles kicherte.

„Ich habe gehört, dass du Tyler gestern geschlagen hast und es war echt lustig." Miles grinste an meiner Seite. „Jemand in der ersten Stunde hat erzählt, dass du mit dem Gesicht voran in einem Sneaker gelandet bist-"

Ich warf ihm einen Blick zu und er hörte sofort auf, schrumpfte von seinen ein Meter zweiundachtzig auf nichts neben mir. Er mochte ja wie ein Ochse gebaut sein – er war ein Verteidiger im Football – und hatte eine Reihe heißer Freundinnen, aber *sein* Dad arbeitete für die Firma *meiner* Mom, die immer noch Büros in Harrisburg hatte und das verschaffte mir in seinem Leben einen einmaligen Status. Dasselbe galt für die andere Hälfte des Duos, das mir überallhin folgte – Jonah – dessen Tante ebenfalls für meine Mom arbeitete und er war nur wegen dieser Beziehung überhaupt an dieser Schule. Sie waren keine Freunde, es sei denn, ich sagte es und sie schuldeten mir und meiner Familie etwas, sie beide. Das Letzte, was ich brauchte, war, dass einer von ihnen kluge Sprüche darüber machte, wie ich auf dem Hintern gelandet war.

Geld zieht Geld an und Miles war ein Idiot, aber wenn er und Jonah den Mund hielten und mich bei allem, was ich machte oder sagte, unterstützten, dann dienten sie einem Zweck. Weder wollte noch brauchte ich Leute, mit denen ich herumhängen konnte, darum waren sie als Front ziemlich nützlich. Ich brauchte Freunde ungefähr so dringend, wie Soren Madsen-Rowe, der sich in einen Kampf zwischen mir und Tyler mischte, wenn Tyler das absolut verdiente. Meine Hand schmerzte immer noch, wo sie auf Sorens Kiefer getroffen war, aber das befriedigende Gefühl, ihn geschlagen zu haben, war jeden Schmerz wert, mit dem ich aufgewacht war.

Denke ich.

„Vielleicht ist Soren derjenige, mit dem du reden musst", bemerkte Jonah tapfer, nachdem ich Miles mit nur einem finsteren Blick gewarnt hatte, den Mund zu halten. Soren war die eine Person in dieser Schule, der es egal zu sein schien, wer mein Dad war oder ob ich Sorens neue Dads fünf Mal kaufen und verkaufen konnte. Er konfrontierte mich bei jeder Gelegenheit, stellte sich mir auf den Fluren, gab mir Checks auf dem Eis und, das Schlimmste, es gefiel ihm, mit seinen großen dunklen Augen und seinem ausdrucksstarken Lächeln und seinen, ebenfalls albernen, welligen Haaren, die in jede Richtung flogen.

Hatte er noch nie etwas von Haargel gehört?

Soren hatte mit seiner Adoption Glück gehabt, eine Mitleidsvermittlung an den NHL-Star Tennant Madsen-Rowe und seinen Ehemann, aber er hatte keinen Stil oder Ehrgeiz oder Geld. Er war von Anfang an nichts gewesen und würde am Ende nichts sein, aber dennoch, er ging mir unter die Haut und die Katastrophe vom Vortag war keine Ausnahme. Er hatte mich von Tyler heruntergezogen, war mir so nahe gewesen, hatte auf mich geatmet, meine Jacke zerknittert und, was noch schlimmer war, er hatte gegen mich gewonnen.

Nur, weil ich nicht vorbereitet gewesen war.

Hatte nichts mit der Tatsache zu tun, dass ich derjenige gewesen war, der die Kontrolle verloren hatte.

Ich entdeckte Tyler erneut, bei seinem Spind, wie er über sein Oberteil rieb – er hatte sich wahrscheinlich wieder die Hälfte seines Mittagessens darauf gekleckert, wie üblich – und ich ging mit einem scharfen „*kommt*" an Miles und Jonah auf ihn zu. Ich war nicht dumm. Ich überprüfte zuerst, ob er allein war, da ich keine Wiederholung vom Vortag wollte, während der Rest des gottverdammten Hockeyteams in einem Kreis um uns herumstand.

Ich drängte Tyler gegen den Spind, amüsiert darüber, dass er mir ein zögerndes Lächeln anbot und zufriedener, dass ein Hauch Furcht über sein Gesicht huschte. Er sollte mich fürchten. Ein Wort zu meinem Dad und seine Mom würde so schnell aus dem Bett meines Dads fliegen, wie ich ihn gegen die Bande schubsen konnte.

„Mein Dad mag ja deine Mom ficken", knurrte ich leise.

Er zuckte zusammen, schien dann zusammenzusinken. „Er macht das nicht-"

„Halt den Mund."

Tyler war ein dünner Junge, drahtig, schnell auf seinen Kufen für unser Team, aber ich war größer und ich konnte ihn auf der Stelle zerbrechen, wenn niemand in der Nähe war, der für ihn kämpfte. „Du sagst deiner Hure von einer Mutter, dass wenn sie es wagt, sich oder ihren Müll noch einmal in unser Haus zu bringen, es Ärger geben wird."

Tyler murmelte etwas.

Ich beugte mich näher, sodass sein Atem über meine Wange strich. „Spuck es aus", sagte ich.

„Er ist nett zu ihr", platzte Tyler heraus. „Sie mag ihn."

Ich schlug meine flache Hand gegen den Spind und er wackelte und Tylers Augen weiteten sich.

Ich drehte mich um, Miles folgte mir und Jonah joggte, um uns einzuholen. Ich entschied mich, Tylers leise Worte zu ignorieren, auch wenn ich sie klar und deutlich gehört hatte. „Sie mag ihn."

Nach einem Moment schien es, als wollte Miles

die Stille unterbrechen. „Was genau ist mit deinem Dad und Tylers Mom-" Ich wirbelte zu Miles herum und drückte einen Finger in seinen Brustkorb.

„Nichts. Du hast *nichts* gehört."

Er nickte und starrte Jonah an, der diesen seltsamen Gesichtsausdruck hatte, der sich schnell veränderte, sobald er bemerkte, dass ich ihn anschaute. Dann gingen wir weiter zur ersten Chemiestunde dieses Schuljahres, die beschissenste Stunde auf einer Liste von beschissenen Stunden. In Chemie musste ich mir wenigstens keine Sorgen über Tyler machen oder Soren, oder irgendeines der Kinder, die sich nicht einschüchtern ließen, weil ich in der schlechtesten Chemieklasse war und ich hatte dafür gesorgt, dass ich auf dieser Stufe blieb, nur weil ich es hasste und Mr Anders ein Arsch war, der dachte, er könnte den Schülern sagen, was sie tun müssen, als wären sie Idioten.

Wer brauchte Chemie überhaupt?

Wir drei eroberten die letzte Reihe, schickten einen Neuling nach vorne und ich holte meine Chemie-Notizen vom letzten Jahr heraus, las sie schnell durch.

„Okay, Ex!", verkündete Mr Anders vom Lehrerpult aus.

Alle stöhnten. Er machte verschiedene Packen aus den Blättern mit den Multiple-Choice-Fragen und bat die Schüler vorne, sie nach hinten durchzugeben. Das gab mir die Zeit, noch einmal die Notizen in meinem

Buch zu überfliegen und als ich das Blatt umdrehte, füllte ich gerade genügend Antworten korrekt aus, um unterhalb der magischen sechzig Prozent zu bleiben, die bedeuteten, dass ich in eine Klasse gesteckt würde, in der ich tatsächlich etwas leisten musste. Es spielte keine Rolle, dass ich alle Antworten wusste oder dass ich wahrscheinlich in AP Chemie sein könnte, wenn ich mir Mühe gab, genau wie ich in AP Englisch und Mathe war. Ich wollte das nicht.

Wenn die Familie deiner Mom Sinclair-Staten Pharma gegründet hatte, wurde irgendwie erwartet, dass Chemie dein Talent war.

Ich brauchte Mathe. Ich brauchte Englisch, auch wenn es mir nicht gefiel. Aber wenn man bedachte, dass ich nichts mit Sinclair-Staten zu tun haben wollte, wer brauchte dann schon Chemie?

Nicht dieser zukünftige Milliardärs-Hedgefonds-Manager. Nicht ich.

Wir lernten in dieser Stunde chemische Gleichungen – glaubte ich – aber ich verbrachte den Großteil mit meinem Buch auf dem Pult aufgestellt, kritzelte abwechselnd vor mich hin und starrte mein Handy an, schrieb dazu die wichtigsten Informationen vom Whiteboard ab. Die Aktien für Sinclair-Staten hatten ein neues Hoch erreicht – wie es schien, würde Moms Seite der Familie *so kurz* davorstehen, die neuesten Milliardäre in der Gegend zu sein. Natürlich nur auf dem Papier, aber die Firma befand sich nur wenige Hunderttausend hinter Rihanna und mit Geld umzugehen war viel wichtiger als Musik. Geld baute Gemeinschaften – alles, was Musik machte, war, meine Zeit aufzusaugen.

Die Glocke erklang und ich stand auf, bevor wir entlassen wurden, aber Mr Anders blockierte die Tür.

„Einen Moment, Felix", bat er und alle strömten an mir vorbei, inklusive Miles und Jonah, als Mr Anders sie nach draußen scheuchte. Er schloss die Tür hinter ihnen und deutete auf ein Pult. „Setz dich."

Ich schaute sehr nachdrücklich auf meine Uhr – meine sehr teure, hat mehr als das Gehalt des Lehrers gekostet Uhr – und unterdrückte dann ein vorgetäuschtes Gähnen, bevor ich mich hinsetzte.

Mr Anders blätterte durch die Exen und zog die mit meinem Namen heraus.

„Du hast also korrekt angegeben, dass die chemische Formel für Kohlenstoffdioxid CO_2 ist."

„Jep." Das war so einfach, dass ich wusste, es war sicher, die Frage zu beantworten, auch wenn sie nicht auf meinem kurzen Spickzettel gestanden war. Er neigte seinen Kopf und Abneigung überkam mich. „Ja, Sir", murmelte ich, mit so wenig Respekt, wie ich schaffte.

Er hob eine Braue. „Und dann, etwas weiter unten, hast du den kritischen Druckpunkt für Wasser beantwortet."

Ich hörte nur das Wort Wasser und ja, H_2O war

eine weitere der einfachen Fragen, die ich auf diesem Level wissen sollte. „Ja, Sir."

„Erinnerst du dich, wie du die Antwort ausgewählt hast?"

„Ja, Sir."

„Im Ernst, du hast gelernt und hast mit deinem tiefen Wissen über Wasser die richtige Antwort gewählt."

„Ja, Sir." Wohin sollte das führen?

„Eine der schwierigsten Fragen in der Ex und das war nicht nur geraten?"

Fuck. Moment. Was? Hatte ich es verbockt und eine der schwierigeren Fragen korrekt beantwortet?

Er nickte, sein Gesichtsausdruck war unleserlich. „Und doch hast du die nächste Frage über die chemische Schreibweise von Wasser, die wahrscheinlich einfachste, sehr falsch beantwortet."

Ich überlegte fieberhaft. „Ich habe die Antworten geraten", log ich und fing an, mir mein eigenes Grab zu schaufeln.

Er schnaubte ein Lachen. „Alle?"

„Alle."

Er musterte mich für einen Moment, seine kleinen Lehreraugen starrten durch mich hindurch. „Ich empfehle, dass du in eine bessere Klasse versetzt wirst."

Ich setzte mich auf. „Sie tun was?"

„Du brauchst so wenig Hilfe bei den Grundlagen, wie ich deine Aus-dem-Fenster-starren-Einstellung in meinem Unterricht", fasste er zusammen und wartete auf meine Antwort.

Ich wollte nur auf ihn losgehen – in Chemieunterricht zu gehen und tatsächlich etwas dafür tun zu müssen, war wie ein Schlag ins Gesicht, machte mir aber auch Angst und ich hasste dieses Gefühl. Ich mochte ja ein halb-fotografisches Gedächtnis haben, aber an etwas zu arbeiten, das ich hasste und nicht brauchte und in dem ich vielleicht versagen würde?

Maxwell-Sinclair-Männer versagten nicht.

„Meine Mom hat Geld für die Naturwissenschaften gespendet, wissen Sie?", versuchte ich es ein wenig verzweifelt.

„Und du nutzt es nicht genug", antwortete Mr Anders genauso schnell. Verdammt sollte er sein.

Mein Brustkorb verengte sich, mein Herzschlag wurde schneller und Emotionen vernebelten meine Gedanken. Er starrte mich an, als würde er Widerspruch erwarten und ich wusste, dass er nicht nachgeben würde, darum sparte ich mir meine Energie für einen anderen Tag. „Wenn das alles ist?", fragte ich mit deutlicher Höflichkeit.

„Ist es. Du wirst die Informationen zu deiner neuen Klasse in deinen Online-Dateien finden. Du wirst ein wenig Stoff nachholen müssen, um den Anschluss zu finden, aber es ist ein neues Jahr und du kannst neu anfangen."

Ich hatte meine Finger bereits auf der Türklinke

und ich wäre beinahe entkommen, aber er hatte eindeutig noch etwas, das er mir hinknallen wollte.

„Weißt du was? Du könntest in allem brillant sein, wenn du es wolltest", sagte er.

Ich stellte meine Stacheln auf, blieb aber nicht stehen, um zu antworten, ging einfach nur hinaus und schloss die Tür hinter mir.

Ich war bereits brillant – ich war *geboren*, um zu glänzen.

Soren kam an mir vorbei, als ich unbeweglich dastand, seine Gruppe Freunde um ihn herum – ein ganzes Rudel, im Gegensatz zu mir mit meinen zwei Flügelspielern, die vor der Tür auf mich gewartet hatten. Sie schlenderten, redeten dabei laut über eine Hockey-Wohltätigkeitssache. Obwohl ich im Hockeyteam war, hatte ich davon nichts gehört, darum hatte es wohl mit Sorens neuen Dads zu tun.

Nicht, dass es mich kümmerte.

Soren begegnete meinem Blick, schüttelte seinen Kopf ein wenig, als wäre er enttäuscht, dass er mich sah oder so und mir entging nicht, wie Tyler sich hinter ihm versteckte und wie Soren seinen Arm um Tylers Schultern legte, als ob es ihm egal war, dass die Leute sahen, wie er den flatterhaften Jungen mit den rosa Haaren umarmte.

Beinahe so, als wären sie echte Freunde.

DREI

Soren

„Na schön, was genau ist Felix' ewiges Problem?",
fragte Courtney, als wir in Richtung unserer Klasse
für AP Chinesisch unterwegs waren. Ich zuckte mit
den Schultern. Meine beste Freundin verdrehte ihre
Augen, bevor sie laut mit ihrem Traubenkaugummi
knallte. Tyler sprang in die Luft. Der arme Kerl war
nicht der tapferste Löwe im Rudel, aber er versuchte
es zu sein und das war es, was zählte. „Der Junge hat
keine Persönlichkeit abgesehen von verklemmtes
Arschloch in elitärer Schuluniform."

„Wir alle tragen elitäre Schuluniformen",
erinnerte ich sie, als wir Tyler bei seiner
Trigonometrie-Stunde ablieferten, dann weiter in den
Sprachflügel der High-School wanderten, uns beim
Klassenzimmer für Spanisch von Asher
verabschiedeten.

„Ich weiß, aber wir ziehen sie aus, wenn wir nach

Hause kommen. Er trägt die Chesterford-Farben wahrscheinlich im Bett. Holt sich vielleicht zu Träumen vom alten Alistair Chesterford in seiner gepuderten Perücke und seinen Schnallenschuhen einen runter."

Dieser Kommentar brachte mich zum Schnauben. „Er zieht die Uniform zum Schlafen aus." Sie warf mir einen Blick zu. „Nein, das weiß ich nicht aus persönlicher Erfahrung, ich habe ihn nie im Bett gesehen oder so."

„Das will ich hoffen", warf sie hin, als wir das Klassenzimmer betraten.

Wir glitten auf unsere Sitze relativ nah an der Tafel, am Fenster. Ich nahm immer den Platz am Fenster. Ich mochte es, wenn die Sonne mir auf die Seite meines Gesichts schien und ich gleichzeitig einen Blick in die Natur werfen konnte. Bis zur Adoption war mir nicht klar gewesen, wie sehr ich es genoss, draußen zu sein. Jetzt hatten wir einen riesigen Garten, in dem wir spielen konnten und fuhren im Sommer zum Campen. Ich würde es irgendwie hassen, wenn im Oktober das Training für unsere Dads anfing. Dann würden sie wieder die ganze Zeit unterwegs sein und unsere Großeltern würden sich um uns kümmern. Nicht, dass ich Tens Eltern nicht mochte. Sie waren so cool, wie Leute in diesem Alter es sein konnten.

„Bitte, als ob ich das je würde." Ich holte mein Buch heraus, während Court anfing, über

Feldhockey zu reden und dass sie sich wünschte, ihr erstes Spiel wäre nicht gegen Carlisle, weil sie letztes Jahr eines der Mädchen in diesem Team ungefähr fünf Tage lang gedatet hatte. Dana? Doris? Daisy? Ich konnte mich nicht erinnern. Courtney spielte gerne im Feld. Feld. Hockey. Iih. Was für ein Feldhockey Wortspiel.

Ms Chen betrat das Klassenzimmer, lächelte ihre Schüler an, die zurückgekommen waren. In AP Chinesisch zu sein, war nicht leicht. In der Regel war diese Klasse für ältere Schüler reserviert, um sie auf die Sprachkurse im College vorzubereiten. Ich hatte aber ein Talent für Sprachen und Courtney war wegen ihrer Mutter halb Chinesisch, ihr Dad war ein NBA-Spieler. Von ihm hatte sie ihre dunkle Haut und die langen Beine. Außerdem ihr Talent zum Reden. Ihr Dad konnte einem Metallaffen die Ohren abkauen, wie mein Großvater gerne sagte. Sie sprach zu Hause Mandarin, darum war dieser Kurs für sie ein Kinderspiel und hielt ihren GPA auf höchstem Niveau, genau wie beim Rest von uns Einser-Society-Kindern.

Als wir uns in unsere erste Aufgabe vertieften – die erste Seite einer Zeitung aus Schanghai zu lesen, um aufzufrischen, was wir letztes Jahr gelernt hatten – vertiefte ich mich in die Geschichte über einen Mann und eine Katze. Mein Mandarin war ein wenig rostig, weil ich es den ganzen Sommer nicht benutzt hatte, aber immer noch intakt. Größtenteils. Court half mir, wenn ich stecken blieb, während sie immer wieder auf ihr Handy schaute.

„Ich werde Brice schon bald anmachen", flüsterte meine beste Freundin.

Ich schaute auf ihren Schoß. Oh, okay, Brice. Vom Basketball-Team. Ja, den würde ich auch anmachen, wenn er nicht hetero und bereits hinter einem Mädchen namens Bianca her wäre, die den Mode-Club leitete. Ja, wir hatten hier alle möglichen Clubs, die nichts mit Sport zu tun hatten. Schach, Mode, Schülerzeitung, Gamer – bei denen ich Mitglied war – Kochen, Film, Fotografie, Queer Alliance, bei denen ich auch dabei war, dazu noch ein paar hundert andere Clubs. Chesterford mochte außerschulische Aktivitäten. Sehr. Laut meinem Beratungslehrer halfen sie, Führungsfähigkeiten zu bilden. Sie würden auch gut auf den Bewerbungen fürs College aussehen, die wir alle in ein oder zwei Jahren verschicken würden.

„Ich dachte, er wäre hinter Bianca her", antwortete ich leise, mein Blick huschte zu Ms Chen an ihrem Schreibtisch. Sie war eine ältere Frau mit dunklen Augen und einem Bob. Sie trug immer blumige Kleider mit einem Gürtel.

„Ja, ist er, aber sie hat kein Interesse an ihm. Sie ist heiß auf Duante, den Typen mit den roten Haaren aus dem Baseball-Team?" Ich schüttelte meinen Kopf und versuchte, mich auf die Worte vor mir zu konzentrieren. „Du weißt, wen ich meine."

„Nein, tue ich nicht. Was heißt dieses Wort?" Ich tippte auf die zerknitterte Zeitung auf meinem Schreibtisch.

„Schiffsbauer", sagte sie, nachdem sie kurz auf den Artikel geschaut hatte. „Duante ist dieser Rotschopf im Baseball-Team. Schlank, groß, trägt gerne diese tropischen Topfhüte."

„Oh, okay, ja, ich weiß, wen du meinst. Also, hier steht, dass der Schiffsbauer seine Katze unter einem Wal gefunden hat?"

„Was? Lass mich sehen." Sie drehte meine Seite um und kicherte dann leise. „Dummkopf. Nein, im Ernst, wie kann die Katze unter einem Wal sein? Du bist so ein Loser. Das Wort heißt Werft. Siehst du?"

Stimmt, ja, das klang richtig. „Danke. Hey, hast du immer noch vor, mit mir heute Abend den Livestream von *Knights of the Green Helm* zu machen?"

„Ich werde ganz sicher mit dir spielen. Ich muss aber zusehen, dass ich zuvor meine Hausaufgaben fertig habe, also schreib mir nicht den ganzen Nachmittag Nachrichten, wie du es gerne tust."

„*Ich*? Mädel, du verwechselst da etwas. Du schreibst *mir* Nachrichten über irgendwelche Leute, mit denen du etwas anfangen willst."

Sie hatte den Anstand zu erröten, aber nur ein wenig. „Das Leben ist kurz, Soren. Warum sollen wir es nicht genießen, solange wir können? Bevor wir uns versehen, werden wir alle vertrocknet und in den Dreißigern sein."

„Das stimmt."

„Mr Madsen-Rowe und Ms Dunn." Wir beide wurden still, als Ms Chen unsere Namen nannte. Dann fragte sie uns auf Mandarin, ob wir über den Zeitungsartikel redeten, was wir mit *Ja* beantworteten, weil das zum Großteil stimmte. „Gut", sagte Ms Chen auf Englisch. „Dann wird es euch nichts ausmachen, aufzustehen und eure Artikel der Klasse vorzulesen."

Jep, erst der zweite Tag und ich war schon ermahnt worden. Wie es aussah, fing dieses Schuljahr verdammt gut an.

ICH HATTE ES VORHERGESEHEN.

In AP Chinesisch hatte ich gesagt, dass alles schiefgehen würde und ich hatte recht behalten. Go, Soren. Juhu!

In der dritten Stunde in Chemie starrte ich auf Felix Sinclairs fetten, aufgeblasenen Kopf. Als ob ihn nach dem Mittagessen in AP Englisch zu haben nicht genug wäre, aber jetzt war er auch in meiner Chemieklasse? Was hatte ich getan, um das zu verdienen? War ich auf einen Ameisenhügel getreten, als ich über den Campus gerannt war, um rechtzeitig zur ersten Stunde zu kommen? Hatte der Soren eines vergangenen Lebens irgendeine schreckliche, blutige Spur durch London gezogen und jetzt bezahlte ich den Preis dafür, indem ich mich in zwei Klassen mit diesem Deppen auseinandersetzen musste und dazu noch beim Hockey?

Zum Glück drehte Felix sich nicht herum und starrte mich an, wie er es sonst machte, als wäre ich ein Haufen Katzenkotze, in den er getreten war. Als die Glocke erklang, rannte er aus dem Klassenzimmer, um sich mit seinen Sidekicks Voll und Pfosten im Flur zu treffen. Ich ignorierte sie alle auf dem Weg in meine nächste Klasse, ihre dämlichen Kommentare über meine Herkunft machten mich nur ein wenig wütend. Alle hier kannten meine und Milos Geschichte. Arme Kinder aus dem System, die von Hockey-Adel adoptiert worden waren. Von Sportstars aus dem Müllcontainer gezogen, in schöne Kleidung gesteckt und an die beste Privatschule in der Gegend von Harrisburg geschickt.

„Ich kann immer noch den Trailerpark an ihm riechen", schrie Felix mir immer gerne hinterher, wenn kein Erwachsener in der Nähe war, um ihn zu hören. Der Feigling. Ich hatte in einem Trailerpark gewohnt, ja. Ich hatte als Kind praktisch überall gewohnt und ja, ich hatte Secondhand-Klamotten von Goodwill getragen und Käse von der Regierung gegessen. Na und?

Mittag war der eine Lichtblick, als ich mich zum Essen zum Hockeyteam setzte – minus Felix natürlich, der nie mit uns aß. Courtney war da, zusammen mit ein paar der Mädchen aus dem Feldhockeyteam und wir alle lachten und speisten ziemlich gut. Die

Vorteile einer Privatschule waren hervorragende Bildung und das Essen. Im Ernst, das Futter hier war unglaublich. Niemand, der auf die Chesterford ging, musste hungern, wie es Milo und mir ein paar Mal in der Vergangenheit passiert war. Heute gab es Vollkornspaghetti mit veganen Fleischbällchen, Rucola-Salat mit Parmesan, Cranberry-Mandel-Krautsalat, ein Brötchen und Milch oder Saft. Die Nachspeise bestand aus einer gebackenen Birne mit Zimt. Manchmal musste ich mich daran erinnern, dass dies jetzt mein Leben war.

Die Birne und die Gesellschaft halfen mir, den Felix-in-Chemie-Geschmack wegzuwaschen. Es war die Hölle gewesen, hinter ihm zu sitzen und dieses Kokosnuss/Gewürze Duschgel/Shampoo/Aftershave zu riechen, in dem er badete.

Ich hob meinen Rucksack auf meine Schulter, als ich aufstand. „Meldet euch heute Abend zum Stream an, ja?", bat ich alle am Tisch. Die Cafeteria war laut, sonnig und gefüllt mit Teenagern, die einander verliebte Blicke zuwarfen. „Wenn ihr nicht wirklich mitmachen könnt, bleibt einfach passiv dabei, okay? Wir hoffen, ein paar neue Views zu bekommen, um über eintausend Subscriber zu schaffen, also erzählt es euren Freunden."

Sie alle sagten, dass sie zuschauen oder ihn im Hintergrund laufen lassen würden, während sie lernten. Ich schlug mit jedem am Tisch die Fäuste zusammen, machte kurz Pause, um einen doppelten beste Freunde Abschied mit Courtney zu vollführen, bevor ich nach oben in den Flügel der Englischfachschaft joggte. AP Englisch wurde von Mr Russell unterrichtet, einem Typen, der schon gelebt hatte, als Shakespeare seine Sonette geschrieben hatte. Ohne Scheiß. Mr Russell war uralt. Nett, aber Mann, war er alt. Manchmal nickte er im Unterricht ein, dann weckte er sich selbst mit einem Schnauben/Schnarchen wieder auf. Was bedeutete, dass der Unterricht ziemlich entspannt war.

Letztes Jahr hatte ich diese Klasse mit minimalem Aufwand maximal gut bestanden, darum war ich absolut bereit, wieder durchzusegeln. Nur, als ich Raum 312 betrat, starrte ich jemanden an, der nicht Mr Russell war. Dieser Mann war jünger, was, kommt schon, nicht schwierig war, aber er lächelte mich an, als ich in der Tür abrupt stehen blieb.

„Du bist in der richtigen Klasse. Ich bin Mr Russell." Ich blinzelte, warf dann einen Blick nach hinten, um zu sehen, ob ich durch eine Art *Dr. Who* Zeitportal-Ding gekommen war. Nein, derselbe alte Flur mit Schülern, die vorbeieilten und Postern an den Wänden für bevorstehende Spiele und Tanzveranstaltungen. „Der ältere Mr Russell ist mein Vater und im Sommer in den Ruhestand gegangen. Ich bin sein Ersatz. Also bitte, komm herein, setz dich und verrate mir deinen Namen."

„Ähm. Soren Madsen-Rowe", stammelte ich, als ich von dem glücklichen Mann in der Anzugweste –

ja er war ganz sicher mit dem alten Mr Russell
verwandt – wegschaute und nur ein leeres Pult fand.
Direkt neben Felix Maxwell-Sinclair. Ich bekam einen
finsteren Blick von Felix, als wollte er mich warnen,
mich neben ihn zu setzen. Also pflanzte ich meinen
Hintern an das Pult links neben ihm und schenkte
ihm mein breitestes Grinsen. Er zeigte mir heimlich
den Stinkefinger.

Die Glocke erklang. Mr Russell schloss die Tür,
drehte sich dann zu uns. Seine Brille war verschmiert,
aber das schien ihn nicht zu stören.

„Wunderbar. Was für eine nette Gruppe
glücklicher Gesichter wir hier haben!", fing Mr
Russell fröhlich an.

„Oh, verdammt, er ist lebhaft. Gott bewahre mich
vor lebhaften Lehrern", murmelte Felix vor sich hin.

Ich musste zustimmen. Lebhafte Lehrer waren
einfach zu … lebhaft. Ich meine, wenn das hier Milos
Klasse wäre oder Lotties Kindergartengruppe, klar.
Aber Sophomore AP Englisch? Mann, einfach nur
nein.

„Ich weiß, dass es ein neues Jahr ist und ihr euch
mit einem neuen Lehrer arrangieren müsst, aber
macht euch keine Sorgen. Ich habe für uns für das
ganze Jahr eine Menge spaßige Projekte geplant, wie
es auch im Online-Lehrplan steht. Den habt ihr alle
gelesen, oder?"

Die gesamte Klasse murmelte zustimmend, aber
ich wollte meinen Gaming-Computer wetten, dass

keines der Kids hier die Informationen gelesen hatte. Ich wusste, dass ich es nicht getan hatte.

„Perfekt! Dann werden wir uns gleich auf unsere erste Aufgabe stürzen. Wie ihr im Lehrplan gesehen habt, werden wir unsere eigenen Zeitungen machen!" Mr Russell war so aufgeregt, dass ich dachte, er würde vielleicht explodieren. Einige der anderen Schüler klatschten. „Ich habe euch für dieses Projekt in Zweiergruppen aufgeteilt. Ich will, dass eure Zeitungen bis Halloween fertiggestellt und für die Klasse bereit zum Lesen sind. Ihr könnt die ganzen Details online finden, damit ihr wisst, wie viele Seiten es insgesamt werden sollen und wie die Formatierung aussehen muss. Ich weiß, dass ihr alle super-kreativ seid, also haut mich mit euren Zeitungen aus den Socken. Bitte gebt mir euren Entwurf bis zum nächsten Montag. Und nein, ihr dürft nichts Pornografisches oder Beleidigendes machen. Vielleicht könnt ihr ein Reisemagazin machen oder etwas über Mode! Oder wenn ihr Sport mögt, könnt ihr eine Sportzeitung mit Interviews mit unseren hervorragenden Chesterford-Teams und -Coaches zusammenstellen! Es gibt keine Grenzen."

„Können wir eine Bademodenausgabe machen?", fragte Pete Murkowski und Mr Russell erreichte eine Schattierung von Rot, die ich bisher nur bei Roter Beete gesehen hatte. „*Sports Illustrated* macht so was."

„Nein, keine Bademodenausgaben", hustete Mr Russell. „Wenn ich eure Namen aufrufe, setzt euch

neben eure neuen Partner. Belinda Hayes und Lucy
Marlow. Peter Murkowski und Gwendolyn Marks-
Lloyd …"

Ich lehnte mich auf meinem Sitz zurück, spürte,
wie Entsetzen sich in mir breitmachte, als die Schüler
ziemlich schnell ihren Partnern zugewiesen wurden.
Als nur noch ich und Felix übrig waren, stöhnte ich
laut auf, während unsere Namen als kreatives Duo
aufgerufen wurden.

„Und das ist die Krönung eines wirklich
beschissenen Tages", schnaubte Felix.

Die Welt musste auf ihr Ende zugehen. Das war
zwei Mal an einem Tag, dass ich etwas zustimmte, das
Felix „Der Snob" Sinclair gesagt hatte.

VIER

Felix

„Wir müssen darüber reden, was wir machen werden", sagte Soren, nachdem wir gefühlt ewig schweigend dagesessen hatten, was aber wahrscheinlich nur ein paar Sekunden waren. Auf gar keinen Fall würde ich das Schweigen brechen, das wir laufen hatten, weil ich keine Ahnung hatte, was ich sagen sollte. Ich schaute auf meine Uhr. Noch zehn Minuten dieser gottverdammten Englischklasse übrig. Mr Russell, so munter wie ein Welpe, war neben uns gestanden, hatte mit uns über Inspiration und Teamwork und Ideen gesprochen. Er wollte, dass mindestens ein Arbeitspaar die Schule als Thema nahm, weil sie anscheinend eine wirklich super-aufregende-herausfordernde Geschichte hatte. Niemand hatte sich bis jetzt gemeldet und auf gar keinen Fall würden das ich und *Soren* machen.

Wo wir gerade bei *ihm* waren, er hatte zuerst

geredet, aber nur gesagt, dass wir irgendwie reden mussten.

„Was du nicht sagst, Sherlock", murmelte ich.

Er lehnte sich zurück, warf mir einen Blick zu, der geringere Männer vielleicht gebrochen hätte, aber ich war ein Maxwell-Sinclair und wir zogen uns vor nichts zurück. Nicht einmal vor einem Bettler, der so tat, als wäre er ein Prinz. Darum starrte ich zurück und schaute wieder auf meine Uhr. Noch acht Minuten.

„Wow", hauchte Soren und beugte sich zu mir. „Oh mein Gott!" Er schlug sich die Hand vor den Mund und sein lauter Ruf zog die Blicke der anderen Schüler auf uns. „Ist das eine wirklich teure Uhr?" Er formte ein *O* mit seinem Mund, als ob er wirklich staunen würde, aber ich konnte sehen, dass er es nicht ernst meinte und ich wusste ganz sicher, dass er versuchte, mich zu provozieren.

„Was zur Hölle?", fragte ich, kurz für lass-mich-in-Ruhe-Arschloch-wir-haben-nur-noch-acht-Minuten.

Er streckte seine Hand aus, zog demonstrativ den Ärmel seines Hemdes hoch und tat, als würde er auf seine Billiguhr schauen, drehte dabei sein Handgelenk hin und her, als wäre sie mit den Kronjuwelen verziert. „Schaut mich alle an, wie ich auf meiner obszön teuren Uhr die Zeit ablese." Er drehte sein Handgelenk noch ein paar Mal, ließ dann seine Hand auf das Pult fallen, schaute wieder auf seine Uhr. „Oh, schaut, es ist eine Minute später!"

Jemand kicherte und ich starrte in die Richtung, nur für den Fall, dass es jemand war, der vor mir kuschen sollte. Es war nur Pete Murkowski, aber er sollte es besser wissen und er hörte sofort auf, als ich mich Soren zuwandte und mein Kinn hob.

„Ich bin überrascht, dass dieses Stück Scheiße funktioniert. Korrodieren Batterien nicht in Müllcontainern?", fragte ich trocken.

Soren warf mir einen Blick zu und für einen Moment spannte ich mich an, weil dieser Typ eine Art an sich hatte, ganz oberflächliche Emotion und eisige Abscheu für mich und ich dachte, dass er mich vielleicht schlagen würde. Stattdessen lehnte er sich auf seinem Stuhl zurück, schob lässig seine perfekten verdammten Haare aus seiner perfekten verdammten Stirn. „Touché." Dann unterstrich er seine Worte mit einem Grinsen. „Also, wie dem auch sei, zurück zu dem hier." Er tippte auf das leere Blatt und hob fragend eine Braue. „Und?"

„Und was?"

Er seufzte. „Irgendwelche Ideen?"

„Keine." Ich log. Ich hatte eine Million Ideen, etwas über Gedichte war ganz vorne dabei oder Shakespeares Sonette, weil das hier ja AP Englisch war, aber auf gar keinen Fall würde ich mich vor Soren so angreifbar machen.

„Nun, das Einfachste wäre es, sich auf Hockey zu konzentrieren", schlug er vor. „Wir könnten aus eigener Erfahrung über das Hockeyteam hier schreiben und vielleicht meine Dads interviewen, oder-"

„Nein." Mann, es schmerzte mich, das zu sagen – der Gedanke, seine Dads zu interviewen, vor allem Tennant Madsen-Rowe, oder irgendeinen der Harrisburg Railers, sorgte dafür, dass ich ganz aufgeregt wurde. Dennoch, die Vorstellung, dass Soren etwas hatte, mit dem er auftrumpfen konnte, war grauenvoll.

„Dann was?", fragte er seufzend.

„Lass uns über Hedgefonds-Management schreiben und wir könnten jemanden mit wirklich viel Geld interviewen, keine halb garen *Sporttypen.*" Ich wollte jemanden interviewen, der eine Tonne Geld hatte, damit ich lernen konnte, diese Person zu sein – besser als diese Person zu sein – und keine Entschuldigungen von mir, weil ich so empfand, denn unberührbar und reich zu sein, mehr Geld zu verdienen, ein schnelleres Auto zu fahren, Scheiße, eine Familie zu haben, die zusammenblieb, waren Lebensziele, die mich motivierten.

Sorens Lippen wurden bei dem Sporttypen-Kommentar schmal. „Hockey ist cool."

„Geld ist cool."

„Gesprochen wie ein Arschloch von einem reichen Kind", murmelte Soren.

„Eifersüchtig?", parierte ich.

Er verdrehte die Augen. „Auf dich?" Soren

musterte mich von Kopf bis Taille und wieder nach oben, verzog dann die Lippen. „Wohl kaum."

Ich wurde wütend. Die Leute *waren* eifersüchtig auf mich, warum kümmerte es ihn also so gar nicht? Ich hatte *alles*, verglichen mit so vielen anderen und ich erwartete, dass die Leute mich beneideten. Warum war Soren so entschlossen, keinen Respekt oder Eifersucht zu zeigen? Ich ignorierte den Druck der Verwirrung und schaute erneut auf meine Uhr – dieses Mal mit übertriebenen Bewegungen – noch vier Minuten.

„Wie läuft es?" Mr Lebhaft-McSupermunter blieb bei unseren Pulten stehen.

„Hockey-"

„Geld-"

Wir redeten gleichzeitig und unser Lehrer starrte uns mit traurigem Gesichtsausdruck an und senkte seine Stimme. „Wie schade. Na gut, wenn ihr etwas nehmen wollt, das einfach ist." Er seufzte dramatisch. „Wie es scheint, ist hier niemand, der clever genug ist, sich die Geschichte der Schule vorzunehmen." Er seufzte. „Ich nehme an, ich sollte nicht erwarten, dass Jungs in eurem Alter fähig sind, so etwas Anspruchsvolles zu machen."

Was zur Hölle? Ich konnte alles. Ich war in einigen Fächern AP-Schüler. Meine Noten waren gut, abgesehen von Chemie und *niemand* sagte mir, dass ich etwas nicht tun konnte. Wenn das bedeutete, dass ich mich auf die Geschichte der gottverdammten Schule

fokussieren würde, dann könnt ihr glauben, dass ich
das beste Projekt abliefern würde, das er je gesehen
hatte und ich würde ihm genau zeigen, wozu ich
fähig war.

„Wir machen es", sagte ich.

Soren warf mir einen scharfen Blick zu. „Werden
wir?", fragte er mit geweiteten Augen.

„Jep." Ich lehnte mich auf meinem Stuhl zurück,
die Arme verschränkte ich vor dem Brustkorb. „So
gut wie erledigt."

Mr Russell klopfte mir auf die Schulter und
wanderte davon, murmelte etwas von Schulfarben.

„Du wurdest manipuliert", sagte Soren, schüttelte
dabei den Kopf. „Jemand sagt dir, dass du etwas nicht
tun kannst, und du stürzt dich darauf wie die Ratte
auf den Presssack."

Ich dachte über seine Aussage nach, wollte die
Wahrheit leugnen, aber ich war mit einer
Herausforderung nach der anderen erzogen worden
und er log nicht. Also ging ich in die Defensive, denn
wer zur Hölle war Soren, zu denken, dass er mein
wahres Ich sehen konnte? „Du kannst mir nicht
sagen, dass du nicht auch drauf und dran warst
zuzustimmen."

Er zuckte mit den Schultern. „Vielleicht.
Vielleicht nicht." Dann schob er das Blatt zu mir. „Du
hast aber entschieden, also fängst du an."

„Fange was an?" Ich starrte auf die leere Seite.

„Schreib einen Titel, wie, ich weiß nicht, *Die*

Geschichte der Chesterford Academy oder so was. Unterstreich das, mach dann ein paar Kästchen, für die Themen, über die wir schreiben könnten."

„Du schreibst das." Ich schob das Blatt zurück zu ihm und wartete darauf, dass er anfing zu kritzeln, nur dass er mich anstarrte.

„Das ist ein Gemeinschaftsprojekt. Du schreibst es." Er schob das Blatt zurück zu mir.

„Du hast den Titel vorgeschlagen." Ich schob es zurück.

„Du hast uns dieses Thema aufgebürdet." Ein weiteres Schieben.

„Wie alt bist du? Fünf?", schnappte ich und nahm das Blatt und einen Stift, schrieb dann, mit meiner schönsten Handschrift, den Titel und unsere Namen darunter. Ich malte dazu vier Kästchen und dann schaute ich ihn erwartungsvoll an. „Und?"

„Geister", sagte er und ich hätte das beinahe hingeschrieben, bevor mir klar wurde, dass er mich wahrscheinlich verarschte.

„Fick dich, Rowe. Nur weil du das nicht ernst nimmst, werde ich keine schlechtere Note kassieren, weil ich mit einem Loser arbeiten muss, der es für mich versaut."

Soren beugte sich zu mir. „Im Ernst, hast du nicht gehört, dass in der Hausmeisterkammer ein Geist wohnt?"

„Was?"

„Ja." Er flatterte mit seinen Händen um sich

herum, senkte dann seine Stimme so sehr, dass ich mich vorbeugen musste, den Geruch des Jungen inhalierte, den ich hasste, ganz Zitrone und scharf und so nahe, dass ich die Flecken Gold in seinen dunklen Augen sehen konnte. Er hatte wirklich hübsche Augen, die Art, in die die Leute vielleicht starrten und dann Gedichte darüber schrieben. Meine waren absolut gewöhnlich blau, aber seine waren voller Licht.

„Manchmal", fing Soren halb flüsternd an, „hört man da drin ein Rumpeln und Klappern und der Hausmeister ist nicht in Sicht und mir wurde erzählt, dass wenn Vollmond ist, man den Lärm manchmal bis runter in die Eingangshalle hören kann."

„Was?", wiederholte ich, halb fasziniert und halb angepisst, weil ich mich überhaupt auf ihn einließ.

Er lehnte sich zurück und schlug auf das Pult. „Du bist so leicht zu täuschen", grinste er.

Ich wollte ihm eine mitten in sein riesiges, grinsendes Gesicht verpassen. Oh Gott, ich wollte ihn gegen einen Spind schubsen und … „Du bist ein Arschloch."

Die Glocke erklang und er war von seinem Stuhl aufgestanden, bevor ich mich überhaupt bewegt hatte. „Vergiss nicht, die Geister aufzuschreiben", rief er, während er das Klassenzimmer verließ.

Ein paar Schüler in seiner Nähe lachten. Wie viele von ihnen hatten diesen ganzen Scheiß gehört? Ich war peinlich berührt und sammelte meine Bücher, den Stift und das grauenvolle Blatt Papier ein, stopfte dann alles gewaltsam in meine Schultasche. Ich war in diesem Fach hervorragend, nicht weil ich es brauchte, um die Person zu werden, die ich sein wollte, sondern wegen der Person, die ich im Moment war. Geschichten faszinierten mich, Gedichte, Bücher, Worte. Sie waren mein Trost, wenn meine Mom schrie und mein Dad nachgab und der Schmerz in meinem Brustkorb zu viel war.

Aber Soren war ein Dorn in meinem Fleisch, ein Chaos, das ich nicht aufhalten konnte und als ich das Klassenzimmer verließ, dabei Mr Russells fröhliches *auf Wiedersehen* ignorierte, hatte ich so viel Wut in mir aufgestaut, dass meine Haut sich anfühlte, als würde sie aufreißen.

Der Flur war zu heiß. Ich bekam vage mit, dass Miles neben mir ging und als ich durch die Tür auf die Wiese dahinter stürmte, lief ich weiter, bis ich die Turnhalle erreichte und dahinter das Eisstadion. Ich warf meine Tasche in meinen Spind, ging dann in den Pausenraum und pfefferte Pucks gegen Übungsziele, bis meine Arme schmerzten. Miles war mir nicht gefolgt – warum sollte er, er spielte kein Hockey – darum nahm ich jedes Gramm der Wut darüber, dass die Leute mich auslachten, und schleuderte meinen Schläger gegen die Wand und als ich damit fertig war, trat ich noch den Eimer mit Pucks um und ließ sie alle auf dem Boden verstreut liegen.

Was ich nicht dafür geben würde, mir Schlittschuhe anziehen zu können und raus aufs Eis zu gehen, mich mit Soren anzulegen und ihm *wehzutun*.

Niemand lachte Felix Maxwell-Sinclair aus.

Schlimmer, niemand brachte andere dazu, über mich zu lachen und kam damit durch.

Ganz egal, wie hübsch seine gottverdammten Augen waren.

Das Blatt Papier verhöhnte mich, lag auf dem Schreibtisch in meinem Zimmer, verknittert, weil ich es so unvorsichtig in meine Tasche gestopft hatte, und wurde im Moment auf der einen Seite von einer Railers-Tasse und auf der anderen von einem signierten Hockeypuck gehalten. Ich konnte es die ganze Nacht anstarren. Schließlich war niemand hier, der mich aufhalten konnte. Dad hatte mir eine Nachricht geschrieben, dass er in der Arbeit war und dass er mir für den Notfall zwei Fünfziger in die Küche gelegt hatte. Ich schob das Geld ein, um es meinem Ersparten hinzuzufügen, weil ich heute ja vielleicht keinen Notfall hatte, aber was war mit morgen?

Ich ignorierte den Teil der Nachricht meines Dads, in dem stand, dass ich jederzeit anrufen konnte.

Wie auch immer.

Phoebe und Rick, Haushälterin und Hausmeister, Ehemann und -Frau, waren in ihrem Haus am Rand des Grundstücks, nachdem Phoebe mir mein einsames Abendessen an dem riesigen Küchentisch serviert hatte und das bedeutete, dass ich sturmfrei hatte, weil es keine Anzeichen gab, dass Tyler oder seine Mom uns heute Nacht besuchen würden. Gut.

Ich konnte tun, was ich wollte. Zur lautesten Musik aller Zeiten tanzen, mir bis drei Uhr nachts Filme anschauen, mir was ich wollte aus der riesigen Vorratskammer holen oder den ganzen Alkohol im beeindruckenden Studierzimmer meines Dads trinken, aber was machte ich stattdessen? Ich starrte dieses dämliche Blatt Papier an, das direkt zurückstarrte.

„Die Geschichte der Chesterford Academy", erklärte ich meinem Zimmer und seufzte. Ich bedauerte vieles an diesem Tag, aber nachdem meine Wut nachgelassen hatte, war ich vor allem wütend auf mich selbst, dass ich nicht Hockey als unser Thema genommen hatte. Ich drehte meinen Stuhl, um auf die gegenüberliegende Wand meines Zimmers zu schauen, verstellte mein Schreibtischlicht, sodass es auf die Poster dort schien. Niemand, abgesehen von meinen Eltern, Phoebe und Rick wusste, wie sehr ich das Harrisburg Railers Hockeyteam liebte und ihre Fotos und das Logo schmückten meine Wände in einer großen Collage aus Blau und Weiß. Rechts befand sich eine Hommage an einen meiner

Lieblingsspieler – ihren Goalie, den Russen, Stan Gunnerson-Lyamin – der zwei Vezina-Preise bekommen hatte und einer der lustigsten Männer war, die ich je hatte reden hören. „Ich habe großes Tor bekommen!", sagte ich zu seinem Foto und lachte schnaubend, weil ich mit mir selbst in einem schlechten russischen Akzent redete.

Dann gab es eine Sammlung von Teamfotos, ein paar vom Stanley Cup – dem ultimativen Preis in der NHL – und mehrere von einzelnen Spielern, wie Lockhart und dem anderen Gunnarson-Lyamin, Stans Ehemann, Erik.

Zuletzt schaute ich auf Tennant Madsen-Rowe und ihn starrte ich am längsten an. Er war die einzige Person in meinem Leben, abgesehen von meinem Dad, die mich auf irgendeine Art und Weise beeinflusst hatte. Eines der Fotos, die ich hatte, zeigte ihn am Klavier sitzend, wie er die Tasten mit derselben Intensität anstarrte, die er für das Schießen von Toren aufbrachte. Er war ein Sieger, hatte eine schreckliche Verletzung überlebt, war ein Phänomen, schon als Kind ein Starspieler gewesen, aus einer Familie voller Sieger, der zu einem der heißesten Hockeyspieler geworden war, die ich je gesehen hatte. Er fuhr schnell. Er riss die Railers mit. Er war ein All-Star und ein Champion und als er sich geoutet hatte, mit seinem jetzt Ehemann an seiner Seite, hatte das etwas in mir wachsen lassen, das so stark und wild war wie mein Temperament.

Ich war wie Ten.

Irgendwie wie Ten.

Ich war nicht der beste Hockeyspieler der Welt – ich hatte das nie sein wollen, nicht wenn ich für mich bereits eine rosige Zukunft geplant hatte – aber ich spielte Klavier, genau wie er. Auch wenn ich als Kind gezwungen worden war, es zu lernen und es am Anfang gehasst hatte, hatte ich doch angefangen, es schließlich zu lieben, und das war eine weitere Sache, die ich auf meine Liste an Leistungen setzen konnte, die mich zum besten Hedgefonds-Manager aller Zeiten machten.

Es war also nicht Hockey, durch das wir verbunden waren. Es war, dass mir, ohne dass ich darum gebeten hätte und ohne, dass ich dieses Chaos in meinem Leben wollte, das in meinen Plänen auch keinem Zweck diente, klar wurde, dass ich schwul war. Ich war nicht einmal bisexuell. Himmel, ich schaute Mädchen nicht einmal an, darum würde meine zukünftige, von der Gesellschaft gebilligte Frau, nicht mein Bett teilen.

Ich war schwul. Genau wie mein Idol.

Ich war schwul und hatte in Sorens hübsche Augen geblickt und für einen kurzen, leuchtenden Augenblick, als ich die Flecken in ihnen entdeckt hatte, hatte ich mich, anstatt ihn als grauenvolles Arschloch zu betrachten, gefragt, ob da vielleicht mehr an ihm dran war.

Jedenfalls bis er mir diesen Geister-Blödsinn verzapft hatte.

„Nein", sagte ich zu meinen Postern und drehte mich zurück an meinen Schreibtisch. Ich nahm das Blatt Papier, knüllte es zusammen und warf es in den Mülleimer neben meinem Schreibtisch.

Einfach nur nein.

FÜNF

Soren

„… nimm das links von der Dungeon-Tür. Ja, ich weiß, American Donkey. Ich habe mich nur gefragt, ob jeder da draußen so auf Omar Apollo steht wie ich. Oh, hey, willkommen zum Stream, Wanda Mabonda Acht Elf!" Ich hielt inne, folgte einem Elf-NPC einen dunklen Flur entlang, um die Kommentare zu lesen, die hereinkamen, während ich *Knights of the Green Helm* spielte. Courtney musste auf ihre kleine Schwester aufpassen, darum konnte sie heute Abend nicht mit mir spielen. Was irgendwie blöd war, weil wir wirklich gut zusammenarbeiteten. „Scheiße! Oh Mann, diese Ratte hat mir Angst gemacht. Verdammte Schreckenselemente in Fantasy-Spielen. Vollkommen unerwartet. Wie bei Horror, klar, aber wenn ich hier unten im Nasskalten bin, mit diesem sexy Elf, der erst noch seinen echten Namen preisgeben muss …

Cool, cool, danke für den Trick, Pistol Podunk. Ja, Mann, ich werde ganz sicher für Omar rocken. Er ist der Mann." Ein weiterer Kommentar kam rein, von einem anderen Follower, dann noch einer und schon bald redete ich mit ungefähr zehn meiner Lieblingsfollower und fünf meiner Subscriber. „Für den Fall, dass jemand die Frage des Tages verpasst hat, ich werde sie noch einmal posten, sobald ich aus diesem Dungeon heraus bin, aber ich wollte wissen, was euer Lieblingstopping bei einem Hotdog ist."

Ein neuer Follower wurde angezeigt und ich musterte den Namen für eine Sekunde, bevor ich sie im Stream willkommen hieß.

„Hi, Granny Piano, willkommen im Stream. Wie du sehen kannst, spielen wir im Moment *Knights of the Green Helm*, arbeiten uns durch einen Dungeon mit diesem verdächtigen, aber heißen Elfentypen. Ich freue mich, dass du dabei bist! Bist du auch ein Helm-Fan?"

Ich lehnte mich in meinem Stuhl zurück, nahm einen schnellen Schluck von meiner Sprite. Ich hatte die Hausaufgaben im Eiltempo erledigt – hatte die Zeitungsaufgabe vollkommen ignoriert, denn daran zu denken, mich auf irgendeine Weise mit Felix auseinandersetzen zu müssen, war einfach zu deprimierend – und hatte dann entschieden, vor dem Bettgehen noch ein paar Stunden allein zu streamen. Es lief gut. Ich hatte ungefähr dreißig

Zuschauer, einige zum Chatten und einen neuen Subscriber, Granny Piano, die gerade einen Kommentar tippte.

Hallo, Liebling! Warum spielst du so ein brutales Spiel? Ich habe gesehen, wie du einen Mann getötet hast, der nicht einmal Waffen hatte, um sich zu verteidigen. Hast du darüber nachgedacht, vielleicht dieses Farmspiel zu spielen, das Milo mag?

Oh. Mein. Gott. Granny Piano war meine Großmutter. Und sie hatte gerade den Namen meines Bruders benutzt. Zitronen-Limetten-Limonade kam beinahe durch meine Nase heraus. Ich hustete und versuchte mir zu überlegen, wie ich das handhaben sollte, ohne Großmutter Rowe traurig zu machen.

„Granny Piano, hallo! Ja, ich habe dieses Farmspiel gespielt. Wie geht es dir heute Abend?" Mein Hirn hatte komplett ausgesetzt. Ich liebte Großmutter Rowe. Sie machte die besten Cookies der Welt. Und rieb meinen Kopf und nannte mich Pumpkin. Ich wartete entsetzt darauf, dass ihr nächster Kommentar kam.

Mir geht es gut, Pumpkin. Zu viel Blutvergießen ist nicht gut für den jungen männlichen Geist, das sagen alle Experten. Dein Großvater lässt dich grüßen und möchte, dass ich dir sage, dass er sich darauf freut, dich Hockey spielen zu sehen, nicht dieses Videospiel-Zeug. Er ist nicht so cool wie ich.

„Ja, super! Ich kann es auch nicht erwarten, euch zu sehen."

Übst du Klavier? Ich weiß, ich weiß, aber es ist wichtig,

noch andere Sachen als Hockey zu können und böse Männer in
Videospielen in Stücke zu hacken, frag deine Väter.

„Okay, ich übe, ich verspreche es." Alle anderen
Follower schwiegen. Wahrscheinlich rollten sie sich
alle bei sich zu Hause lachend auf dem Boden. „Oh,
hey, danke für das Gift Sub, Granny Piano! Mary
Duckworth Achtundachtzig, du kannst all meine
coolen Emotes öffnen!"

Gut. Also, Großvater hat Arthritis in seiner Schulter, die
sich in letzter Zeit öfter meldet. Wir denken darüber nach,
nächstes Jahr den Patio neu zu machen. Ihn zu verglasen, damit
Binks rausgehen kann. Diese Katze liebt es, am Fenster zu
sitzen und die Vögel zu beobachten, darum dachten wir, wir
verglasen den Patio und nennen ihn dann Katzio. Großvater hat
sich das einfallen lassen. Ich finde das niedlich, du nicht?

Jep, das war niedlich. Meine Großeltern waren
wahnsinnig niedlich. Zum Glück musste sie sich nach
diesem Kommentar ausloggen, um mit meinem
Großvater *Perry Mason* anzuschauen. Ich dachte nicht,
dass sie darauf stehen würde, wenn ich Zombies
zerhackte. Der Chat wurde wieder lebhafter, nachdem
sie sich abgemeldet hatte, alle meine Subscriber und
Follower sagten, dass sie meine Oma sehr liebten. Ja,
das tat ich auch, aber ich würde mit Dad über sie
reden müssen. Nachdem der Stream vorbei war,
tappte ich den Flur entlang, an Lotties Zimmer
vorbei, in das ich schnell einen Blick warf, um nach
ihr zu sehen und Milos, in das ich meinen Kopf
steckte, um sicherzustellen, dass er tief schlief.

Manchmal hatte er Albträume. Natürlich wusste ich, dass es nicht mehr nur meine Aufgabe war, ihn zu beschützen, aber alte Gewohnheiten ließen sich schwer abschütteln.

Ich fand den jüngeren Elternteil im Fernsehzimmer, auf dem Sofa ausgestreckt, wie er sich einen *John Wick* Film anschaute. Tens Blick huschte von dem großen Bildschirm an der Wand über den Kamin zu mir, als ich hereinschlenderte und mich neben ihn setzte, meine Hand in die große Schüssel Käsepopcorn auf seinem Schoß schob.

„Hey", sagte er, lachte dann, als ich versuchte, gleichzeitig zu reden und zu kauen. Körner orangefarbenen Popcorns fielen aus meinem Mund. „Kauen, dann reden."

Ich machte genau das, streckte die Hand aus und schnappte mir seine Limo vom Kaffeetisch. „Im Ernst?", fragte er, als ich die Hälfte der Flasche austrank, dann aufstieß. Ich hielt ihm die halb leere Flasche hin, aber er lehnte ab. „Behalt sie. Ich weiß nicht, wo deine Lippen gewesen sind."

„Leider nur in meinem Gesicht", seufzte ich dramatisch, während Ten lachte. „Also, ähm, ich habe heute einen neuen Subscriber bekommen."

Ich rutschte nach hinten und zog meine Beine unter meinen Hintern, während John Wick Amok lief. Gut, dass Großmutter diesen Film nicht sah. Sie hielt es für zu gewalttätig, wenn ich einen untoten Zwerg killte.

„Das ist gut. Du baust dir eine nette Fanbase auf",
antwortete er, seine Augen auf Keanu gerichtet, als
Wick einen Bleistift als tödliche Waffe benutzte.

„Ich weiß, es macht mir viel Spaß." Er nickte, wie
Eltern es tun, wenn sie die Balance zwischen ihrem
redenden Kind und einem ihrer Lieblingsschauspieler
halten wollten. „Der neue Subscriber war
Großmutter."

Das riss seinen haselnussbraunen Blick von Keanu
weg. „Oh, das ist cool. Ich habe ihr erzählt, dass du
auf Twitch bist, und sie hat sich beeilt, es auf ihr
Handy zu laden, damit sie dir folgen kann."

„Oooh, ja, sie ist die Beste." Ich nickte und
wackelte mit dem Kopf.

Dad starrte mich an. „Was hat sie getan?", fragte
er, nahm die Fernbedienung, um den Film zu
pausieren.

„Nichts Dramatisches. Nun, sie hat Milos Namen
in den Kommentaren benutzt." Ten verzog das
Gesicht. Darum war ich zu ihm gegangen anstatt zu
Jared. Jared war cool, aber älter und kannte sich mit
Twitch überhaupt nicht aus. Ten liebte streamen und
er kannte das Internetprotokoll, während Jared nicht
ganz so auf dem neuesten Stand war wie Ten. Jared
befand sich an einer unglücklichen Position zwischen
Großmutter und Ten. „Kannst du ihr gegenüber
erwähnen, dass Twitch nicht wie Facebook
Messenger ist? Sie kann keine echten Namen
benutzen oder über persönliche Dinge wie

Großvaters Schulter reden oder seine Zipperlein oder ihre Chorgruppe."

„Stimmt, okay, ja. Ich werde mit ihr die Grundlagen durchgehen. Aber sei nachsichtig. Sie versucht nur, dich bei deinen Hobbys zu unterstützen. Sie hat keine Ahnung, im Ernst."

„Nein, das weiß ich und ich liebe sie, aber sie kann nicht so persönlich werden, das ist alles. Ich höre gerne alles über ihre Steckrüben auf Messenger", beeilte ich mich zu erklären.

„Mach dir keine Sorgen, ich werde mit ihr darüber reden."

Dann kam Jared ins Zimmer, frisch aus der Dusche, seine blonden/silbernen Haare immer noch feucht. Er trug eine Railers Fleecehose und ein T-Shirt, genau wie Tennant. Lustig, wie verheiratete Menschen anfingen, sich gleich zu kleiden. Lustig wie in peinlich.

„Mit wem über was reden?", fragte Jared, setzte sich auf der anderen Seite neben Ten auf die Couch.

„Meine Mom und Twitch", antwortete Ten, während Jared seinen Arm um Tens Schultern legte. Es war niedlich, wie liebevoll sie zu Hause waren. Berührten sich immer auf irgendeine Art. Das war die Art Beziehung, die ich haben wollte, wenn ich endlich jemand Besonderen fand.

„Ah, nun, ich bin mir sicher, alles wird gut. Hast du heute dein Spiel online gespielt?", fragte Jared. Gordie tappte ins Zimmer, seine schwarze Nase sog die Luft ein und führte ihn zu dem Popcorn-Fest, das hier stattfand. Ich warf ihm eines zu, das er im Flug schnappte.

„Ja und Großmutter war dabei." Ich warf dem Hund noch eines zu, dann eines in meinen Mund.

„Das ist schön. Ich nehme an, dass du mit deinen Hausaufgaben fertig warst, bevor du deinen Gaming-Computer hochgefahren hast?", fragte Jared, während seine Finger an Tens Hals spielten, direkt auf diesem coolen Tattoo eines brüllenden roten Löwen.

„Jep, nun, alles, was ich allein machen konnte", antwortete ich, seufzte dann, die Erinnerung daran, dass ich mit Felix arbeiten musste, flammte auf wie Sodbrennen.

„Willst du mir das erklären?", hakte Jared nach und das tat ich. Ich erzählte ihnen die kurze Version dessen, was in AP Englisch passiert war, aß dann mehr Popcorn, während sie Blicke tauschten. Sie kannten Felix und seine Familie jetzt, aber nur, weil sie beide Coyote-Eltern waren. Nun, nicht, dass Felix' Eltern sich bei vielen unserer Spiele als Paar zeigten. Ich glaubte, dass ich seine Mom zwei Mal gesehen hatte. Eine Wolke Parfüm und gestylte Haare waren alles, woran ich mich erinnerte. Sein Dad war öfters da gewesen, aber er starrte meistens in sein Handy, machte, was immer er für wichtiger als seinen Sohn hielt. Meine gaben ihr Bestes, aber weil sie beinahe das gesamte Schuljahr unterwegs waren, genau wie für die JV-Hockeysaison, verpassten sie auch sehr viel. „Uns ist praktisch nichts eingefallen. Und im Ernst, das Thema ist wirklich grauenvoll. Die Geschichte von Chesterford Academy? Wie langweilig kann es werden? Ich habe mir irgendeinen Unsinn über einen Geist in einer Kammer einfallen lassen. Ernsthaft, wenn es einen Geist gäbe, wäre das wenigstens etwas Aufregendes."

„Moment. Er will also eine Zeitung über Hedgefonds machen?", wollte Jared wissen, während Gordie auf den Boden sabberte, auf mehr Essen wartete. Ich und der Hund waren, laut meiner Väter, bodenlose Fässer. Ich konnte das nicht leugnen. Es war eine Tatsache. „Das ist überhaupt nicht interessant, oder?"

Jared schaute zu Ten, der mit den Schultern zuckte. „Nicht für mich. Wenn es mein Projekt wäre, würde ich Hockey machen."

„Siehst du, ja." Ich deutete mit einem Käsefinger auf Ten. „Das wollte ich machen, aber Mr Russel der Zweite hat angefangen zu schmollen und traurig zu schauen und hat mir das Gefühl gegeben, ein Loser zu sein, weil ich etwas so Einfaches vorgeschlagen habe. Er sagte, es gäbe interessante Geschichte über Chesterford."

„Nun, vielleicht stimmt das. Habt ihr Jungs euch in die alten Tage der Schule und des Geländes vertieft? Sie steht dort schon seit über zweihundert

Jahren. Es muss etwas Interessantes geben, mit dem man eure Zeitung füllen kann", stellte Jared fest.

„Ja, kann schon sein. Ich weiß es nicht. Diese ganze Aufgabe wird beschissen. Tut mir leid, aber es ist wirklich furchtbar. Felix ist so ein Snob."

„Nun, vielleicht verstehst du den jungen Mann nur nicht? Warum lädst du ihn nicht zum Lernen ein?", schlug Jared vor und bekam einen Blick von Ten. „Was? Lernen die Kids nicht mehr zusammen?"

„Klar tun wir das, aber ich bin mir nicht sicher, ob ich diesen Typen in meinem Haus haben möchte. Ihr habt ihn kennengelernt. Er ist ein Arsch", wandte ich ein, aber Jared schien auf seiner Idee zu bestehen.

„Das ist ein wenig extrem", meinte Dad stirnrunzelnd. „Ich habe gesehen, wie er mit einigen der jüngeren Schüler umgegangen ist und er kam mir sehr nett ihnen gegenüber vor."

Ich verdrehte meine Augen. „Vielleicht ist er nur ein junger Mann mit Problemen, der gerade schwierige Zeiten durchmacht. Sicher kannst du verstehen, wie schwer es ist, offen und nett zu sein, wenn zu Hause alles sehr turbulent ist und man muss sich seine Eltern nur ansehen, um zu wissen, dass es kein glückliches Zuhause ist."

Ich blinzelte Jared an. Ten nickte. Sogar der Hund schaute mich an, als wäre ich das Arschloch.

Mein Seufzen war legendär. Verdammt, aber es war beschissen, wenn sie recht hatten. „Okay, schon gut. Ich werde ihn zum Abendessen und zum Lernen einladen."

„Gut, dann ist es ein Date. Es ist immer am besten, so nett zu sein, wie man kann, auch zu Leuten, die uns hin und wieder auf die Nerven gehen."

„Nein, bitte, nein. Es ist *kein* Date. Kein. Date." Ich starrte sie beide an, dann den Hund, für den Fall, dass Gordie sich entschied, das D-Wort zu benutzen, wenn wir über die mögliche Lernen/Abendessen-Situation redeten. Date war ein schwerwiegendes Wort.

„Ich verspreche, wir werden keine Worte benutzen, die mit D anfangen", sagte Ten. Jared hob die Finger zum Schwur. Gordie rülpste sauer.

„Ich werde ihn morgen in Englisch fragen, aber erwartet nicht, dass er Ja sagt. Er ist ein echter Arsch."

Ich überließ sie ihrem Film, bevor sie mich wegen meiner Wortwahl rügen konnten. Gordie folgte mir, nahm seinen Platz oben an der Treppe ein, um uns Kinder zu beschützen, während wir schliefen. Ich rieb mir für einen Moment über den Kopf, schaute noch einmal nach den Zwergen, kroch dann ins Bett. Ich surfte ein wenig im Netz und leitete ein Meme an Courtney weiter, bevor ich mein Handy ans Ladegerät anschloss und eine meiner Playlists anmachte. Lizzo und Cardi B. rappten über

Gerüchte. Nicht, dass ich mir Sorgen über Gerede machen musste. Felix würde niemals zustimmen, zu mir zu kommen. Er hasste mich zu sehr.

SECHS

Felix
_____

Ich konnte das Geschrei hören, sogar über den Lärm meines wahnsinnig lauten Weckers und als ich ihn ausschaltete, wurde klar, dass Mom aus irgendeinem Grund unangekündigt aus New York gekommen war und sie war nicht glücklich.

Und Dad war auch nicht glücklich.

Ich hörte nicht oft, dass Dad seine Stimme gegen sie erhob – er war besser darin, die verbalen Schläge einzustecken – aber gerade im Moment schrie er nachdrücklich. Ich wusste genau, dass seine neue feste Freundin Cora und der Idiot Tyler, nicht wieder über Nacht geblieben waren, weil ich Dad klipp und klar gesagt hatte, dass ich das nicht wollte, aber was auch immer Mom machte, war genauso schlimm, als würde sie herausfinden, dass Dad sich eine neue … was auch immer Cora war, angeschafft hatte.

Warum war Mom überhaupt hier? Mir gefiel es, dass sie in New York wohnte. Es war stiller, wenn sie nicht ständig herumkreischte.

„Ein weiterer wunderbarer Start im Haushalt der Maxwell-Sinclairs", murmelte ich und duschte, hoffte, dass, vielleicht, alles still sein würde, wenn ich fertig war, aber nein, sie schrien immer noch. Oder zumindest Mom, was normal war. Wir hatten eindeutig den vertrauten Punkt in ihren Auseinandersetzungen erreicht, an dem Dad aufgab und tödlich still wurde und Mom ihre Zusammenfassungen, was für ein beschissener Mann mein Dad war, in neue Höhen schwang.

Ich putzte meine Zähne – Mom schrie immer noch, als ich fertig war, ihre schrille Verurteilung von etwas, das nach Finanzen klang, driftete die Treppe herauf und durchbohrte meine Trommelfelle.

Ich packte meine Schultasche. Jep, sie schrie immer noch.

Ich ging die hintere Treppe nach unten – alles, um dem Geschrei zu entgehen, aber die Tür nach draußen war verschlossen und ich wusste, dass der verdammte Schlüssel in der Küche lag. Ich dachte darüber nach, durch ein Fenster zu klettern, schlich dann aber an der Küchentür vorbei und hoffte das Beste, nur dass Mom mich im Flur entdeckte.

„Siehst du, was du getan hast, Jim! Mein eigenes Baby will nicht einmal Hallo zu mir sagen! Was hast du ihm erzählt?", kreischte sie und ihre Stimme raubte mir den letzten Nerv. Zu hören, wie meine Mom stritt und meinen Dad überforderte, war eine Sache, aber als emotionale Kugel benutzt zu werden, die sie auf meinen Dad abfeuern konnte, war etwas anderes. Nicht, dass mein Dad groß reagierte, er wurde still, wenn Mom sich darauf stürzte, mich als Beispiel dafür zu benutzen, wie er alles kaputtgemacht hatte.

„Ich habe nichts getan, Terri, und vielleicht liegt da das Problem." Mein Dad klang müde, als ob er mit allem durch wäre.

Als Mom mich in eine übertriebene Umarmung zog und ich eine Lunge voll Duft bekam, löste ich mich schnell von Parfüm und kratzigem Stoff und machte mich direkt auf zu den Schlüsseln, dachte kurz darüber nach, etwas zu frühstücken und entschied dann, dass es am besten für mich wäre zu gehen.

„Er ist zu dünn! Schau ihn dir an!"

„Nein-"

„Felix, Liebling, isst du überhaupt etwas?" Ich war so kurz davor, zu entkommen, nur noch wenige Schritte von der Tür entfernt. „Felix, komm wieder her!"

Ich schickte ein kurzes Gebet zum Gott von Kindern, die mit Eltern lebten, die sich scheiden ließen und drehte mich zu ihr.

„Ich komme zu spät in die Schule, Mom", schaffte ich, aber das reichte nicht aus, um sie aufzuhalten.

„Ich habe gefragt, ob du isst? Ist überhaupt Essen im Haus?"

„Natürlich esse ich, Mom, ich-"

„Das werde ich nicht zulassen, Jim, ich werde dich das unserem Sohn nicht antun lassen", schnappte sie und Dad schüttelte seinen Kopf, während Mom in ihrer Gucci-Tasche herumsuchte und ein Bündel Geldscheine herauszog, sich nicht darum kümmerte, wie viel es war und es mir hinhielt. „Kauf dir etwas Schönes", drängte sie und ich stritt nicht, schob das Geld ein und zuckte mit den Schultern, als Dad mir einen verletzten Blick zuwarf. Phoebe war gestern beim Einkaufen gewesen und der Kühlschrank war wahrscheinlich zum Bersten gefüllt, dazu hatten wir noch Schränke voller guter Sachen, aber wenn ich das Geld nahm, bestärkte das nur Moms Glauben, dass ich Bargeld brauchte, um Essen zu kaufen – mehr Munition in ihrem Krieg.

Was kümmerte es Dad? Die einzigen Menschen, die ich hier verletzte, waren die Mom und der Dad, die mich eigentlich hätten beschützen und aufziehen sollen.

Was wollte er von mir? Es sah aus, als ob sie mir über einhundert Dollar gegeben hätte und das konnte ich meinen Ersparnissen hinzufügen für die Zeit, wenn ich es schaffte, von meiner Familie wegzukommen und allein zu wohnen. Mein College-Fonds war dank eines Großvaters, den ich nie kennengelernt hatte, eingerichtet und Moms Familie hatte eine Menge Kohle, aber ich würde nicht zurückkommen, weder während noch danach, darum nahm ich alles Geld, das ich in die Finger bekommen konnte, um meine Freiheit zu erkaufen. Mit den hundert Dollar für den Notfall, die Dad mir dagelassen hatte, lief meine Woche ziemlich gut.

Drei Jahre noch bis zum College und dann bin ich mit diesem Scheiß durch.

„Pack deine Sachen, Felix", schnappte Mom. „Du kommst mit mir."

„Nein, Terri, das tut er nicht." Dad erhob sich tatsächlich, beinahe so, als hätte er ein Rückgrat und würde sich zwischen uns stellen. Sie warf ihm einen Blick zu und er sank zurück auf den Stuhl und rieb seinen Brustkorb, vollkommen eingeschüchtert.

„Ich habe gesagt, dass er bei mir wohnen wird", zischte sie.

Nicht das schon wieder. „Ich werde nicht nach New York ziehen, Mom", antwortete ich mit der ersten Zeile eines Drehbuchs, das ich auswendig konnte.

Und ihre Zeile lautete … „Du weißt, dass du dein eigenes Apartment direkt unter meinem-"

Dann ging es für mich weiter mit … „Nein, Mom. Ich gehe hier in die Schule. Ich bleibe hier."

Wenn sie mich wirklich unbedingt in ihrem Leben

haben wollte, dann sollte sie hierbleiben, wo ich ansatzweise glücklich war. Aber zu bleiben war eine Option, die ihr nie in den Sinn kam, weil sie bei ihren Leuten war und sie dringender zurück in die Sinclair-Familie wollte als meine Mom zu sein. Ich war nicht dumm und nach den ersten paar Malen, die wir diese Debatte geführt hatten, wusste ich, dass mich mitzunehmen mehr darum ging, meinen Dad zu verletzen als mich zu wollen. Nicht, dass es mich kümmerte, wie Dad sich fühlte, wenn er so einfach nachgab – als ob es ihm egal wäre, wo ich war oder was ich machte.

Mir ist es egal, wer mich will und wer nicht. Ich habe das alles so satt.

„Siehst du, was du getan hast?" Mom deutete auf Dad.

Er starrte sie mit seinem üblichen, ausdruckslosen Gesicht an und sagte wieder nichts zu seiner Verteidigung. Es war nicht so, dass es ihn kümmerte, wo ich war und er hatte wahrscheinlich bereits eine Ausstiegsstrategie mit Cora und ihrem verdammten Sohn, Tyler. Warum sollte er mich brauchen, wenn er sich eine Familie kaufen und mich ersetzen konnte?

Scheiß auf das alles. Ich war damit fertig.

Ich ging durch die Tür, schlug sie hinter mir zu und trat auf unseren wunderschön gemähten Rasen im Vorgarten, marschierte dann zur Garage, wo Rick warten würde, um mich in die Schule zu fahren. Statt Rick sah ich seine Frau Phoebe, sie, die

Nahrungsmittel kaufte und ich wusste, dass sie sich *hier* draußen vor dem versteckte, was da *drin* vor sich ging.

„Alles in Ordnung?", fragte sie, als ich mich neben sie auf die niedrige Wand hinter der Garage setzte.

„Es ist alles in Ordnung", log ich.

„Nimmt sie dich mit?" Phoebe klang ängstlich. Natürlich tat sie das, denn wenn ich ging, würde Dad vielleicht umziehen und dann würde er keine vor Ort wohnende Haushälterin mehr brauchen. Kein Wunder, dass sie so besorgt klang, wo sie doch nur eine weitere Person war, der ich nicht wirklich etwas bedeutete.

Mann, das hier war eine verdammte Mitleidsparty für einen. Ich war Felix Maxwell-Sinclair und ich suhlte mich nicht im Elend – ich zog meine Erwachsenenhosen an und sorgte dafür, dass Dinge passierten.

„Hör auf, dir Sorgen zu machen, Babe", sagte Rick, legte eine Hand auf meine Schulter. „Dem Jungen geht es gut."

Ich entzog mich seiner Berührung – und schaute zu ihm auf. „Schule?", fragte ich und er nickte, denn das war alles, was ich zu ihm sagte, denn wer wollte schon mit einem beinahe Sechzehnjährigen über irgendetwas reden?

Es reicht! Ich musste mich zusammenreißen.

Ich hüpfte von der Mauer und zuckte zusammen,

als Phoebe meinen Arm berührte. „Du weißt, wo wir sind", murmelte sie.

„Jep, in eurer winzigen Wohnung über der Garage", gab ich schnippisch zurück und ihre Augen fingen an zu glänzen und ich fühlte mich klein genug, um unter einem Teppich Fallschirm zu springen.

„Felix!", warnte Rick mich.

Ich grub dieses Grab so tief und er runzelte die Stirn und ich konnte keinen Vortrag darüber ertragen, dass ich ein kleiner Mistkerl war. Ich wollte nicht, dass Rick mich ermahnte oder Phoebe so tat, als würde sie mich unterstützen oder dass mein Dad schweigend und grau dasaß oder meine Mom wegen eines eingebildeten Problems den Verstand verlor. Ich war mit allen fertig und es war erst, was, vielleicht Dienstag? Mittwoch?

Ich ging die Einfahrt hinauf, weg von der Garage.

„Wo gehst du hin?", rief Rick mir nach.

„Ich gehe zu Fuß", gab ich zurück.

„Das sind zweiunddreißig Kilometer."

„Ich werde joggen!"

Um das zu betonen, verfiel ich in einen leichten Lauf und kam durch das beeindruckende Tor und hinaus auf die Straße. Aber ich lief nicht weiter, wandte mich nach links und ging in die Hecke, die den Sicherheitszaun vor neugierigen Blicken verbarg. Mein Brustkorb war verengt. Ich konnte nicht atmen und ich beugte mich vor, mein Rucksack rutschte und traf mich so hart am Hinterkopf, dass ich ihn abschüttelte und zu Boden fallen ließ. Ich ging in die Hocke und fragte mich, ob dies der Ort war, an dem ich sterben würde. Es tat weh zu atmen, Bänder aus Schmerz legten sich um meinen Kopf und mein Gesicht war nass.

Warum war mein Gesicht nass? Ich rieb mit meinen Händen über meine Haut und schaute sie an, ein Teil von mir erwartete Blut, denn das wäre perfekt. Aber es war kein Blut, darum mussten es verdammte Tränen sein und ich weinte nicht.

Wenn ich anfing zu weinen, dann würde alles in sich zusammenfallen.

Ich zählte von zehn rückwärts, ging die Atemübungen durch, die mein obszön teurer Therapeut mir beigebracht hatte und als ich stehen konnte, ohne mich übergeben zu müssen oder umzufallen, nahm ich meinen Rucksack und hob ihn wieder auf meinen Rücken. Okay. Was jetzt?

In die Schule gehen. Zu spät kommen, aber wenigstens würde ich dann dort sein, wo ich die Kontrolle hatte.

„Na schön", erklärte ich der Hecke und trat zurück auf den Gehweg. Ich war ein paar Schritte weit gekommen, als ein Auto neben mir langsamer wurde. Ich ging weiter, das Auto folgte mir und ich hob mein Kinn und klebte mir einen selbstbewussten Gesichtsausdruck über den ängstlichen Scheiß, der in mir tobte.

„Steig ins Auto, Felix", befahl Rick, aber ich

ignorierte ihn, denn wenn ich in dieses Auto stieg, würde er mir nur einen Vortrag darüber halten, was ich getan hatte und dass ich unhöflich zu Phoebe gewesen war und dass es nicht richtig war und … „Ab ins Auto", wiederholte er, fuhr dabei auf das perfekt gestutzte Gras des Gehwegs und blockierte meinen Weg.

Ich begegnete seinem ruhigen Blick und wollte ihm so unbedingt sagen, dass ich ihn nicht brauchte, aber er lächelte auf diese freundliche Art, die er an sich hatte und ich wollte nicht zu spät zu Englisch in der ersten Stunde kommen.

Ich mochte Englisch. Das war der einzige Grund, warum ich in das Auto stieg, aber wir fuhren nicht sofort los.

„Ich hätte gerne, dass du netter bist", murmelte er und ich fiel in mich zusammen. „Bitte sei Phoebe gegenüber nicht respektlos. Sie mag dich."

Wir bezahlen euch! Ihr schuldet uns etwas! Ihr seid nichts!

Diese verletzenden Worte – die Worte meiner Mom – wirbelten durch meinen Kopf und innerhalb einer Sekunde wurden meine Kopfschmerzen schlimmer, aber die ganze Zeit über starrte Rick mich aufmunternd an und schließlich nickte ich. Zumindest hatte er gesagt, dass er gerne hätte, dass ich netter war, nicht, dass er es erwartete. Was machte ich da?

„Es tut mir leid", platzte ich heraus.

Er nickte und lächelte mich an. „Warum schreibst du ihr nicht? Sie macht sich Sorgen um dich."

„Tut sie das?"

„Natürlich tut sie das, Felix. Sie hasst es, dich traurig zu sehen."

„Ich bin nicht traurig."

Er warf mir einen ungläubigen Blick zu, eine Braue hob sich, um diesen Unglauben zu unterstreichen. „Mach schon, schreib ihr."

Ich war nicht traurig. Was meine Eltern machten, die Dinge, die ich gesehen und gehört hatte, bedeuteten mir nichts, aber dennoch tat ich, was Rick vorgeschlagen hatte. Ich schickte eine kurze Nachricht, um mich zu entschuldigen.

Phoebe schickte vierzehn Herzen zurück. Ich weiß das, weil ich sie alle gezählt habe, und irgendwie schufen diese winzigen Herzen einen Schorf auf dem Loch in mir, so gut, dass ich, als ich an der Schule ankam, meine Maske wieder aufgesetzt hatte.

MR RUSSELL WAR EIN ARSCHLOCH. Es gab kein anderes Wort dafür, weil er, sobald der Unterricht anfing, nach unseren Projekten fragte. Soren hatte vor der ersten Stunde darüber reden wollen, aber ich hatte ihn ignoriert. Er hatte verlangt, dass wir vor dem Unterricht wenigstens darüber nachdenken sollten. Ich hatte ihn auch da ignoriert, ihm meinen Rücken zugewandt, weil ich die Verdammung in seinen dunklen Augen nicht wirklich ertragen konnte.

Und jetzt, in dem Moment, als wir uns setzten, wollte Mr Russell sehen, was wir uns bis jetzt hatten einfallen lassen und war damit beschäftigt, herumzugehen und mit den Schülern zu plaudern, und Gott sei Dank saßen wir ganz hinten.

„Hast du es gemacht?", fragte Soren.

Ich verdrehte meine Augen. „Nein."

„Aber du hast das Blatt mitgenommen", flüsterte er nicht allzu leise.

„*Aber du hast das Blatt mitgenommen*", wiederholte ich und tat so, als würde ich winseln, was überhaupt nicht wie Soren klang, aber ich fühlte mich dadurch besser.

Seine Lippen wurden schmal. „Armselig", murmelte er und schlug seinen Block auf, um ein Blatt herauszureißen. Er schrieb eilig denselben Titel darauf wie gestern und malte vier Kästchen darunter, warf mir einen Blick zu und schüttelte seinen Kopf. Dann starrte er das leere Blatt an und die ganze Zeit über kam Mr Russell weiter auf uns zu.

„Gründung, Absolventen", murmelte ich und nach einer Pause, in der ich erwartete, dass er mir ins Gesicht lachte, schrieb er die beiden Titel auf, tippte dann mit seinem Stift auf das Papier.

Mr Russell war an den Pulten in der Reihe vor uns und als ich einen Blick dorthin warf, konnte ich jede Menge Notizen sehen, darum streckte ich schnell die Hand aus und schnappte mir das Blatt von Soren. Er wollte es festhalten, aber ich war zu schnell – nimm das, Soren Ich-bin-schnell-auf-dem-Eis-

Madsen-Rowe — und kritzelte zwei weitere Überschriften und dann irgendwelche Worte darunter.

„Felix? Soren? Was ist euch eingefallen? Ich freue mich so, zu sehen, in welche Richtung ihr dieses Projekt führen werdet."

Soren warf mir einen Blick zu, einen, der sagte, dass wir im Arsch waren, aber ich räusperte mich. „Wir schauen uns die Geschichte der Schule an, aber nicht nur die der Schule selbst, sondern der Menschen – die Gründer, die Absolventen – wie der Krieg die Menschen beeinflusst hat, die hier lernten und die Lehrer, wie Weltereignisse den Lehrplan geformt haben. Es wird ein extensives Projekt, das sich auf die Menschen konzentriert."

„Menschen", sagte Mr Russell staunend.

„Menschen machen Geschichte, Mr Russell", sagte ich und bekam ein enthusiastisches Nicken.

„Das ist so gut. Macht weiter."

Sobald Mr Russell zurück ans Lehrerpult ging, um mit der Stunde richtig anzufangen, drehte ich mich zu Soren und klatschte das Blatt auf sein Pult. Ich schenkte ihm mein bestes und selbstzufriedenstes Lächeln und nahm an, dass er mir einen beißenden Kommentar hinknallen würde.

Stattdessen nickte er und bot mir dann seine Faust.

„Gut gemacht", murmelte er und wartete darauf,

dass ich gegen seine Faust schlug, was ich nicht machte, weil … Soren.

Dennoch hatte ich das Gefühl, dass dieser Tag wenigstens eine Sache auf der guten Seite der Liste hatte und Sorens Lob ließ ein winziges Etwas in meinem Brustkorb aufkeimen und ich dachte, dass es Stolz war.

Da konnte man mal sehen.

SIEBEN

Soren

Cool. Felix hatte uns durch sein schnelles Mitdenken die Ärsche gerettet.

Ich hatte nie gedacht, dass der Kerl dumm war, natürlich war er das nicht, sonst wäre er nicht an der Chesterford, ganz egal, wie viele Dineros sein Daddy hatte. Mann, ich musste aufhören, mir spät in der Nacht alte Gangsterfilme anzuschauen. Aber ja, Felix war klug, aber ein Idiot. Ein kluger Idiot. Ich warf ihm aus dem Augenwinkel einen Blick zu und er war durchaus niedlich, wenn er nicht von oben herab grinste oder der König der Idioten war. Ich hatte ihn gerade auf der königlichen Leiter vom Prinzen zum König befördert, obwohl vielleicht sein Vater der König war. Okay, ja, Prinz der Idioten. Er und Joffrey Baratheon.

„Also", sagte ich nach mehreren Minuten absoluten Schweigens von meinem Projektpartner. Er schnaubte, seine blauen Augen waren schmal. „Wir müssen das alles ausarbeiten."

Er starrte mich leer an, rückte dann seine Krawatte zurecht. Ich senkte den Blick und sah, dass auf meiner Haferbrei klebte. Scheiße. Ich rieb mit dem Radiergummi meines Bleistiftes über den Fleck.

„Das wird kein Essen ausradieren, Depp", machte Felix mich an. Ich rieb fester. Er schnaubte. „Du wirst sie in der Zwischenstunde mit Wasser sauber machen müssen."

„Ja." Ich seufzte und ließ meine Krawatte los. Jareds Stimme erklang in meinem Kopf. Such nach dem Guten in den Menschen, sagte er gerne. Ich starrte Felix an. Er tat so, als würde er nicht sehen, wie ich ihn anglotzte, während Mr Russell über einen Typen namens Moss schwadronierte, der Chefredakteur des *New York Magazine* war. „Deine Krawatte ist gut. Sauber." Er schaute mich kurz mit hochgezogener Braue an. „Kein Essen drauf."

„Ich bin nicht in einem Schweinestall aufgewachsen", feuerte er zurück. Autsch. Genau. Ich zählte bis zehn, stieß ihn dann so heftig in die Seite, dass er beinahe von seinem Stuhl gefallen wäre. Mr Russell schaute zu uns, lächelte und erzählte dann weiter, wie man Zeitungen gestaltete und welchen Einfluss Zeitungen hatten und blah, blah, blah. Da kam die Charlie-Brown-Lehrerstimme.

„Gut gemacht. Also, ja, ausarbeiten. Warum kommst du heute Abend nicht zu mir und wir können arbeiten." Ich tippte das Blatt mit den vier Kästchen und sonst nichts an. Mann, wir hatten noch eine Menge Arbeit vor uns.

Er saß wie vom Donner gerührt da. „Zu dir kommen?"

„Ja, um zu lernen. Nun, nicht nur zu lernen. Wir müssen einen Teil dieses Mistes recherchieren. Meine Großeltern werden vielleicht auch da sein, aber eventuell auch erst morgen. Sie sind diesen Sommer vom Süden hierhergezogen, damit sie mit dem Babysitten helfen können, wenn meine Dads auf Reisen gehen müssen. Außerdem sind sie so näher bei den Enkeln, abgesehen von Ryker, der ist in Arizona und meinem Onkel Jamie, der sitzt in Florida. Also ja, es könnten wir und die Elternteile und die Großeltern sein. Vielleicht, kommt darauf an, ob Großmutter und Großvater heute Abend ihren Tanzkurs haben. Es könnte sein …"

„Ich brauche keine Einzelheiten über deinen dämlichen Familienkalender. Ich kann nicht kommen."

„Oh, klar, das dachte ich mir schon irgendwie. Willst du, dass ich zu dir komme?"

„Nein!"

Ich wich zurück, weil seine Worte so schneidend herauskamen. „Schon gut." Ich hielt meine Hände in gespielter Niederlage hoch.

„Nein, ich habe vergessen, dass ich heute Abend *kein* Date habe." Ein Date? Mit wem ging er aus?

Cruella De Vil? Captain Hook? Nein, nicht Hook. Der Typ war nicht queer, oder wenn doch, dann versteckte er das sehr tief. Wie Mittelpunkt der Erde, *Land of the Lost* tief. „Ich kann kommen."

„Oh-kay. Gut. Weißt du irgendetwas über die Menschen, die in der Vergangenheit hier gelernt haben?"

„Wie in den Siebzigern?"

„Sicher, oder noch früher. Wie während der Kriege. Wir könnten mit Desmond reden, dem Hausmeister. Er ist alt und schon ewig hier."

Felix runzelte die Stirn. „'Der Hausmeister'?" Dann starrte er mich an, als ob auf meinem Kopf ein Pinguin eine lange Gleichung lösen würde.

„Ja, Desmond, alter Kerl, schiebt einen Mopp durch die Gegend und schreit die Leute an, dass sie ihren verdammten Müll aufheben sollen."

Der Blick, den er mir zuwarf, hätte einen geringeren Mann schmelzen lassen. „Ich weiß, was ein verdammter Hausmeister macht, Rowe. Schön, wir werden irgendwann mit ihm reden, aber ich kann mir nicht vorstellen, was ein Mann, der hinter Arschlöchern wie uns aufräumt, zu erzählen hätte, das auch nur ansatzweise unterhaltsam ist."

Ich zuckte mit den Schultern. Die Glocke ertönte. Felix stand wie der Blitz auf. Ich schnappte mir meinen Rucksack vom Boden und rannte, um ihn im Flur einzuholen. Ich wich dem Basketball-Team aus, das im Rudel vorbeiging. Christen, der Teamkapitän, streckte mir eine Faust zum Antippen hin, als ich vorbeijoggte.

„Hey, Sinclair", rief ich, lächelte Chelsea nett an, die mir in einer Gruppe aus zehn Mädchen schüchtern mit dem Finger zuwinkte. Sie alle kicherten und flüsterten, als ich vorbeirannte. Felix marschierte entschlossen dahin. „Hey, du brauchst meine Adresse", sagte ich, als ich ihn vor dem Lehrerzimmer der Fachschaft Englisch einholte. Er wirbelte herum, starrte mich finster an und strich meine Hand von seiner Schulter. Ich hob meine Hände, die Handflächen nach vorne. „Kumpel, entspann dich."

„Fass mich *nicht* an, Rowe."

„Wenn du, vielleicht, angehalten hättest, als ich dich gerufen habe, hätte ich Ihre Majestät nicht berühren müssen."

„Verpiss dich ganz weit weg."

Der Drang, die elitäre Stupsnase einzuschlagen, war stark. „Mann, lass mich dir nur meine Adresse geben oder hast du vor, dich von deinem Chauffeur durch ganz Harrisburg fahren zu lassen, auf der Suche nach meinem Haus?"

Er starrte mich an, als ob er sich wünschte, er hätte Laseraugen wie Homelander. Als das nicht passierte, holte er sein Handy aus seiner Tasche, tippte seinen Code ein, reichte es mir dann. Ich gab meine Infos ein, hielt ihm dann das schlanke schwarze Handy hin, während die Flure sich leerten.

„Nimmst du das jetzt, oder was? Ich muss in AP Chinesisch." Ich hielt es ihm unter die Nase.

Er nahm es langsam aus meiner Hand, warf dann einen kurzen Blick darauf. „Ich werde um sechs da sein."

Er wirbelte herum und eilte davon. Ich musterte ihn dabei, fragte mich, was an dem Typen war, dass ich in einem Moment wahnsinnig wütend auf ihn war und im nächsten eine Art unverkennbare Traurigkeit für ihn empfand. Die Warnglocke erklang.

„Scheiße!" Ich raste los und schlitterte ins Klassenzimmer, gerade als die zweite und finale Glocke läutete.

Ms Chen warf einen Blick auf ihre Uhr, dann auf mich. „Ein wenig knapp unterwegs, nicht wahr, Mr Madsen-Rowe?"

Ich nickte, schlich zu meinem Platz und zwinkerte Courtney zu. Knapp war nicht nur bei Hufeisen und Handgranaten wichtig, wie mein Großvater zu sagen pflegte. Es zählte auch, wenn man rechtzeitig ins Klassenzimmer kam.

FELIX HATTE WOHL eine gute Seite. Pünktlichkeit.

Er klingelte um exakt sechs Uhr nachmittags an unserer Tür.

Wer zur Hölle kommt pünktlich? Es war bizarr. *Er* war bizarr.

Dennoch ließ ich ihn herein, sah einen schwarzen Sedan, der an der Straße wartete. Felix stand in Jeans, einem Tanktop mit dem bösen Stay-Puft-Marshmallow-Mann darauf und superteuren Nikes an der Türschwelle. Seine Haare waren gekämmt, sein Blick huschte hinter mich, als hätte er Angst, er würde in ein *Silent-Hill*-Haus treten. Ich warf einen Blick nach hinten, sah den Hund auf uns zustürmen, die Zunge heraushängend, Lottie, die hinter dem Lab herrannte, mit einem Zauberstab und einem nackten Fuß. Sie neigte dazu, Socken und Schuhe zu verlieren. Ten bezeichnete das als ihr besonderes Talent.

„Wappne dich", sagte ich zu Felix. Er spreizte seine Beine, die Augen aufgerissen, als Gordie ihn in vollem Lauf traf. Ich griff hektisch nach seinem Halsband, während Lottie magische Sprüche schrie, die den Hund dazu bringen sollten, Sitz zu machen und brav zu sein. Ihre Magie war verbesserungswürdig. Gordie begrüßte Felix, wie er es bei jedem machte: Mit wedelndem Schwanz, einer Zungenwäsche, wobei seine Pfoten vor Freude trommelten. „Sitz, sitz, sitz, sitz."

„Sitz, verdammt noch mal!", schrie Lottie, während sie einen weiteren Zauberspruch auf das hüpfende schokoladenfarbene Lab/Sabbermonster richtete. Ich lachte bei ihrem Fluchen. Das war Ten, absolut. Das sagte er ständig. „Hallo, hübscher Junge.

Willkommen in unserem Haus. Das ist Gordie, der in der Welpenschule nicht gut aufgepasst hat."

Lottie hielt ihre Hand zum Schütteln hin, während ich damit kämpfte, den Hund von einem schockierten Felix wegzubekommen. Ich musste es ihm lassen, er drehte nicht durch. Wahrscheinlich, weil Lottie da war, zu ihm auflächelte, ihre klebrige kleine Hand ausgestreckt.

„Vier-Pfoten-Regel", grunzte ich den Hund an, während ich seine Vorderbeine in Richtung Boden lenkte. „Alle vier bleiben auf dem Boden, schon vergessen?", fragte ich und bekam ein kurzes, glückliches Bellen.

„Er erinnert sich überhaupt nicht. Entschuldige mich, hübscher Junge, ich warte." Sie wedelte mit ihrer Hand in Richtung Felix, der ein wenig benommen zu sein schien. Seine Wangen waren gerötet und mit Hundesabber bedeckt, seine ordentlichen Haare standen ab und seine Augen waren geweitet. Lottie hatte recht. Er *war* ein hübscher Junge. „Mein Name ist Charlotte Madsen-Rowe."

„Oh, ähm, Felix." Er schien sich zu sammeln und beugte sich vor, um ihre Hand zu schütteln. Gordie, der jetzt saß, aber gerade so, bellte erneut. „Es ist eine Freude, dich kennenzulernen, Miss Charlotte."

Sie machte einen Knicks, rannte dann los, der Hund hinter ihr her. Milo kam die Treppe heruntergestürmt, blieb dann stehen, um Felix offen anzustarren.

„War das dein Gast?", rief Jared, folgte meinem Bruder von oben herunter. „Oh, ja, ist er. Komm rein, Felix. Wir haben uns gerade die Hände vor dem Abendessen gewaschen. Ich hoffe, du magst Spaghetti. Es ist das eine Gericht, das Tennant kochen kann, bei dem der Rauchmelder nicht losgeht."

„Das habe ich gehört!", schrie Ten aus der Küche.

Felix stand jetzt in der Tür, starrte Jared an, während mein Dad Milo in die Küche scheuchte. Man musste ihn nach dem Händewaschen schnell an den Tisch bekommen, ansonsten war er in Sekundenschnelle wieder schmutzig. Das war Milos besonderes Talent.

„Du kannst dir hier den Hundesabber abwaschen", erklärte ich, zog ihn in den Wahnsinn, schloss dann die Haustür. Ich führte ihn zum kleinen Bad neben dem Wohnzimmer. Es war in Aprikose und Weiß gehalten, mit einer Toilette und einem Waschbecken, aber ohne Dusche. „Soll ich draußen warten, um dich in die Küche zu führen?"

„Ich bitte dich." Er schloss die Tür mit einem Knall direkt vor meinem Gesicht.

Ich holte lang und tief Luft, ließ sie durch meine Nase wieder heraus und sagte mir, dass ich einen Moment des Zen finden musste. Ich ging in die Küche. Ten stand am Herd, rührte Pasta um. Jared schnallte Lottie auf ihre Sitzerhöhung und Milo fütterte Gordie ein Stück Knoblauchbrot. Ten schaute über seine Schulter zu mir.

„Wo ist dein Freund?", fragte er, hob eine Nudel aus dem Wasser, blies dann darauf. Er mochte sie fest, während Jared sie durchgekocht bevorzugte. Der Kampf, ob die Pasta fertig war, fand hier wöchentlich statt.

„Bitte koch sie ein wenig länger", sagte Jared, während er zum Kühlschrank tappte, um Getränke zu holen.

„Jep." Ten schaltete die Platte aus, zwinkerte mir dabei zu.

„Er ist nicht wirklich mein Freund. Er ist ein Teamkollege und arbeitet mit mir an einem Projekt", erklärte ich, während ich meinen Stuhl herauszog.

„Geh und warte auf ihn. Es ist nicht höflich, ihn nach uns suchen zu lassen", bemerkte Jared, während er einen Karton Milch aus dem Kühlschrank holte.

Ich schnaufte, spazierte dann zurück durch den Flur, um wie ein Vollidiot auf Felix zu warten. Als er herauskam, die Haare nass und an seinem Kopf klebend, sein Gesicht rosig, weil er so gerieben hatte, warf er mir einen finsteren Blick zu.

„Fang gar nicht erst an", sagte ich mit Nachdruck. „Dad hat mich gezwungen, dich zu holen. Hier entlang." Ich führte ihn zurück in die Küche. „Hier ist er. Gesund und wohlauf. Gut, dass ich da war, um ihn herzuführen, sonst wäre er vielleicht ins Spielzimmer gewandert, wo wir dann nie wieder von ihm gehört hätten."

Jared und Ten warfen mir diesen Ich-bin-amüsiert-aber-ich-tue-so-als-wäre-ich-es-nicht-Blick zu. „Willkommen in unserem Heim, Felix", sagte Jared mit einem Lächeln, schenkte dann etwas Milch in Milos' Glas. „Ich bin Jared und das da drüben ist Ten, der die Spaghetti nicht lange genug kocht."

Ten winkte grüßend mit der Spaghettigabel in der Luft. „Es ist schön, dich kennenzulernen, Felix."

„Es ist eine echte Ehre, hier zu sein", erwiderte Felix, stand steif wie ein Stock neben einem leeren Stuhl.

„Kumpel, wir sind hier nicht in der Militärschule, du kannst dich setzen und entspannen", flüsterte ich, versetzte Felix einen Stoß, der ihm den Ausdruck der Bewunderung aus dem Gesicht riss. Das war normal, wenn jemand Jared und Ten kennenlernte. Vor allem Ten. Vor allem, wenn die Person, die das Meet-and-Greet bekam, ein Hockeyspieler war oder sich mit Sport auskannte. Ten war ein Generationen-Phänomen, ein zukünftiges Mitglied der Hall of Fame und einer der größten Stars im Hockey. Ich war am Anfang auch wie vom Donner gerührt gewesen, aber jetzt war er nur Dad.

Felix errötete, fiel dann auf seinen Stuhl, sein Rucksack saß auf seinem Schoß. Jared lachte, nahm ihm den Rucksack dann ab und hing ihn über die Rücklehne seines Stuhls. Ten trug eine riesige

Schüssel Spaghetti mit Fleischbällchen an den Tisch – Großmutter hatte sie gemacht und eingefroren. Jared kam mit einer Schüssel Grünzeug an, der Salat war mit winzigen Tomaten, Karottenstäbchen und Gurkenstücken bestreut.

„Lasst es euch schmecken", sagte Ten, setzte sich neben Lottie.

Wir fingen an, unsere Teller mit dampfender Pasta zu füllen, das Aroma von Tomatensoße und Knoblauch füllte die geräumige und heimelige Küche. Felix sah so fehl am Platz aus. Seine Schultern waren gestrafft, sein Kiefer angespannt, seine Lippen schmal.

„Also, Felix, freust du dich auf die neue Coyote-Saison?", fragte Jared, verteilte ein paar Speckstückchen auf seinem Salat, reichte das Gefäß dann an Ten weiter.

Lottie pickte ein Stück Gurke aus ihrem Salat und stopfte es sich in den Mund. Sie würde nur die Gurke essen. Milo suchte die Karottenstäbchen heraus.

„Ja, Sir, sehr sogar", antwortete Felix, sein Teller und seine Salatschüssel waren immer noch leer.

„Gut, ich habe vorhin erst mit Ten über euer Team dieses Jahr geredet. Ich weiß, dass ihr ein paar Schlüsselspieler verloren habt, weil sie ins College-Team gewechselt haben, aber eure Verteidigung ist stark. Ich denke, dass ihr, mit etwas intensivem Training, ganz leicht den Verlust von Johnson und Waite ausgleichen könnt."

Ten fiel ein. „Absolut. Die Stürmer sind in guter Form. Ich kann gerne einmal beim Training vorbeischauen und etwas Zeit auf dem Eis mit euch verbringen", sagte er, während er ein paar Spaghetti auf seine Gabel drehte.

Gordie winselte unter dem Tisch, leise, nur ums daran zu erinnern, dass er da war und verhungerte. Nicht wirklich. Er hatte vor zehn Minuten sein Fressen bekommen, damit er nicht die Ich-bin-so-arm-dran-Hunger-Show abziehen würde, wenn wir einen Gast hatten.

„Wirklich?", fragte Felix atemlos. Ten lächelte und nickte. „Das wäre der Wahnsinn. Wirklich Wahnsinn. Wirklich gut, meine ich damit, das wäre wirklich gut."

Und dann lächelte er. Felix Maxwell-Sinclair lächelte und es erreichte tatsächlich seine Augen und er war wie ausgewechselt. Meine Gabel voller Spaghetti hing direkt an meiner Unterlippe, während ich staunend auf diese Veränderung starrte, die ein Lächeln bei einem Typen bewirken konnte. Ja, Lottie hatte mehr als recht.

Felix war nicht nur hübsch, er war wunderschön.

ACHT

Felix

Ich schaute auf das Blatt, das an der Wand hing, für unser erstes Training, das tatsächlich auf dem Eis stattfand. Das hier waren nicht die finalen Blöcke, in Stein gemeißelt, sondern basierten auf dem, was Coach Sennett vom letzten Jahr von uns wusste, aber ich verspürte dennoch einen kleinen Thrill, dass ich in Coachs Kopf immer noch im zweiten Block spielte. Und auch, dass er mich nicht in die Nähe des dämlichen Soren oder diesem Tyler-Jungen platziert hatte. Wie erwartet, war Shaun unser Kapitän.

Erster Block

Center - #3 Shaun Stanton (Kapitän) – Sophomore

Linker Flügel - #10 Will Bradrick – Sophomore

Rechter Flügel - #34 – Gavin Neely - Sophomore

Zweiter Block

Center: #19 - Jonathan McCombs - Freshman

Linker Flügel: #14 - Jack Neeley – Freshman

Rechter Flügel: #17 - Felix Maxwell-Sinclair - Sophomore

Dritter Block

Center: #21 - Caleb Baker - Sophomore

Linker Flügel: #16 - Soren Madsen-Rowe - Sophomore

Rechter Flügel: #18 - Tyler Corrigan - Sophomore

Vierter Block

Center: #15 - Carson Britt - Sophomore

Linker Flügel: #46 - Auden Smith - Sophomore

Rechter Flügel: #56 - Asher Perez – Sophomore

Verteidigung 1

D: #2 - Michael Ponatello - Freshman

D: #4 - Mark Anderson - Sophomore

Verteidigung 2

D: #6 - Riley Jackson - Freshman

D: #22 - Dominic Wishor - Sophomore

Verteidigung 3

D: #24 - Lance King - Sophomore

D: #41 - Seth Foster - Freshman

Tor

G1 - #31 - Elijah Carter-Collins III –Catches L
– Freshman

G2 - #40 - Cullen Perry - Catches L - Sophomore

"NETT", sagte Johnny an meiner Seite und wir schlugen die Fäuste aneinander. Mom sagte immer, dass es die Leute waren, die man kannte, die einen voranbrachten und Johnnys Dad war Investor und ich wollte gerne einen guten Draht zu Johnny behalten, für den Fall, dass meine Beziehung zu ihm den Weg in eine strahlende Zukunft ebnete. Nicht, dass wir Freunde waren – aus irgendeinem Grund wollte er nicht befreundet sein, zumindest nicht auf eine wir-hängen-zusammen-ab-Art. Ich schien keine Freunde dieser Art anzuziehen, nur Leute wie Jonah und Miles, die, ihr wisst schon, nicht *wirklich* Freunde waren.

Wer brauchte überhaupt Freunde?

„Das ist nicht die finale Liste", bemerkte Jack, unser eingetragener linker Flügel. Er wusste – wir alle wussten – dass Jack zu gut war, um für immer im zweiten Block zu bleiben. Genau wie sein großer Bruder, Gavin, der im ersten Block spielte, war er dazu bestimmt, Profi zu werden — alle sagten das. Welche Stufe an Professionalität stand noch zur Debatte, aber sie waren beide von einer zukünftigen Karriere auf dem Eis besessen. Ich hielt mich aus dem kleinlichen Gezänk zwischen den Brüdern heraus, weil es mir eigentlich egal war.

„Wer hat Soren in den dritten Block befördert?", fragte Auden, betrachtete stirnrunzelnd das Blatt, wahrscheinlich wütend, weil er in den vierten Block heruntergestuft worden war und Soren seinen Platz bekommen hatte.

„Es ist nicht wegen seines Könnens auf dem Eis", sagte ich und ließ den Kommentar in der Luft hängen. Auden warf einen Blick in meine Richtung und nickte.

„Vielleicht hat einer seiner neuen Daddys für eine Position bezahlt", sagte ich trocken und sah, wie Audens Augen groß wurden, wie wild von mir zu etwas hinter mir huschten.

Es musste Soren sein — er mit der perfekten Abendessen-Familie, mit seiner wahnsinnig niedlichen Schwester und seinem idiotischen Bruder, der mich den ganzen Abend lang angestarrt hatte. Zur Hölle mit ihnen allen und ihrer Nettigkeit und dass Ten versprochen hatte, ins Stadion zu kommen und Jared, der ganz ernst gewesen war und mir Fragen über geplante Urlaube gestellt hatte (welche Urlaube, meine Familie fuhr nicht in den Urlaub), meine Zukunft (Geld) und mein Lieblingshockeyteam (an erster Stelle die Railers, dann LA Storm und auf gar keinen Fall Boston, aus Gründen).

„Ich nehme an, von Hockey-Adel aus der Gosse gezogen zu werden, funktioniert", sagte ich, drehte mich dann lässig um, sah Soren direkt hinter mir stehen, wie erwartet. Ich ließ meinen Blick von seinen perfekten Haaren hinunter zu seinen abgewetzten Schuhen und wieder nach oben wandern, bevor ich mein Kinn anhob. „Ups", murmelte ich und machte mich auf einen Schlag gefasst, oder ein Handgemenge oder einfach nur ein paar zielgerichtete Worte der Verteidigung. Er warf mir einen Blick zu, einen, den ich nicht ganz entschlüsseln konnte, der aber deutlich seine Meinung von mir ausdrückte.

Wie auch immer.

„Dritter Block, Rowe", murmelte ich, für den Fall, dass er es nicht gesehen hatte, „mit dem Schwächling Tyler als Flügel. Mann, mir tut Caleb leid, der sich mit euch beiden herumschlagen muss."

„Ich freue mich, mit Soren und Tyler zu spielen." Caleb erschien an meiner Seite und hielt Soren seine Faust hin, der den Neuankömmling mit aufrichtiger Freude anlächelte. Ich hatte Caleb früher auf seltsame Weise gemocht – schließlich spielte er Geige und wir hatten uns im Musikunterricht angefreundet – aber zur Hölle mit ihm. Wenn er gerne mit Soren spielte, dann stufte ihn das auf meiner Liste der ... nun, meiner Liste von was auch immer, nach unten.

„Ich auch", fügte Tyler hinzu.

Ich fragte mich, wann zur Hölle der Mistkerl, der sich seinen Weg in meine Familie erzwang, aufgetaucht war. Ihr könnt glauben, dass ich ihn sofort niederstarrte und zuschaute, wie seine Schultern nach vorne sanken und er einen Schritt näher zu Soren ging.

„Das wirst du nicht, wenn Soren es vergeigt", sagte ich und strich nicht vorhandene Fussel von Sorens Jackett. Man musste ihm lassen, er zuckte nicht einmal zusammen, aber ich bemerkte, wie seine Faust sich an seiner Seite ballte. Oh, wie ich einen weiteren Besuch beim Direktor lieben würde, wo ich erklären konnte, wie grauenvoll ich mich fühlte, nachdem Soren mich geschlagen hatte. Vor einem Jahr hatte ich ihn provoziert und er hatte mich so heftig getroffen, dass ich vom Spind abgeprallt war. Mann, dafür hatte er so richtig Ärger bekommen. Ich war nicht so ungeschoren davongekommen, wie ich gehofft hatte und es hatte ohnehin nicht funktioniert, weil meine Eltern sich nicht einmal die Mühe gemacht hatten, zu dem Treffen zu kommen, aber dennoch war es befriedigend gewesen, zuzusehen, wie seine Retter, aka seine Eltern, ihn aus dem Büro begleitet hatten.

Soren und ich hatten ein episches Starr-Duell und dann murmelte er einen Fluch vor sich hin und ging in Richtung der Umkleiden, mit Tyler und Caleb im Schlepptau, dann folgte der Rest des Teams und ich schlenderte als Letzter herein, als ob es mir vollkommen egal wäre, welchen Spind ich bekommen würde. Der einzige freie Platz war neben unserem Kapitän, Shaun Stanton, und er warf mir einen Seitenblick zu, als ich mich setzte, sagte mir aber nicht, dass ich mich verziehen sollte. Nehmt das, Team, ich bin neben dem verdammten Kapitän.

Wir machten uns bereit, aufs Eis zu gehen, warteten darauf, dass Coach mit seiner üblichen Rede vor dem ersten Eistraining hereinkam, aber ich wollte endlich anfangen, Hockey zu spielen. Ich hatte es den Sommer über vermisst, auch wenn Mom mir eine Menge Zeit auf dem Eis verschafft hatte, als ich sie in New York besucht hatte und obwohl sie das getan hatte, damit ich ihr nicht im Weg war, hatte ich den Mini-Sommerunterricht genossen und ein paar gute Dinge gelernt − Dinge, mit denen ich den Rest des Teams von den Socken hauen würde, sobald unsere Kufen auf das kalte Zeug trafen.

„Unser Spiel gegen Hershey ist in fünf Wochen. Bis dahin will ich solides Training sehen und das bedeutet auch Zeit im Fitnessstudio für ..." Ich schweifte ab, weil es dasselbe war wie letztes Jahr. „... Madsen-Rowe." Ich kehrte ruckartig zu dem zurück, was er sagte und sah, dass alle flüsterten und dass sogar ein paar pfiffen. Mein Blick wanderte sofort zu Soren, aber er starrte zu Boden und ich fragte mich, ob er vielleicht getadelt worden war oder etwas in der Art?

„Fuck, ja! Ich hoffe, er bringt Stan mit", sagte Elijah, unser Goalie, vom anderen Ende des Raums.

„Und Adler! Ich liebe Adler", schrie Riley zurück, als der Lärmpegel stieg.

„Beruhigt euch! Beruhigt euch!", schrie Coach über den Lärm, blies dann in seine Pfeife, was uns alle innehalten ließ. „Soweit ich weiß, wird Mr Madsen-Rowe allein kommen und nicht das ganze Team der Harrisburg Railers mitbringen." Coach schaute Soren deutlich an, der rot anlief und sich vorbeugte, um an dem Tape um seinen Schläger zu fummeln.

Seinem Tennant-Madsen-Rowe-Schläger.

Ich hatte denselben, aber ich hatte meinen kaufen müssen. Ich wollte wetten, dass er eine Menge Sachen umsonst bekam – Jerseys und solche Sachen – obwohl ich mir keine Sorgen machte, dass ich dafür bezahlen musste, weil ich ja altes Geld hatte, oder besser gesagt, Mom hatte es und ich musste sie nur fragen, oder, wenn ich mich besonders bösartig fühlte, Textnachrichten an sie und Dad schicken, damit sie versuchten, einander auszustechen. Nicht, dass Dad bei diesem Spiel noch mitmachte. Tatsächlich wurde Dad immer weniger der Mann, den ich kannte und mehr wie … ich wusste es nicht. Er fragte mich, wie es in der Schule lief und versuchte, Interesse zu zeigen.

Zur Hölle damit.

Warum hielt Soren nicht seinen Kopf hoch, stolz darauf, dass er es geschafft hatte, seinen Dad hierherzubekommen? Er hatte das Unmögliche vollbracht und nur wegen der Leute, die ihn aufgenommen hatten – er hatte über den Rest von uns gesiegt. Warum war er also nicht glücklich?

„… also möchte ich, dass ihr alle mit tiefgründigen Fragen für unseren Gast bewaffnet kommt und ich weiß, dass ich mich auf euch alle verlassen kann, als Team zusammenzuhalten und ihm zu zeigen, woraus die Coyotes gemacht sind. Go Coyotes!"

„Go Coyotes!", antworteten wir als Team.

Aber ich war mehr an Sorens Peinlichkeit interessiert als einem Schlachtruf und das Bild von ihm, mit seinen rosigen Wangen, verfolgte mich. Er hatte mich an meinem verletzlichsten Punkt gesehen, als ich ganz aufgeregt gewesen war, weil sein Vater in die Schule kommen würde – Himmel, er hatte gesehen, wie ich praktisch am Tisch ohnmächtig geworden, oder kurz davorgestanden war, verdammt, bei dem Gedanken, mit Tennant reden zu können, ganz zu schweigen davon, tatsächlich mit ihm auf dem Eis zu sein.

Das Poster von Ten war mein größtes und er war jede Fantasie, die ich je gehabt hatte, in einem Paket. War die Fantasie schwächer geworden, als ich gesehen hatte, wie er mit Milo in einen Spaghetti-Kampf geraten war? Nein. War sie befleckt worden, als er und Milo dann einen Rülpswettbewerb veranstaltet hatten? Nein. Meine Obsession für ihn wankte nicht das kleinste Bisschen, auch als sich herausstellte, dass er abseits des Eises eine normale Person war.

Nicht wie Soren, den ich dabei erwischte, wie er mich während des Abendessens mit einem schockierten Gesichtsausdruck gemustert hatte oder etwas ähnlich Beschissenem, als ob er kommentieren wollte, dass ich aufgeregt war. Ich wollte nicht verlacht werden. Ich wollte nicht, dass Soren mich beurteilte und diese Abneigung kochte und rumorte in mir, seit dem Moment, als er seine Stifte eingepackt und gemeint hatte, dass wir für diesen Abend fertig waren. Zum Glück hatten wir im Esszimmer gearbeitet und nicht in seinem Schlafzimmer und ich hatte es geschafft, noch mehr Blicke auf Tennant und seinen Ehemann zu erhaschen.

Sie waren so liebevoll miteinander, dass es fast Übelkeit erregend war, aber nicht einmal das raubte meinem Helden den Glanz und ich musste zugeben – nur vor mir selbst – dass es seltsam und beunruhigend war, eine *normale* Familie *normale* Dinge tun zu sehen. Jared hatte sich sogar nach unserem Projekt erkundigt, sich an den Tisch gesetzt und über Geschichte gesprochen und uns den Link zu einem historischen Verein gegeben, der vom Freund eines Freundes geleitet wurde, der sich anscheinend freuen würde, wenn wir ihn besuchten. Er hatte uns erzählt, dass er es verpasst hatte, mit seinem anderen Sohn, Ryker, an Projekten zu arbeiten, ein weiterer Hockeyspieler, der da draußen war, glänzte und sein strahlendes Leben führte, wenn auch für die Arizona Raptors, ein Team, dem ich nicht wirklich folgte.

Zumindest war Ryker sein biologischer Sohn, nicht Wegwerfkinder mit Glück wie Soren und Milo, die er aufgelesen hatte. Obwohl ich diesen Gedanken klugerweise für mich behalten hatte.

Ich bin nicht eifersüchtig.

„Erde an Felix." Coach schnippte mit den Fingern vor meinem Gesicht.

Ich versteifte mich. „Ja, Coach?"

„Du sitzt hier nur rum …" Er deutete auf mich, dann auf den Raum.

Ich bemerkte, dass alle schon gegangen waren, und fummelte an meinem Schnürsenkel, als wäre das der Grund für die Verspätung, kam dann hoch und salutierte vor ihm. „Bin auf dem Weg, Coach."

„Felix?"

Ich blieb am Rand des Flurs, der aufs Eis führte, stehen und drehte mich wieder zu ihm um. „Ja, Coach?"

„Wiederhole das letzte Jahr nicht. Bleib sauber, denn ganz egal, wie gut du da draußen bist, wenn du eskalierst …" Er hob eine Braue und musste nicht zu Ende sprechen, weil es eine Warnung war, keinen Ärger zu machen, und er sagte dasselbe, jedes Mal, wenn er mich von der Herde trennte. Was sollte es, dass ich dazu neigte, andere Spieler umzunieten? Was sollte es, wenn ich das Spiel benutzte, um die

Anspannung loszuwerden? Ich hörte bei all dem nur, dass er sagte, ich sei gut.

Diesen Sieg würde ich jeden Tag nehmen.

In dem Moment, als meine Kufen aufs Eis trafen, fühlte ich, wie eine Art Frieden mich überkam. Das war meine Arena, mein Schlachtfeld und die Nervosität, die meine Schultern verspannte, löste sich auf, ein Gleiten nach dem anderen. Ich fühlte mich nicht wackelig oder unsicher oder weniger wie ein Sohn, oder einsam oder wütend oder irgendetwas, wenn ich auf dem Eis war. Hier hatte ich Macht – über jedes Gleiten, über jeden Treffer des Pucks – und angefüllt mit Freude auf das Jahr, blieb ich direkt vor unserem Goalie stehen, schneite ihn ein.

„Arschloch!", schrie Elijah, aber er grinste mich an und ich konnte nicht anders, als das Lächeln zu erwidern. Wir waren zurück.

NEUN

Soren

„… an Hochgeschwindigkeit-Drills, arbeiten daran, Pässe mit der Vor- und Rückhand anzunehmen und an einigen One-Touch-Pässen. Das wird helfen, uns nach dem langen Sommer aufzufrischen und mir auch zeigen, wo wir uns in Zukunft noch mehr auf Pass-Übungen konzentrieren müssen", sagte Coach, während wir auf dem Eis um ihn und die beiden freiwilligen Coaches herumstanden. Mein Blick huschte immer wieder zu Felix, der ein paar Jungs weiter stand, mit seinen leuchtend blonden Haaren, die hinten unter seinem Helm hervorlugten, unter dem hellen Licht im Eisstadion wie gesponnenes Gold glühten. Etwas an ihm war anders. Ich hatte beim Abendessen eine weichere Seite von ihm gesehen, nur für eine Minute oder zwei und es war, als ob jemand in meinem Kopf einen Schalter umgelegt hätte. Der

Kerl war immer noch ein Arschloch, aber jetzt wusste ich, dass er anständig sein konnte. Er hatte tatsächlich gelächelt. Nicht für mich, natürlich nicht, aber für Ten, was zeigte, dass er nett sein *konnte*.

Als ich ihn genau musterte, während er Coach anstarrte, konnte ich nicht anders, als sein Profil zu bemerken. Sogar mit dem Vollgesichtsschutz konnte ich die Aussicht genießen. Felix sah wirklich gut aus, auch wenn er sein Kinn auf diese hochnäsige Art und Weise hochreckte, wie reiche Leute das machten. Er nickte zu allem, was Coach jetzt auf sein geliebtes Whiteboard malte – der Mann musste mit diesem Whiteboard ins Bett gehen, was wahrscheinlich seine Frau wütend machte – leckte sich dann über die Lippen. Mein Schwanz bemerkte das, was mich in Panik versetzte, so sehr, dass ich mich an Spucke verschluckte und alle auf dem Eis mich würgen sahen.

„Falsche Röhre", hustete ich, bemühte mich um ein Lächeln, während ich eine Lunge heraushustete.

Felix starrte mich lange an, schüttelte dann seinen Kopf und hörte wieder zu. Was ich auch tun sollte, anstatt mich zu fragen, warum mir nie aufgefallen war, wie seine Haare sich in seinem Nacken kräuselten, oder dass er ein Grübchen hatte. Zu meiner Verteidigung muss ich sagen, dass ich den Kerl noch nie hatte lächeln sehen, darum war das Grübchen eine versteckte Waffe. Seine Haut war makellos, seine Augen strahlend blau und seine Wangen mit einer feinen Patina Schweiß bedeckt. Wenn er seinen Kopf genau richtig drehte, konnte ich die goldenen Stoppeln auf seiner Oberlippe und an seinem Kiefer sehen. Wann hatte er angefangen, sich zu rasieren? Rasierte er sich oft? Ich fuhr drei Mal die Woche mit einem Rasierer über mein Gesicht, aber ich hatte dunkle Haare und Felix nicht. Ich wollte wetten, dass er empfindliche Haut hatte, darum rasierte er sich vielleicht nur einmal pro Woche oder –

„Bitte wiederhole, was ich gerade gesagt habe, Mr Madsen-Rowe?"

Ich blinzelte zurück in den Moment. Alle warteten auf meine Antwort. Scheiße.

„Ähm, nun, ich denke, wir sollten alle wirklich hart an unseren Pässen arbeiten." Dann schenkte ich Coach ein strahlendes Lächeln. „Wir sollten da rausgehen, hart spielen und jeden Tag an unserem Spiel arbeiten."

„Um Tennant Rowe zu zitieren", warf Cullen, einer unserer Goalies, ein. Oh, genau, *da* hatte ich das gehört. Ich hatte gedacht, Joe Thornton hätte das gesagt. Mein Fehler.

Die Jungs kicherten. Felix verdrehte die Augen.

Ich bekam ein tiefes Seufzen von Coach. „Das versteht sich von selbst. Was ich euch Gentlemen erklärt habe, war, dass es wichtig ist, jetzt unsere Pässe zu verfeinern, damit wir nicht so viele Puckverluste wie letztes Jahr haben. Ich will schnelle, saubere Pässe, Tape to Tape, in ständigem Wechsel das Eis hinunter zum Goalie, wo wir dann schießen. Jetzt bildet Paare für die Drills. Goalies, bitte begebt euch in eure Netze, während wir die Pylonen verteilen."

Die Leute bildeten schnell Teams. Ich schaute mich um und nur Felix und ich hatten noch keinen Partner. Was ich, ja, absolut verstand. Niemand wollte sich mit Felix herumschlagen. Er war *eine Nummer*, wie Großmutter sagen würde, aber, und das war ein großes aber, ich hatte eine weichere Seite von ihm gesehen. Nur ein kurzer Blick, aber er war da gewesen, vergraben unter eintausend Schichten Arschloch. Wissend, dass ich für meine Nettigkeit wahrscheinlich bezahlen würde, fuhr ich zu ihm und begegnete seinem misstrauischen Blick mit einem Schulterzucken.

„Es sind wohl du und ich", sagte ich, während die Coaches Pylonen auf dem Eis verteilten, um das Coyote-Logo herum, dann in ihre Pfeifen bliesen.

„Wie du meinst", murmelte Felix um seinen Mundschutz. Cool. Spaß voraus. Ich seufzte, grub tief nach diesem netten Typen, der in mir lebte. Er war ebenfalls verborgen gewesen, für eine lange Zeit, als Milo und ich von Pflegeeltern zu Pflegeeltern gewandert waren. Eine der ersten Lektionen, die ich im System gelernt hatte, war, dass wenn man jemanden einließ, man verletzt wurde. Sogar jetzt neigte ich dazu, große Dinge für mich zu behalten, aber bei Ten und Jared zu leben, änderte das. Ich war willens, mich zu öffnen, ein wenig, gegenüber meinen Dads und meinen Großeltern. Und dieses Vertrauen übertrug sich auf andere. Ich hatte den Verdacht, dass Felix seine innere Sanftheit aus irgendeinem Grund versteckte. Da ich wusste, wie diese Straße sich unter den Schuhen eines Mannes anfühlte, dachte ich mir, dass ich sie, vielleicht, mit ihm zusammen gehen konnte. Oder vielleicht würde er mir sagen, dass ich ihn in Ruhe lassen sollte. Absolut sein Recht.

„Cool. Du fährst zuerst, ich bleibe hinten und nehme den Pass von dir." Ich streckte die Hand aus, um seinen Helm anzutippen.

Er starrte mich an, als ob ich den Verstand verloren hätte. „Fass mich nicht an", antwortete er eisig, wirbelte dann zu Coach herum. Ja, es würde eine verdammt lange Straße werden. Verdammt. Lange. Straße. Wie von Australien nach Pennsylvania. „Und versau es nicht mit deinen beschissenen Puckkünsten", warf er über seine Schulter.

Mann, er machte es mir schwer, nett zu sein. „Du solltest dir nur Sorgen um deine lausigen Puckkünste machen."

Da. Ich hatte es ihm gezeigt.

Nicht.

Felix fuhr los, schnappte sich den Puck, den Coach ihm zupasste, drehte sich dann dem Goalie am Heim-Ende des Eises zu. Ich löste mich von der Bande, um seinen Pass anzunehmen, feuerte ihn dann zurück, während wir das Eis hinunterglitten. Er war nicht schlecht mit dem Puck. Er war nicht Patrick Kane, aber ich war auch nicht Sidney Crosby oder Tennant Rowe. Wenn ich nur Tens Talent durch die Luft einatmen könnte. Wie einen Schnupfen, nur wahnsinnige Fertigkeiten mit dem Puck.

Wir rollten auf den Goalie zu und ich schoss einen mittelmäßigen Pass direkt auf seinen Schläger. Der Goalie bewegte sich mit dem Pass, blockte den Schuss mit Leichtigkeit. Ich gab Elijah ein Daumen hoch, um sein Selbstbewusstsein zu stärken. Seine Nervosität war immer noch offensichtlich, obwohl er es ins Team geschafft hatte.

„Nicht ganz schlecht", bemerkte Felix, als wir zurück ans hintere Ende der Schlange fuhren, um uns anzustellen.

„Danke. Wenn der Puck nicht auf der Seite und so wackelig gewesen wäre, hättest du eine bessere Gelegenheit zum Schuss gehabt", antwortete ich, als ich mich über die Bande lehnte, um eine Wasserflasche zu finden.

Er starrte mich offen an, seine blauen Augen waren hinter seinem Gesichtsschutz weit geöffnet. „Ja, nun, mach es besser", antwortete er, aber der Retourkutsche fehlte richtiges Feuer.

Die anderen Jungs vor uns schauten immer wieder über ihre gut gepolsterten Schultern, Verwirrung stand in ihre Gesichter geschrieben. Sie versuchten wohl zu verstehen, warum ich so nett zu so einem

Arsch war. Ich fragte mich das irgendwie selbst. Ich meine damit, klar, es war gut, nett zu sein, und meine Dads redeten immer davon, nett und richtig zu handeln. Und ja, er war ziemlich fit. Absolut WGA, um ehrlich zu sein. Aber dass er *w*ahnsinnig *g*ut *a*ussehend war, hatte wenig damit zu tun, dass … Nein, es hatte eine Menge damit zu tun. Hashtag oberflächlicher Soren.

Wir verbrachten eine Stunde mit Passübungen und als Coach uns entließ, waren wir alle mehr als bereit. Zuerst duschen. Offensichtlich. Ich konnte mich selbst riechen, als wir vom Eis kamen. Reden und Lachen erfüllte die Umkleide, floss dann über in den großen Duschbereich. Ein paar von uns machten Pläne, danach in den Hot Pot Noodle Shop zu gehen und ein Killer-Ramen zu essen. Zweifellos *das* beste Ramen in ganz Pennsylvania, ungelogen.

Ich kam aus der Dusche, hatte ein Handtuch um meine Taille, meine flippigen Railers-Crocs quietschten an meinen nassen Füßen, und ich entdeckte Felix, der sich in eine Jeans zwängte. Er hatte mir den Rücken zugewandt, der immer noch feucht war und ich konnte den Blick nicht abwenden. Der Typ war schlank, aber fest, schöne Schultern, die sich zu einer schmalen Taille verengten, und diesen runden Knackarsch, mit dem alle Hockeyspieler sich herumschlagen mussten. Ein wirklich netter Anblick, auch wenn ich das sagte. Etwas unter meinem Handtuch zuckte. Da drehte Felix sich um, seine

Augen wurden schmal, erwischten mich dabei, wie ich seinen Hintern anstarrte. Hitze breitete sich von meinem Brustkorb in mein Gesicht aus.

Schnell, Soren, lass dir etwas einfallen!

„Also, ein paar der Jungs gehen ins Hot Pot Noodle, um Ramen zu essen, und für die Teambindung. Willst du mitkommen?", platzte ich heraus, spürte die dunklen Blicke der anderen, die Teil der Suppen-Brigade waren. Felix starrte mich an, wie vom Donner gerührt, seine Brauen zogen sich zusammen, als er versuchte, mein Angebot zu analysieren. „Also, wenn du nicht willst oder ein Date hast oder ganz viele Hausaufgaben, dann verstehe ich das natürlich."

Da, ich hatte ihm einen Ausweg geboten.

Er schaute zu den anderen Jungs, die herumstanden, nickte dann langsam. Nur einmal. „Klar, okay", murmelte er, drehte mir dann wieder seinen Rücken zu.

„Cool, cool, cool", flüsterte ich in mich hinein, eilte dann mit so peinlicher Geschwindigkeit zu meinem Spind, dass ich einen Croc verlor und auf einem Bein hüpfen musste, um ihn zu holen, weil meine Teamkollegen Ärsche waren, die lieber zuschauten, wie ich hüpfte, als mir meinen Croc zuzuwerfen. Ich zeigte ihnen allen den Finger.

„Hey", sagte Shaun, als er sich zu mir gesellte. Ich schaute nach rechts, zog mir dabei meine Board-Shorts an. „Hör zu, mir ist es recht, dass Felix kommt.

Ich bin der Meinung, dass er sich mehr ins Team integrieren muss und du bist die perfekte Person, um ihn dorthin zu führen." Ich was? Warum war dem so? „Die Sache ist die, Tyler kommt auch mit und dadurch wird es wirklich peinlich werden."

Scheiße. Ich biss mir auf die Innenseite meiner Wange. „Ich sage nicht, dass Felix nicht kommen kann, aber da du und er jetzt ja Kumpel zu sein scheint-"

„Mann, wir sind keine Kumpel. Wir sind nur … ich weiß nicht, wir arbeiten zusammen an diesem Zeitungsprojekt und wir … kommen da nicht raus und ich dachte, dass er vielleicht weniger nervig ist, wenn er Zeit mit dem Team verbringt."

„Nein, hey, das verstehe ich total, aber wenn er anfängt, Ärger zu machen, werde ich ihn bitten zu gehen."

Ich nickte. Es gab einen Grund, warum Shaun der Kapitän war. Er liebte dieses Team und Hockey beinahe mehr, als er seinen Hund, Pete, liebte. Und er liebte Pete. Der Kerl nahm diesen kleinen Mops praktisch überallhin mit. Pete war unser inoffizielles Teammaskottchen.

„Das ist okay. Wirklich. Und ich werde dir helfen, wenn er seine Arschloch-Persönlichkeit auspackt."

Shaun klopfte mir auf die Schulter, ging dann davon. So. Nachricht angekommen. Ich beeilte mich mit dem Anziehen, hob dann meine Chesterford-Tasche auf meine Schulter. Danach nahm ich meine

Trainingstasche, schloss den Reißverschluss schnell, weil Gestank herauswaberte und ging zur Tür, um auf Felix zu warten. Alle anderen waren schon weg, aber er fummelte in seinen Haaren, machte, dass sie zerzaust und gestylt und voller Sprungkraft aussahen. Die goldenen Strähnen schienen superweich zu sein. Wie seine Lippen.

„Habe ich etwas im Gesicht, Rowe?", bellte er mich an, riss mich aus dem Studium seines Mundes.

Mein Gesicht wurde wieder rosig. „Nein, ich bin nur erstaunt. Ich habe noch nie einen Typen mit einem Gesicht gesehen, das so sehr wie ein Pavianarsch aussieht."

Er schniefte auf diese Art, die er an sich hatte und ich lachte über den großen Mittelfinger, den er mir direkt vors Gesicht hielt. Ich schob ihn zur Seite. Wir spazierten aus dem Stadion, schweigend, aber Seite an Seite, die warmen Winde bliesen mir den Geruch von Kokosnuss ins Gesicht. Ich mochte seinen Duschgel-Geruch wirklich. Vielleicht würde ich Großmutter um einen Kokosnusskuchen für das Sonntagsessen diese Woche bitten.

Hot Pot Noodle Shop war einen Block vom Chesterford Campus entfernt. Er befand sich in einer Seitenstraße gegenüber der Grundschule, zwischen einem Blumenladen, einem Buchladen, von dem wir bevorzugt unsere Schulsachen kaufen sollten und mehreren anderen Läden in einer unspektakulären Einkaufsmeile.

Das Innere des Nudelladens war reine Anime-Neon-Freude. Leuchtend bunte Tische, Wände und Böden erregten sofort Aufmerksamkeit, schufen einen wilden Vibe, der perfekt zu den Neonschildern mit verschiedenen Anime-Figuren passte, die Ramen aßen. Ein Lied von Lizzo pumpte aus den Lautsprechern, die überall im Restaurant versteckt waren. Es war voll, beinahe alle Tische waren besetzt, aber wir fanden zwei in der Nähe der Küche und schoben sie zusammen. Felix setzte sich an ein Ende der Tische, Tyler ans andere und der Rest von uns füllte die Lücken.

Shaun nahm einen Platz neben Felix ein, ich den anderen. Felix war mürrisch, wie es schien, uncharakteristisch still, während er die Speisekarte las.

„Warst du schon einmal hier?", fragte ich, musste nicht einmal schauen, was ich bestellen würde. Das Übliche. Kimchi, gebratene Teigtaschen und würziges Hühnchen-Ramen. Oh, und eine große Traubenlimo.

„Nein", antwortete Felix, schaute von der Speisekarte auf, um einen abfälligen Blick durch das volle Restaurant schweifen zu lassen. So nahe an der Schule machten sie ein Wahnsinnsgeschäft. Wer mochte keine Ramen? „Das ist nicht wirklich meine Szene."

Ich warf Shaun einen fragenden Blick zu. Unser Kapitän verdrehte die Augen, schaute dann wieder die Speisenauswahl an.

„Wir kommen nach dem Training ständig

hierher", sagte ich, versuchte, fröhlich und aufmunternd zu sein.

„Ja, ich weiß. Ich war noch nie eingeladen", erwiderte Felix mit der Wärme eines begehbaren Gefrierschranks.

Oh, Scheiße, okay, das war auf brutale Weise ehrlich. Jetzt fühlte ich mich schlecht. Aber warum? Der Typ war ein eingebildeter Arsch jedem gegenüber, der zufällig in sein Schussfeld geriet. Warum machte ich mir Sorgen, dass er ein Ausgestoßener war?

„Nun, jetzt bist du eingeladen. Wenn du also noch nie hier warst, ich empfehle dir das Kimchi als Vorspeise", plapperte ich, hoffte, dass wir den sozialen Rüffel hinter uns lassen konnten, der vorhin gekommen war. Es war seine Schuld, dass wir ihn noch nie gebeten hatten, mitzukommen. Er war immer so kalt, so gemein, manchmal so aggressiv. Außerdem mochten wir alle Tyler. Alle taten das. Dass er immer so fies zu Tyler war, verschaffte ihm darum einen Platz draußen, von wo aus er nach drinnen schaute, klar?

Der Kellner kam und nahm unsere Bestellungen auf. Dann fingen wir alle an, über das Leben zu reden. Hockey, Mädchen, Jungs, Lehrer, Hausaufgaben, Sport, Filme – was uns einfiel. Wir unterhielten uns über eine Youtuberin, die nur so Viewer sammelte mit ihrer unkonventionellen Sicht auf Filme. Dann tratschten wir über einen Typen auf

Twitch, der vor Kurzem gebannt worden war. Tyler brachte eine neue Serie auf Netflix ins Gespräch, bei der es um einen schwulen Teenager ging, der in Wirklichkeit ein Gestaltwandler war.

Ich warf Felix einen Blick zu, als das Thema aufkam. Er war zu sehr damit beschäftigt, winzige gebratene Teigtaschen zu essen, um angepisst auszusehen. Er hatte Talent mit den Stäbchen. Ich hatte Monate gebraucht, um zu lernen, wie man damit aß. Felix hatte das im Griff.

„… Hauptrolle wird von demselben Typen gespielt, der in dieser queeren Serie über den Fußballspieler in Großbritannien dabei war", sagte Tyler um einen Mund voll weich gekochtem Ei aus seiner Schweine-Ramen-Schüssel.

„David Anthony Hayes", warf Felix ein, seine Lippen waren mit rosa, süßem Dip von den Teigtaschen verschmiert. Sie kamen mir unglaublich küssenswert vor … „Er hat an seiner Schule wirklich Fußball gespielt, bevor er die Rolle bekommen hat. Ich habe diese Serie geliebt. Schade, dass sie nur drei Staffeln hatte."

Wir alle schwiegen, hielten unsere Stäbchen in den Händen, starrten Felix an, als hätte er ein Quintett Makaken auf dem Kopf, die *Othello* lasen.

„Ich dachte nicht, dass dir queerer Content gefällt", wagte Tyler vom anderen Ende des Tisches zu sagen.

Felix starrte Tyler an, seine Wangen röteten sich,

als er seine Stäbchen senkte. „Ich weiß nicht, wovon du sprichst, aber ich habe nichts gegen queeres Zeug."

Mein Mund klappte ein paar Zentimeter auf. Huh. Okay, nun, das war neu. Vielleicht hatte ich angenommen, dass Felix Tyler nicht mochte, weil er geoutet war, aber das schien nicht der Fall zu sein. Es wurde immer interessanter. Jetzt da ich so darüber nachdachte – das Gespräch am Tisch kehrte zu dem Thema zurück, wer dieses Jahr schon mit wem etwas angefangen hatte – schien Felix sich bei mir zu Hause nicht unwohl gefühlt zu haben. Und es wurde nicht viel schwuler als zwei Dads.

Ich stupste mein Ei an, mein Blick ruhte auf Felix. Sein Blick huschte zu mir. Verdammt. Schon wieder erwischt. Dieses Mal wirkte er nicht wütend, nur verwirrt, vielleicht.

Ich räusperte mich. „Also ja, ich dachte mir, wenn es dir und deinen Eltern recht ist, könnte ich dieses Wochenende zu dir kommen und wir könnten den Entwurf für unsere Zeitung fertigstellen, damit wir ihn am Montag abgeben können."

„*Nein!*", schnappte Felix, riss mir beinahe den Kopf ab.

„Wow, okay, nun, dann kannst du zu mir kommen. Ich muss nur die Dads fragen. Sie neigen dazu, eine Menge in den September zu packen, weil sie von Oktober bis April und manchmal länger viel unterwegs sind."

„Schön, ja, frag deine Väter. Ich werde etwas von hier bestellen und es liefern lassen." Er sagte es so, als wäre dies das letzte Wort zu allem. Was es irgendwie war. Vorläufig.

Ich hatte jede Menge Fragen über Felix Maxwell-Sinclair, die beantwortet werden mussten.

ZEHN

Felix

Das Essen endete gegen neun Uhr und ich verließ das Restaurant in Höchstgeschwindigkeit, damit niemand am Tisch außerhalb dieser kleinen sozialen Veranstaltung, die ich nur knapp durchgestanden hatte, mit mir reden konnte.

Soren war hinter einem Stuhl gefangen, darum war das einer weniger, aber Tyler war mir auf den Fersen und holte mich ein, als ich um die Kurve vor dem Restaurant bog.

„Felix?", fragte er mit seiner dämlich leisen Stimme und versuchte, meinen Arm zu nehmen, um mich zum Anhalten zu bringen.

Ich wirbelte zu ihm herum, war zufrieden, als er einen Schritt zurücktaumelte. Er schaute sich um und ja, es waren nur ich und er, wenn er also dachte, er wäre hier sicher, dann irrte er sich. Ich brauchte

Jonah und Miles nicht, um dem Jungen zu zeigen, dass er mich in Ruhe lassen sollte. „Was?"

„Ich wollte sagen …" Er räusperte sich und murmelte etwas.

„Ich kann dich nicht hören."

„Ich habe die Staffeln von *Kingston Greens* auf DVD, mit den Extended Scenes. Mom hat sie für mich besorgt, aus … hör zu, wenn du willst … nächstes Mal, wenn ich bei dir bin, könnten wir vielleicht … zusammen, meine ich."

Rotes Tuch. Bulle. Ich marschierte auf ihn zu, bis sein Rücken gegen die Wand prallte und er nicht mehr entkommen konnte. Er stolperte und ich packte seinen Arm, um ihn zu halten und ja, ich schüttelte ihn, weil er wissen musste, dass ich es ernst meinte. Ich konnte nicht dafür sorgen, dass seine Mom aufhörte, um meinen Dad herumzuschnüffeln, aber ich konnte sie ganz sicher über Tyler auseinanderbringen.

„Du wirst mit meinem Dad nicht glücklich werden! Wenn deine Mom noch einmal einen Fuß in unser Haus setzt, werde ich die Polizei rufen und-"

„Nein!", schrie mir Tyler ins Gesicht, seine Augen weiteten sich, als ihm klar wurde, dass er mich angeschrien hatte und dann war Soren da, befreite Tyler und stellte sich zwischen mich und ihn.

„Was ist dein Problem, Sinlcair?", schnappte Soren.

Du!, wollte ich schreien. *Du bist mein verdammtes Problem! Lädst mich zum Essen ein und wirfst mir vor, queere Dinge zu hassen, und bist so nett und verwirrst mich dann so sehr! Du bist das Problem, Soren Madsen-Rowe, mit deinem perfekten Haus und zwei perfekten Dads und einem kleinen Bruder, der dich anbetet und einer kleinen Schwester, die an dir hängt, als würdest du das verdienen.*

Ich sagte nichts davon, schaute um Soren herum auf Tyler, dessen Augen glänzten. Ich hatte ihn wahrscheinlich zum Weinen gebracht – Mann, wenn alles, was es brauchte, um den Jungen in Tränen ausbrechen zu lassen, eine Drohung gegen ihn und seine Mom war, dann war das einfach nur armselig.

Niemand sah *mich* je wegen der Scheiße in meinem Leben weinen.

Ich starrte Soren an, wir alle standen im Lichtkegel aus dem Seitenfenster des Blumenladens. „Wie auch immer", knurrte ich.

„Tyler, geh wieder rein", murmelte Soren und Tyler verschwand auf der Stelle.

„Ooooh, schau dich an, rettest deinen kleinen festen Freund vor dem großen bösen Felix." Mein Hirn hatte keine richtige Verbindung zu meinem Mund. „Hundert zu Eins, dass du dafür einen Blowjob bekommst."

Sorens Augen wurden schmal und er trat näher. Jetzt war ich derjenige an der Wand und er sperrte mich dort ein. Er war nicht größer als ich oder schneller, aber in seinem Gesichtsausdruck war etwas

Tödliches. Vielleicht war es ein Blick auf den Jungen, der er gewesen war, bevor er mit seinen Millionärsvätern das große Los gezogen hatte. Wer konnte das wissen?

„Lass Tyler in Ruhe", warnte er.

„Oder was?" Mann, ich klang, als wäre ich ungefähr fünf. Ich hob mein Kinn, tat so, als würde es mich nicht jucken, dass er einen auf dicke Hose machte. Sogar wenn es das tat.

„Du willst mich nicht provozieren", fügte er hinzu, kam noch näher.

„Du machst mir keine Angst."

Er lachte, aber es war ein hässlicher Laut, beinahe ein Knurren. „Erzähl das dem Typen, der einmal versucht hat, die Jacke meines kleinen Bruders zu stehlen. Er hatte eine Menge Angst und er war viel größer als du."

„Wie du meinst", schnappte ich.

Er schüttelte den Kopf. „Tu uns beiden einen Gefallen und lass Tyler in Ruhe."

„Oder du hetzt deine Daddys auf mich? Was werden die Schwuchteln mit mir machen?"

Sein Kiefer spannte sich an und ich sah Mordlust in seinen Augen und ich wappnete mich für den Schlag – erwartete das Brennen, wenn er mich im Gesicht traf, das Blut, das High, etwas Reales zu fühlen. Er trat zurück und weg, strich über meine Jacke, als ob er ein Fussel darauf gefunden hätte.

„Du bist es nicht wert, Felix."

„Sagt der menschliche Müll mit den Feen-Dads." Ich goss meinen ganzen Selbsthass in diesen Satz und erwartete, dass er ernsthaft durchdrehen würde, aber er grinste nur.

Nur, dass es wild war und seine Augen dunkel vor Emotionen. „Du bist am Tisch meiner Dads gesessen und du hast jede Minute geliebt und nicht einmal hast du sie darauf angesprochen, dass sie verheiratet sind oder zusammen. Du bist voller Scheiße. Genau genommen bist du nicht einmal voller Scheiße, du bist nichts als eine leere Hülle."

„Fick dich", fauchte ich, hasste es, dass ich nichts davon leugnen konnte. Er hatte recht – da war nichts Gutes in mir – sonst wäre ich derjenige mit den Eltern, die sich kümmerten. Ich wäre derjenige, der Freunde hatte, die zu meiner Verteidigung eilten, wie er es bei Tyler machte.

Dann trat er ganz von mir weg, als der Rest der Gruppe auf uns zukam, Tyler in der Mitte und ich war mit all dem fertig.

Ich ging und sobald ich um die nächste Ecke und in Richtung Heimat unterwegs war, fing ich an zu joggen, dann zu laufen, und die wenigen Kilometer, bis ich stehen bleiben und jemanden anrufen konnte, der mich abholte, waren nichts, während ich über den Gehweg lief und jedem auswich, der mir im Weg stand. Ich war wütend und wahnsinnig verwirrt, als ich anfing, doch als Rick mich abholte und am Haus absetzte, war ich einfach nur außer Atem und verschwitzt.

Dennoch dauerte es nicht lange, bis meine Atmung sich beruhigte und ich duschte, war dann nicht in der Lage, an irgendetwas wie Schlaf zu denken und ging ins Medienzimmer, was so ziemlich der einzige Raum im Haus war, in dem ich mich ruhig fühlte. Im Medienzimmer – mit seinem riesigen Bildschirm und den neuesten Serien und Filmen zur Verfügung – musste ich nur, wenn Mom hier war, die Lautstärke hochdrehen, um das ständige Streiten auszublenden und wenn es laut genug war, kam niemand herein, um mit mir zu reden.

Win/win.

„Du bist spät dran", sagte Dad hinter mir und ich hasste es, dass ich ihn nicht hatte kommen hören oder dass ich diese Tür nicht geschlossen hatte. Ich klickte weiter durch die Listen im Fernseher, suchte nach ich weiß nicht was, aber nach etwas Perfektem zum Anschauen zu suchen, um alles zu vergessen, war zumindest vertraut.

Nicht vertraut waren die Schuldgefühle, weil ich Tyler gemobbt und schlecht über Sorens Dads gesprochen hatte, die cool und normal und alles waren, was ich wollte. Nicht vertraut war, wie ich mich gefühlt hatte, als Soren mich beim Essen heimlich angesehen hatte, seine Lippen zu einem Lächeln gehoben. Oder als Tyler über die Serie geredet hatte, die wir vielleicht beide mochten. Oder als ich beschuldigt worden war, anti-queer zu sein oder was auch immer für ein Scheiß das war. Ich wusste, dass ich Sachen gesagt hatte. Ich wusste, dass ich das Sch-Wort verwendet hatte, aber ich hatte es nicht so gemeint.

Oder doch?

Ich war ein Arschloch, das nicht wusste, was es mit sich anfangen sollte.

Und wie konnte ich anti-queer sein, wenn ich all diese verwirrenden Gedanken im Kopf hatte, über Sex und Filmstars und Sänger und den verdammten Soren mit seinem verdammten Lächeln und dem Licht, das in seinen dummen Augen leuchtete – seinen dummen, hübschen, sanften braunen Augen.

Hübsch? Woher war dieser Gedanke gekommen? Ich sank tiefer in die Couch, zappte mit solcher Geschwindigkeit durch die Kanäle, dass ich nicht einmal wusste, was ich da anstarrte. Soren hatte mich heute Abend angelächelt und das Lächeln hatte aufrichtig ausgesehen, aber er hatte gezögert, als unsere Blicke sich begegnet waren und ich wusste, dass er erwartet hatte, dass ich das Lächeln erwidere, als wären wir Freunde oder so. Wir waren keine Freunde – ich hatte keine Freunde, weil sie immer nur eine Sache von mir wollten, meinen Namen oder das Geld meiner Mutter – aber irgendwo tief in mir, brach etwas auf und ich hatte Soren angeschaut und Gefühle gehabt.

Kein Hass oder Selbsterhaltung, keine Wut oder

Misstrauen, sondern ein Aufflammen neuer Emotionen, beinahe wie ein Bewusstwerden, dass Soren etwas anderes war. Für einen Moment hatte es einen winzigen Funken Hoffnung in mir gegeben und ich hasste, dass er mir das Gefühl gab, so verletzlich und offen zu sein.

Ich war geil geworden. Soren nur anzusehen, hatte mich hart gemacht und nicht auf die Fantasie-Art, sondern richtig. Soren Madsen-Rowe hatte dafür gesorgt, dass ich ein Gefühl hatte, das ich nicht wollte, beinahe als wäre ich mit Soren in der Schule verbunden, sogar wenn ich ihn anschrie und unglaublich vulgär über seine Eltern redete.

Das machte mir Angst.

Ich schaute zu Dad auf und er lächelte mich an, als ob ich ihm wichtig wäre. „Warst du nach dem Hockey irgendwo? Hast dich mit Freunden getroffen? Wie läuft es beim Hockey? Ihr spielt als Erstes gegen Hershey, oder? Ich habe mir das Datum eingetragen, damit-"

„Ich habe mit dem Hockey aufgehört", log ich.

Seine Augen weiteten sich. „Aber du liebst Hockey!"

Ich lachte schnaubend über den Schock meines Dads. „Siehst du? Du hast tatsächlich geglaubt, dass ich die einzige Sache aufgeben würde, in der ich gut bin? Zeigt, wie gut du deinen eigenen Sohn kennst."

Der Enthusiasmus in seinen Augen wurde blasser und ich wartete darauf, dass er abschaltete und ging, aber stattdessen drückte er eine Hand an seine Schläfe und seufzte. „Das verdiene ich."

Da hatte er verdammt recht, er verdiente das. Ich konnte an einer Hand die Spiele abzählen, zu denen er und Mom letzte Saison *gemeinsam* gekommen waren, warum also erkundigte er sich heute Abend nach Hockey? Ja, er war zu den meisten allein gekommen, aber es war nicht so, dass er danach noch blieb und mit den anderen Eltern redete oder irgendetwas machte, was Hockey-Eltern so taten. Nicht, dass ich das brauchte, weil ich gut allein zurechtkam, aber ja, er hätte es zumindest versuchen können, oder?

„Felix, ich verstehe-"

„Ja, ja", unterbrach ich, wünschte mir, er würde einfach gehen.

„Ich würde mich gerne dafür entschuldigen-"

„So fängt das Geschrei an, Dad. Du erzählst mir, dass es dir leidtut, dass du arbeitest. Ich glaube dir, bis Mom das nächste Mal alles durcheinanderbringt und ich sie hasse und du ganz still wirst. Dann schreit Mom mich aus irgendeinem verdammten Grund an und dann schreien alle. Also lass uns das alles überspringen und du lässt dich von Mom anschreien und ihr lasst den Mittelmann weg. Ich bin hier fertig." Ich stand auf und warf die Fernbedienung auf die Couch und Dad stand ebenfalls auf, streckte eine Hand aus, um mich davon abzuhalten zu gehen.

„Kein Fluchen", sagte Dad automatisch.

Ich schüttelte seine Hand von meinem Arm. „Du hast mir nicht zu sagen, dass ich nicht fluchen soll, *verdammt noch mal.*"

Er zuckte zusammen und ich schubste ihn von mir.

„Felix-"

„Mom ist schon weg, bleibst immer noch du und ich will auf unserem Dach stehen und so heftig fluchen, dass die Polizei kommt, und dann nehmen sie dich mit und ich kann bei Phoebe und Rick wohnen und dann muss ich mich nicht mit dir oder dieser Frau abgeben, die du hierhergebracht hast und die so tut, als wäre sie meine Mom. Ich will dich nicht. Ich will Mom nicht, ich will keine neue Mom und ich will einfach nur fluchen. Klar?"

Er lockerte seinen Griff um meinen Arm, sein Gesicht verzog sich unglücklich und ich wollte schwören, dass er gleich anfangen würde zu weinen.

Wie konnte es sein, dass er weinen durfte?

„Felix. Bitte."

„Nein."

„Ich wünschte …" Dad presste eine Hand auf seinen Brustkorb, rieb über sein Herz. „Felix, deine Mom war hier, weil wir die Papiere unterzeichnen, weil wir uns *endlich* scheiden lassen." Seine Stimme stockte. „Ich habe versucht, uns zusammenzuhalten, aber …"

Ein dunkler Teil von mir übernahm, beinahe so, als ginge es an diesem Abend darum, mich in Stücke zu brechen. Zuerst Soren mit seinen Augen und seinem Lächeln. Tyler mit seinen dämlichen DVDs. Und jetzt Dad, der mir von etwas erzählte, das schon vor Jahren hätte passieren sollen, bevor die Fäulnis ihrer Ehe in meinem Schoß abgeladen wurde.

„Wurde auch Zeit", schrie ich mit jedem Gramm meiner aufgestauten Abneigung, direkt in sein Gesicht.

Er machte einen Schritt rückwärts, als hätte er Angst vor mir. Hatte mein Dad Angst vor mir? Dann schien er sich zusammenzureißen und straffte seine Schultern. „Hör auf."

„Nein-"

„Du kannst nicht einfach Nein sagen! Ich bin dein Vater und du wirst mir zuhören!" Er setzte sich wieder und wartete, nach einer Pause warf er mir einen vorsichtigen Blick zu. „Können wir bitte reden?"

Das war ein anderer Dad als der, den ich erwartet hatte. Er wollte tatsächlich mit mir reden, als ob wir eine Verbindung hätten.

Als ob ich wichtig wäre.

Ich setzte mich und wartete, zupfte an einem Faden in meiner Jeans und mochte den nervösen Blick meines Dads überhaupt nicht.

„Ich wollte es dir vorsichtig beibringen", fing er an. „Das mit der Scheidung, meine ich."

„Schon gut, das war unvermeidlich." Ich zuckte mit den Schultern, um zu unterstreichen, wie egal es mir war. „Ich weiß seit ich fünf bin, dass ihr einander hasst."

„Wir haben nicht … Wir sind nicht …"

„Ich kann mich erinnern, dass Mom für meinen sechsten Geburtstag eines dieser riesigen Hüpfburg-Dinger im Garten haben wollte. Du wolltest nicht, dass ich eine bekomme. Du hast geschrien, Mom hat geschrien, mein Geburtstag war ruiniert, weil keines der anderen Kinder bleiben wollte."

„Sechs?" Dad flüsterte das Wort, als ob er es nicht glauben konnte.

„Jep. Das macht beinahe zehn Jahre beschissener Erinnerungen. Mom hat das zumindest getan, geschrien, du hast nur nachgegeben, dich zurückgezogen und mich an ihrer Seite gelassen."

Er hielt inne. „Ich *wollte*, dass du sie bekommst."

„Was?"

„Die Burg."

„Nein, wolltest du nicht. Sie hat gebrüllt-"

„Nicht gegen dich. Es ging nie um dich."

„Dann ist es schade, dass ich im Haus gewohnt habe, weil ich immer das verdammte Gefühl hatte, dass es um mich ging."

„Wir haben uns gestritten, weil sie diese große, dramatische Party wollte und wir uns das nicht leisten konnten."

„Ja, genau, Dad." Ich verdrehte dramatisch die Augen. Jetzt redete er nur Mist, weil Moms Familie im allmächtigen Dollar schwamm.

„Nein, hör zu …" Er wartete einen Moment lang, als ob er nach den richtigen Worten suchen würde. „Erinnerst du dich an das Haus, als du so klein warst?"

Ich erinnerte mich an Bilder eines viel kleineren Heims, mit einem großen Garten und nebenan bellte ein Hund. Ich wusste, dass vor dem Fenster meines Zimmers ein Baum gestanden hatte, und ich hatte mir vorgestellt, dass ich mit acht hinunterklettern und weglaufen würde, um in einer unbekannten Stadt zu leben. Ich hatte sogar einen Rucksack mit Mozzarella, einer halb leeren Flasche Coke, meiner Captain-America-Glücksunterwäsche, T-Shirts und einer sauberen Jeans gepackt. Wie weit ich gedacht hatte, damit zu kommen, wusste ich nicht, aber ich wusste, dass Phoebe mich weinend im Garten gefunden hatte. Sie hatte mir erklärt, dass ich mehr Käse brauchen würde, wenn ich es bis in die Stadt schaffen wollte und hatte angeboten, mir Sandwiches zu machen, aber ich bin nie losgezogen, nicht, nachdem sie mir ein Sandwich mit Erdnussbutter und Marmelade gemacht und ich mich ein wenig in sie verliebt hatte.

„Das Haus drüben in Magnolia", sagte Dad.

„Ich erinnere mich daran."

„Das war *unser* Haus, meines und das deiner Mom. Wir haben nicht einen Cent ihres Geldes von Sinclair-Staten Pharma benutzt, weil sie das nicht wollte." Er hielt inne und wartete, dass ich mitkam, aber was er gesagt hatte, ergab keinen Sinn, weil es

Mom nur ums Geld ging. Dennoch sagte ich nichts und wartete darauf, dass er weiterredete. „Es war idyllisch und sie war meine beste Freundin. Ich baute mir mein Geschäft als Broker auf und sie sagte so oft, dass sie glücklich war, dass ich es ihr glaubte. Dann bekamen wir dich und es war, als ob unsere kleine Familie komplett wäre." Er driftete auf einem Meer aus Erinnerungen davon, von denen ich schwören konnte, dass er sie sich ausdachte. Mom war nie glücklich gewesen. Seit dem ersten Tag, an den ich mich erinnern konnte zu wissen, dass sie meine Mom war. Ich wartete auf mehr, aber er starrte an die Wand, ein sanftes Lächeln in seinem Gesicht, rieb sich den Brustkorb, wo ich annahm, dass diese falschen Erinnerungen wohnten.

„Spul vor, Dad." Er warf mir einen verwirrten Blick zu und ich fühlte mich schuldig. Er war immer noch mein Dad und ich führte mich wie ein Arschloch auf, auch wenn ich mich dazu berechtigt fühlte. „Wie gehört das zu einer Hüpfburg?"

„Tut mir leid, ich habe nur gerade an dieses Haus gedacht." Er lächelte. „Ich habe dieses Haus geliebt. Jedenfalls konnten wir uns nicht leisten, was sie für deinen Geburtstag wollte – nicht die Burg, nicht die Unterhaltungskünstler, nicht das teure Catering – zumindest nicht ohne, dass deine Mom auf das Geld ihrer Familie zurückgriff, aber das war es, was sie für dich wollte." Er neigte seinen Kopf. „Das war, kurz nachdem ihr Großvater gestorben war und sie kurz davorstand, achtundzwanzig zu werden." Er hielt erneut inne und dieses Mal klickte etwas. Mein Sinclair-Familien-Treuhandfonds würde mir mit achtundzwanzig ausgezahlt werden, darum nahm ich an, dass es auch bei meiner Mom so gewesen war?

„Wir haben nie darüber gesprochen, nicht einmal, als sie nur noch Wochen davon entfernt war, Zugang zu all diesem Geld zu haben. Wir hatten uns vom ersten Tag an versprochen, dass, was immer wir machten, wir selbst schaffen würden, aber wir waren nur naive Kinder gewesen. Deine Mom hat mir gesagt, dass sie mit *ihrem* Geld machen würde, was *sie* wollte und dass es nichts mit *mir* zu tun hatte. Das war eines der ersten Male, dass wir gestritten haben, und es tut mir leid, dass du dich daran erinnerst."

Er warf mir einen bittenden Blick zu, als wäre es wichtig, dass ich verstand, aber ich war stur, genau wie ich dumm war und verschränkte meine Arme vor meinem Brustkorb. „Ich kann mich vielleicht nicht erinnern, wie alles angefangen hat, aber von diesem Tag an haben die Streitereien nie aufgehört."

„Ich weiß."

„Tust du das wirklich?"

„Ich kann nicht für deine Mom sprechen ..." Er schloss kurz seine Augen, als ob die Emotionen ihn überwältigen würden. „Sie wollte mehr als mich und dieses kleine Haus und ich habe am Ende allem zugestimmt, was sie wollte, weil ich sie geliebt habe. Sie hat Phoebe als Nanny für dich angestellt, obwohl sie immer gesagt hat, dass sie nicht wollte, dass ihre Kinder so aufwachsen wie sie. Ich dachte, sie wäre glücklich bei uns, aber da habe ich mich geirrt. Dann wollte sie mit uns nach New York, aber es waren nicht nur wir drei – wir hatten eine Nanny mit ihrem Ehemann und dieses Apartment mit Service, das sie in der Stadt gekauft hatte – und alles ging so schnell."

„Aber wir sind nicht in New York", bemerkte ich.

Dad seufzte, rieb sich wieder über seinen Brustkorb, seine Lippen wurden schmal. „Nur, weil ich darum gekämpft habe, dass wir ein normales Leben haben und ich wollte nicht in das toxische Sinclair-Drama gezogen werden."

„Aber all ihr Geld? Wir hätten …" Ich wusste nicht, wie ich das beenden sollte.

„Ja, all ihr Geld, das sie von innen verrotten lässt", murmelte Dad. „Dieses Haus war der Kompromiss."

„War es das?" Ich schaute durch die Tür auf den Flur dahinter, mit dem Lüster und den Marmorfliesen. Wenn das ein Kompromiss war, den Reichtum der Sinclairs zu nutzen, dann spielte ihr Geld immer noch eine Rolle.

„Ich wollte nicht, dass du umziehen musst. Du warst in der Schule glücklich und du hattest Freunde, aber dann war sie so unglücklich und du hast dich verändert, wurdest hart, hast zugehört, wie wir uns streiten, wie sie mich …"

„Dich angeschrien hat? Mich als Pfand benutzt hat? Du sagst also, dass das alles Moms Schuld ist? Ich denke nicht, dass alles auf ihre Kappe geht, Dad. Du hast vielleicht die meiste Zeit klein beigegeben, aber du warst nie hier und hast es auch oft genug verbockt-"

Er hob seine Hand, als wollte er mich bitten, zuzuhören. „Du hast recht, es war nicht alles die Schuld deiner Mom. Ich habe auch meinen Anteil daran, weil ich verlangt habe, dass wir tun, was ich für das Richtige für dich gehalten habe. Ich hatte das, was passierte, so satt, dass du am Ende nichts gehabt hast. Alles hätte für dich sein sollen und du warst die eine Person, die wir enttäuscht haben. Und jetzt schau dich an – du bist immer so wütend. Es tut mir leid."

„War es das?", fragte ich nach einer kurzen Pause.

Dad runzelte die Stirn. „Ich liebe dich und ich will, dass wir-"

„Nein!", unterbrach ich ihn. „Du sagst mir, dass du und Mom es verbockt habt und jetzt bist du was, ein neuer Mann? Hat Mom gedroht, dir den Geldhahn abzudrehen? Willst du mich darum beruhigen, damit du an meines rankommst? Hat Mom herausgefunden, dass du mit Lilly Corrigan schläfst?"

Er seufzte. „Oh, Felix, nein. Ich schlafe nicht mit Lilly-"

„Ersetzt du mich durch ihren Sohn, weil er besser ist als ich? Nicht so kaputt oder was auch immer?" Diese Frage zu stellen war, als würde ich mir Haut abreißen.

Sein trauriger Gesichtsausdruck wurde von Entsetzen vertrieben. „Was? Nein! Mann, Felix, nein. Sie brauchten eine Unterkunft. Sie waren in einem der Gästezimmer."

„Wenn du das sagst."

„Ich habe Lilly und ihrem Sohn geholfen. Sie brauchten Hilfe … einen Freund." In diesem Moment wirkte er so alt, Silber an den Schläfen, obwohl er erst siebenundvierzig war, sein Gesicht voller Falten und seine Augen glänzend vor Emotionen.

„Ich bin nicht dumm. Es ist offensichtlich, was ihr macht."

„Ich weiß, dass du nicht dumm bist und ich wünschte, ich könnte dir alles sagen, aber das kann ich nicht. Felix, sie und ihr Junge brauchen jetzt Freunde wie uns. Wenn du und Tyler Freunde sein könnt-"

„Ich habe Freunde. Ich brauche keinen weiteren, vor allem keine Schwuchtel wie ihn", schnaufte ich.

„Das reicht!", wies Dad mich zurecht. „Ich will nicht hören, dass du so etwas sagst. Er ist ein guter Junge."

„Wie du meinst, Dad. Sind wir fertig? Ihr lasst euch scheiden. Dir geht es gut. Mir geht es nicht gut und jetzt gehe ich ins Bett." Ich zwängte mich an ihm vorbei und er versuchte, meinen Arm zu packen, aber ich war schneller und ich war oben in meinem Zimmer und hatte die Tür abgeschlossen, stand direkt vor meinem Ten-Poster. Er stand da, schaute lächelnd auf mich herunter. Ich wollte wetten, dass er Soren *nie* anlog. Ich wollte wetten, dass in ihrem Haus alles verdammt perfekt war. Ich riss das Poster mit einem Ruck von der Wand, dann die anderen, jedes ein Bild meiner Helden und rupfte sie in kleine Stücke.

Ich fühlte mich für einen Moment sogar besser.

Und dann fühlte ich mich nur noch beschissen.

ELF

Soren

Die nächste Woche oder so war alles seltsam.

Seltsam mit Felix, was, hey, es war Felix, darum erwartete ich, dass die Dinge spannungsgeladen waren, was sie waren … irgendwie, aber nicht so sehr? Ja, es brachte mich ganz durcheinander. Wie, es gab Tage oder Augenblicke, wenn ich etwas sagte oder er und wir hatten etwas wie einen Moment. Nicht wie im Film, wo man in die feuchtglänzenden Augen des anderen starrte, und dann unsterbliche Liebe erklärte. Ich meine, im Ernst, nein. Aber manchmal, wie heute, während unseres ersten Teamspiels. Coach – wie jedes andere erwachsene menschliche Wesen in meinem Leben – hatte plötzlich entschieden, dass Soren/Felix das beste Paar seit Ash und Pikachu war. Wie es schien, waren wir immer im selben Block, im selben Trainingsteam, in denselben Klassen, im selben Haus. Vielleicht wollten die Götter mir etwas damit sagen. Aber ich hatte keinen blassen Schimmer, was das war. Bis jetzt war die einzige Lektion, die ich lernte, Geduld, weil Felix Maxwell-Sinclair meine bei jeder Gelegenheit auf die Probe stellte. Bis er es nicht machte …

Es war zum Mäuse melken.

Einen Tag war er in Ordnung. Nicht wirklich Mr Sonnenschein, aber in Ordnung. Am nächsten konnte es sein, dass er daherkam und der größte Schwanz in einer Chesterford-Jacke war, dem man je begegnet war. Vielleicht war nicht zu wissen, was ich erwarten konnte, das, was mich so nervös und unruhig machte. Nicht das Rosa seiner Lippen oder die Flecken dunkleren Blaus in seinen Augen. Nein. Keines dieser Dinge. Das waren Filmmomente. Und gerade im Moment waren Felix und ich in keiner Weise Nick und Charlie aus *Heartstopper*. Im Moment waren wir eher Andi und April aus *Parks and Recreation*, minus dem Ehegedöns.

Die erste Hälfte des Übungsspiels wurden wir nur die kleinen Unsicherheiten nach einem langen Sommer los und versuchten, zusammenzufinden. Felix und ich waren im weißen Team, die Spieler gleichmäßig verteilt. Tyler war bei uns, was der Situation überhaupt kein zusätzliches Drama verlieh. Total. Die Spannung in Felix, in Tylers Nähe, war so dick, dass man sie auf einen Toast schmieren und auf die Erdnussbutter und den Honig verzichten konnte.

Sie spielten tatsächlich gut zusammen. Tyler war

schnell, mit weichen Händen und Felix war gut darin, seine Pässe aufzunehmen. Wir gewannen das Spiel und verbrachten dann die zweite Hälfte des Trainings damit, an speziellen Teams zu arbeiten, mit besonderem Augenmerk darauf, in Unterzahl zu spielen, etwas, das uns letzte Saison nicht leichtgefallen war. Wir waren nicht grottenschlecht, aber wir konnten während der Penalty-Zeiten definitiv mehr herausholen. Wir gaben zu viele Tore auf und so. In dieser Runde war ich mit drei Stürmern auf dem Eis, das letzte Mal war es zwei gegen zwei gewesen, mit einem Duo Stürmer und einem Duo Verteidiger.

Ein freiwilliger Coach spielte den Schiedsrichter und Coach Sennett saß oben auf der Tribüne und machte sich Notizen. Mir machte es nichts aus, einen Verteidiger zu spielen. Coach wollte, dass wir alle Positionen ausfüllen konnten. Das machte uns vielseitig, wie er gerne sagte. Während eines Drills – und manchmal in Spielen, wenn jemand verletzt war – mussten wir bereit sein, alle möglichen Positionen zu spielen. Die Stürmer waren gut, versteht mich nicht falsch, aber sie hatten nicht die geistige Einstellung, die in die Köpfe von Verteidigern gehämmert wurde. Da ich mit einem Verteidiger-Coach zusammenwohnte, hatte ich jede Menge Wissen darüber bekommen.

Manchmal fluktuierten sie, wenn sie eigentlich eine gute Defensiv-Position zwischen sich und dem

Schützen halten sollten. Und 5-4 in der Unterzahl zu sein, machte es schwierig, einen Platz vor dem Netz zu erreichen, wie ich es normalerweise tun würde, weil ich mich ständig bewegen musste, um den Pässen zu folgen, die das gegnerische Team machte. Shaun war im anderen Team und er war eine Bedrohung. Unser Kapitän hatte einen brutalen Schlag aus dem Handgelenk. Er parkte sich gerne vor der linken Seite des Netzes und machte dann einen Slap-Shot, der mit Schallgeschwindigkeit flog. Ohne Scheiß, der Puck durchbrach die Schallmauer. Wir sollten Shaun *Maverick* nennen. Er und Tom Cruise gingen in den Überschall, während im Hintergrund ‚Danger Zone' spielt.

Die roten Jerseys hatten sich alle um Shaun an seinem Standpunkt versammelt, als Shaun einen losschickte. Felix warf sich − vollkommen uncharakteristisch − vor den Puck, um den Schuss zu blocken. Es funktionierte. Der Puck prallte von seiner Wade zu mir ab und ich beförderte ihn aus unserer Zone, während Felix auf ein Knie sank, sein Gesicht eine Maske des Schmerzes. Ich fuhr zu ihm, während er heiß und schnell ein und ausatmete, Spucke flog, er versuchte, sich durch den Schmerz zu arbeiten.

„Großartiger Block", sagte ich, bot ihm dann meine Hand, während eine Pfeife ertönte und der freiwillige Coach, Gavin Neeleys Dad, herkam, um nach Felix zu schauen. Unentschlossen wirkende blaue Augen schauten zu meiner Hand, dann in mein

Gesicht. Ich lächelte ihn an. Dann schlug Felix seinen verschwitzten Handschuh in meinen verschwitzten Handschuh und ließ sich von mir auf seine Kufen ziehen.

„Alles in Ordnung?", fragte Mr Neeley, während die anderen sich um uns sammelten, dabei Komplimente zu dem Block murmelten.

„Ja, tut nur weh", antwortete Felix, sein Gesicht war immer noch vor Schmerzen angespannt. Ja, das tat ziemlich weh. Ich hatte die ganze Saison über blaue Flecken, wenn ich vor gefrorene Stücke Gummi sprang, die mit ungefähr hundertvierzig Kilometer pro Stunde auf mich zugeflogen kamen.

„Das war mutig", verkündete Tyler und wir alle nickten. Sich vor einen Handgelenkschuss von Shaun zu werfen, war, als würde man vor einen Ziegel springen, der aus einer Kanone abgefeuert wurde.

„Ja, gut geblockt", sagte Shaun, schlug Felix dann auf die Schulter.

Felix nickte, verzog das Gesicht, aber ich dachte, dass ich vielleicht ein Zucken in einem seiner Mundwinkel sah. Schwer zu sagen wegen der Maske und dem Mundschutz, aber nur vielleicht war er ein klein wenig glücklich.

Coach beendete das Spiel und wir verließen das Eis. Felix humpelte. Ich warf einen Blick zurück, sah ihn hinter uns und wartete beim Ausgang vom Eis auf ihn.

„Ich weiß, wo die Umkleide ist", meinte Felix

schnippisch, als er auf die Gummimatten hinkte, die vom Eis in die Umkleide der Coyotes führten.

„Bist du sicher? Ich weiß, dass du nicht die hellste Birne im Leuchter bist", gab ich zurück und bekam dafür einen so heftigen Stoß in die Seite, dass ich keuchte.

„Wie alt bist du? Einhundertzwei? Wer sagt so etwas?", parierte er, während ich spielerisch meine Seite rieb oder zumindest so tat, als wäre es spielerisch. Felix war ziemlich stark, um ehrlich zu sein.

„Meine Großeltern sind für ein paar Tage da. Die Elternteile sind für ein Vorsaisonspiel unten in Charlotte. Mein Großvater sagt ständig so alberne Sachen. Das hat wohl abgefärbt."

Er musterte mich für eine kurze Sekunde. „Oh, nun, das ist cool, dass dein Großvater albern ist."

Und weg war er, schonte sein rechtes Bein, während ich dastand, gewappnet für eine hässliche, elitäre Antwort und keine bekam. Huh. Das war … seltsam. Wie ich schon sagte, alles war im Moment gerade total abgedreht.

„Hey, Slick!", rief Opa, als ich in seinen grünen SUV stieg, während „Mack the Knife" aus den Lautsprechern drang. Die Köpfe mehrerer Kinder drehten sich in meine Richtung. Mein Gesicht wurde heiß. „Du siehst überanstrengt aus. Hat Coach Sennett euch heute recht geschunden?"

„Ja, hat er", rettete ich mich, streckte dann die Hand aus, um die Musik leiser zu stellen. Opa liebte die Säusler. Typen wie Frank Sinatra, Bing Crosby, Perry Como. Diese Typen. Was cool war. Diese Songs zu hören, brachte mir ein breiteres Spektrum an Musik näher. Vielseitig, wie Ten sagen würde. Opa sang auch gerne wirklich laut bei den alten Songs mit. Großmutter sagte, dass sie dachte, er würde taub werden, aber Opa leugnete das vehement. Ich hielt inne, als der Duft von Pizza meine Nase traf. Ich warf einen Blick auf den Rücksitz, sah drei Pizzaschachteln und pumpte meine Faust in der Luft. Wir bekamen zu Hause nicht oft Pizza. Mit zwei professionellen Athleten während der Saison zu leben bedeutete, dass wir tonnenweise gesundes Essen bekamen. „Ist Großmutter irgendwohin gegangen?", fragte ich, weil Oma uns Kindern auch gerne jede Menge grünes Zeug fütterte.

„Sie ist nirgendwohin gegangen, sie ist nur müde von ihrer Aerobic-Walking-Stunde. Ich glaube, ihr Ischel hat sich gemeldet, aber sie wird das nicht zugeben." Er fuhr von der Schule weg, alles war jetzt ruhig, weil der Unterricht schon seit Stunden vorbei war.

„Ischias", korrigierte ich ihn, kicherte dann.

„Stimmt." Opa grinste. Er sah sehr wie seine Söhne aus. Oder eher, seine Söhne ähnelten ihm.

Groß, schlank, mit dunklen Haaren und braunen Augen. Man konnte meinen Großvater anschauen und meinen Dad Ten in ungefähr dreißig Jahren sehen. Silber durchzog seine Haare und er hatte Lachfältchen an seinen Augenwinkeln und am Mund. „Ich habe heute Folgendes erfahren. Wusstest du, dass Linda aus dem Gartencenter eine Enkelin hat, die Feldhockey spielt?"

„Opa ...“

„Was? Gibt es ein Gesetz, das verbietet, mit einer Freundin bei den Mulchsäcken über unsere Enkel zu reden?"

„Nein, es gibt kein Gesetz, aber ich will im Moment nicht wirklich daten." Das war eine absolute Lüge. Wenn ich die richtige Person kennenlernte, würde ich sie unbedingt daten wollen. Ich war fünfzehn. Mein Körper wollte sehr gerne daten. Und andere Dinge physischer Natur machen, die mit Dates einhergingen. Ich war mehr als bereit, meine Jungfräulichkeitskarte zu verbrennen, aber ich wollte, dass es mit jemandem passierte, der besonders war. „Ich versuche, mich auf meine Schule und Hockey zu konzentrieren."

„Du kannst mit einem hübschen Mädchen oder Jungen lernen. Ich meine nur. Und Tiffany ist eine Junior. Eine ältere Frau. Zwinker. Zwinker."

„Mann, im Ernst, wenn Großmutter hört, wie du so etwas sagst, würde sie durchdrehen." Ich lachte, als wir den Campus hinter uns ließen, während Vic

Damone davon sang, eine Affäre zu haben, an die man sich erinnerte. Die Tatsache, dass ich wusste, dass es sich um Vic Damone handelte, war gleichzeitig cool und beängstigend. „Ich verzichte auf Tiffany, aber danke, dass du dich um meinen traurigen Dating-Status sorgst."

„Wenn du deine Meinung änderst, lass es mich nur wissen. Ich werde die Blumenbeete deines Vaters für den Winter mulchen, darum werde ich wohl öfter im Gartencenter sein."

Ich nickte, wusste aber, dass ich Lindas Enkelin nicht in nächster Zeit um ein Date bitten würde. Ich mochte keine Blind Dates und im Moment suchte ich nicht nach Romantik. Nicht, dass ich kein Date für den Halloween-Tanz wollte, das schon, aber nicht mit einem Mädel, das ich noch nie gesehen hatte. Vielleicht würden Courtney und ich zusammen hingehen. Das hatten wir letztes Jahr ein paar Mal gemacht, nur als Freunde. Ja, vielleicht würde ich sie jetzt fragen und diese soziale Bürde loswerden.

„Soren, du hättest vor ungefähr einer Woche etwas sagen sollen", erklärte Courtney, als wir später an diesem Abend an den Grafiken für meinen Twitch-Kanal arbeiteten. Sie war bei sich, ich bei mir – Gott sei Dank gab es Video.

„Früher? Der Tanz ist in einem Monat. Das ist

praktisch ein ganzes Leben." Ich lehnte mich zurück, um ihr Gesicht in der winzigen Ecke meines Monitors anzustarren.

„Nun, ja, normalerweise, aber Sid und Meghan haben gerade Schluss gemacht und ich habe meine Chance gesehen, darum habe ich sie ergriffen." Sie grinste, fügte noch etwas Blut in den Promo-Brief für unser Halloween Horror Game Fest hinzu, das den ganzen Oktober laufen würde.

„Wer zur Hölle ist Sid?", fragte ich, nahm dann einen Schluck Traubenlimo.

„Er ist der Kapitän des Schwimmteams." Sie zeigte mir ein selbstzufriedenes Grinsekatze-Grinsen.

„Kapitän? Er ist also ein Senior?"

Sie verzog das Gesicht, warf ihre Hände dann über die Kamera auf ihrem Monitor. „Wirst du wohl leise sein?!"

„Deine Mom weiß nicht, dass er älter ist?", flüsterte ich, streckte mich, um mit meinen Lippen nahe ans Mikrofon zu kommen. Während Court sich beeilte, ihre Kopfhörer einzusetzen. Mrs Barnes hatte ziemlich strenge Regeln für ihr einziges Kind, wenn es ums Daten, Make-up und soziale Veranstaltungen ging.

„Nein und sie wird es nicht herausfinden. Sid ist so wunderschön. Erinnerst du dich an diesen Thai Boy Love über die Mitglieder des Schwimmteams?" Als ob ich das vergessen könnte. Hashtag Anime-Nasenbluten. „Nun, er ist so gebaut." Sie fächelte sich Luft zu und ich musste lachen.

„Viel Glück. Du solltest hoffen, dass deine Mutter das nicht herausfindet, sonst hast du Hausarrest, bis du mit dem College fertig bist." Ich warf einen Blick auf die Uhr am Bildschirm. „Ich muss los. Felix und ich treffen uns um acht in der Bibliothek, um Desmond, den Hausmeister zu interviewen."

„Das klingt grauenvoll. Er riecht immer nach alten Erdnüssen." Sie schauderte theatralisch. „Viel Spaß. Hey, wenn es zum Schlimmsten kommt, kannst du ja Felix fragen!"

Sie klinkte sich aus, bevor ich antworten konnte. Darum schickte ich ihr meine Reaktion in Form mehrerer Mittelfinger-Emojis. Zurück bekam ich eine Reihe Tränen lachender Emojis und ein Auberginen-Emoji.

Ich schnappte mir meine Bücher und mein Handy, stopfte alles in meinen Rucksack und ging nach unten, um meine Großeltern zu informieren, dass ich in die Bibliothek ging, um mit einem Typen zu lernen. Nicht einem Freund, nicht einem Kumpel, nur einem Typen. Opa zwinkerte mir zu und gab mir zwanzig Dollar, schaute dann weiter *Columbo*.

„Sag Bescheid, wenn du ankommst", bat Großmutter, als sie von ihrer Strickstunde aufsah. Lottie war davon besessen zu lernen, wie man Hüte machte, damit sie sie den Gartenfeen in unserem Garten geben konnte. Sie war diese Woche auf Feen fixiert, was ihr Tinkerbell-Nachthemd und die schlaffen gelben Nylonflügel erklärte, die sie trug. „Und sei bis elf zu Hause. Es ist Schule."

„Jep, mach ich!", rief ich, nahm den Zwanziger und stopfte ihn in meine vordere Tasche, joggte dann die Stufen nach unten. Schon bald würde ich alt genug sein, um meine Fahrlernerlaubnis zu bekommen. Dann konnte ich meine Ersparnisse für ein Auto ausgeben und würde nicht mehr mit dem Bus fahren oder mich nach dem Training von Großvater abholen lassen müssen. Der Bus störte mich nicht wirklich – normalerweise – und auch nicht, abgeholt zu werden, aber … na schön, tat es doch. Ich wollte fahren. Gehen, wohin ich wollte, wann ich wollte, ohne dass jemand neben mir saß oder mir einen Vortrag über die Schrecken von Brillenputztüchern hielt, wie dieser Typ im Bus vor zwei Wochen. Ich war mir nicht sicher, ob Brillenputztücher die Wurzel allen Übels waren, aber er hatte sehr nachdrücklich darauf bestanden. Meine Dads hatten gesagt, dass sie alles, was ich gespart hatte, verdoppeln würden und ich hatte ein Auge auf ein paar Autos, die zum Verkauf standen.

Eines Tages …

DIE MARY B. BILLOWS BIBLIOTHEK war ein altes Gebäude, eines der vielen auf dem Chesterford

Campus. Viel grauer Stein, Eisenverzierungen an den Balkonen und diesem staubigen alten Buchgeruch. Sie hatte dienstags und donnerstags bis sieben Uhr geöffnet, darum hatten wir noch ungefähr eine Stunde, bevor wir rausgeworfen werden würden. Felix saß an einem Tisch unter dem Porträt einer Lady aus der Ära des Revolutionskrieges mit einem waghalsigen Dekolleté und einem ernsten Stirnrunzeln. Er war in sein Buch vertieft und hörte nicht, wie ich mich anschlich. Ich schlug eine Hand auf seine Schulter und er sprang ungefähr einen halben Meter in die Höhe.

„Arschloch", spie er aus und bekam einen finsteren Blick und ein *Psst* von dem Bibliothekar, der Bücher zurück in die Regale räumte.

Ich kicherte leise und ließ meinen Rucksack auf den Tisch knallen, was mir einen weiteren finsteren Blick von dem Bibliothekar einbrachte. Ich senkte den Kopf, Haare fielen mir ins Gesicht, versteckten mich und ich trat Felix sanft unter dem Tisch. Er zuckte zusammen.

„Oh, tut mir leid. Wie geht es dem blauen Fleck?", fragte ich flüsternd. Ein älterer Mann saß uns gegenüber und las eine Zeitung und ich hatte gedacht, dass nur mein Großvater noch Zeitungen im Papierformat las.

„Hat sich besser angefühlt, bis du dagegengetreten bist", knurrte er leise.

„Ups. Also, was hast du?"

Er drehte das Buch, in dem er gelesen hatte, herum, deutete dann auf ein Foto. „Das ist ein Buch über den Vietnam-Krieg. Erkennst du diesen Mann?" Er tippte auf das verschwommene Foto. Ich schaute genau hin. Das Foto war körnig, die Männer sahen alle müde und wund aus und über die Maßen erschöpft. „Das ist ein Foto von Desmond Parks. Und das ist auch Desmond." Er tippte auf ein weiteres Foto auf der nächsten Seite, derselbe dunkelhäutige Mann, den wir alle kannten, nur älter. Wie er eine Straße entlangmarschierte und dabei eine kleine amerikanische Flagge schwenkte. „Er hat im Vietnamkrieg gedient, wurde dann zu einem lautstarken Mitglied einer Veteranengruppe, die versuchte, die Ungerechtigkeiten in Ordnung zu bringen, die dunkelhäutigen Soldaten in Vietnam widerfahren sind."

„Wow", flüsterte ich, war tief beeindruckt, dass dieser Mann, den wir Kaugummis unter Pulten abkratzen und die Toiletten wischen sahen, so toll gewesen war. „Ich wette, er hat uns eine Menge interessante Geschichten zu erzählen."

Er hob den Blick, seine blauen Augen voll mit etwas, das ich nicht ganz verstand, aber gerne sah. Sein Blick fiel auf meinen Mund. Ich bewegte mich irgendwie gleichzeitig mit ihm, Arme auf dem Tisch, Beine hoben unsere Hintern ein paar Zentimeter von den Stühlen und …

Jemand rief seinen Namen. Sein Blick schweifte

ab. Ich schaute über meine Schulter und sah Desmond hereinhumpeln, der so gar nicht wie ein Hausmeister aussah. Fort waren der Overall und der Mopp. Heute trug er nur Jeans und ein altes T-Shirt mit dem Logo einer Hähnchenbraterei auf dem Brustkorb.

Wir standen auf, hatten plötzlich das Gefühl, als sollten wir mehr tun als nur dazusitzen und zu starren. Er blieb stehen, um uns zu mustern, als würde er fürchten, dass wir ihn mit Wasserballons angreifen könnten.

„Mr Parks. Danke, dass Sie gekommen sind, um mit uns zu reden", sagte ich, fragte mich, ob ich salutieren sollte oder so etwas. Ich tat es nicht, aber ich hatte das Gefühl, dass ich sollte. Dieser Mann hatte unserem Land in einem schrecklichen Krieg gedient. „Setzen Sie sich. Wir haben gerade ein paar alte Bücher durchgesehen."

„Ah, an das kann ich mich erinnern. Der Autor hat um Bilder von den Männern in meinem Regiment gebeten. Dann wurden wir Freunde und als er über die Ungerechtigkeiten berichten wollte, die dunkelhäutige Männer in diesem Krieg erlebt hatten, hat er mich angesprochen. Wir sind immer noch in Kontakt", sagte Desmond, während er sich auf einen Stuhl setzte. „Ich muss sagen, ich bin schockiert, dass ihr zwei Jungs mit mir reden wollt."

Wir setzten uns wieder. Felix holte sein Handy hervor, um das Interview aufzunehmen. „Wir machen ein Zeitungsprojekt über die Geschichte von Chesterford und Sie sind einer der interessantesten Leute, die wir bis jetzt entdeckt haben. Sie sind in den Achtzigern für die Rechte von Veteranen marschiert. Erzählen Sie uns, worum es da ging", bat ich und bekam ein Nicken von Felix.

„Nun, eine Gruppe dunkelhäutiger Veteranen wollte die Aufmerksamkeit des Kongresses auf ein paar Dinge lenken. Darum haben wir uns versammelt und sind marschiert. Damals, im Krieg, gab es keine Segregation, aber es gab auch keine Gleichberechtigung …"

Wir saßen eine Stunde da und hörten Desmond zu, stellten ihm Fragen. Der Bibliothekar komplimentierte uns schließlich nach draußen, die Lichter gingen aus, sobald die Tür hinter uns verschlossen war.

„Vielen Dank, Mr Parks. Das ist … nun, das ist wirklich unglaublich. Sie haben so viel durchlebt und so viele coole Dinge getan. Danke, dass Sie sich Zeit für uns genommen haben", sagte Felix.

Ich nickte zustimmend. Desmond schüttelte uns beiden die Hand, ging dann langsam davon.

„Das war viel cooler, als ich gedacht hatte", gab ich zu.

„Ja, war es." Er lächelte so breit und in diesem Moment wollte ich ihn näher an mich ziehen und das Lächeln schmecken – ihn küssen, bis er den Kuss erwiderte.

Hör auf, an Küssen zu denken.

Ich wechselte das Thema, als Felix mich neugierig anstarrte. Mann, ich hoffte, dass er keine Gedanken lesen konnte. „Ich sollte mit meinem Großvater über seine Zeit im Krieg reden. Er erzählt selten davon, aber ich weiß, dass er dabei war. Was ist mit deiner Familie?"

Da schien er sich zu versteifen, der lächelnde und entspannte Felix schmolz davon, um den schnippischen zu zeigen, den ich viel zu gut kannte. Und das machte mich traurig, weil der lächelnde Felix so viel angenehmer war.

„Was kümmert dich meine Familie? Warum bist du immer so verdammt neugierig?" Seine Stimme war laut, hallte durch den kleinen Eingangsbereich.

„Kumpel, komm wieder runter. Du bist wie der verdammte Jekyll und Hyde. Ich denke, dass ich dein wahres Ich sehe, aber dann taucht ein Monster auf und beißt mir den Kopf ab. Ich bin mir nicht sicher, wer der echte Felix ist, aber du musst wirklich lernen, netter zu sein. Ich gebe mein Bestes, ein Freund zu sein, aber-"

Tyler kam aus dem Seiteneingang der Bücherei, hatte mehrere Bücher auf dem Arm. Felix rannte hinter ihm her, ließ mich einfach dastehen. Wie er meinte. Ich hatte das Drama mit ihm so satt.

ZWÖLF

Felix

Ich wusste nicht, was mich dazu brachte, Tyler zu folgen. Ich hätte seinen Namen rufen können, aber das würde bedeuten, dass er gewarnt wäre, und am Ende würde ich ihm wieder Angst machen. Stattdessen folgte ich ihm nach draußen. Er hielt mir die Tür auf, bemerkte nicht, dass ich es war, für den er sie aufhielt und dann, als er es tat, taumelte er zurück und wäre beinahe die drei Stufen hinuntergefallen. Ich fing ihn im letzten Moment, meine Finger umschlossen sein Handgelenk.

„Lass mich in Ruhe." Er versuchte, seine Hand wegzureißen und sobald ich sicher war, dass er gut stand, ließ ich ihn los, aber jetzt befand ich mich zwischen ihm und den Stufen, also konnte er entweder durch die Tür zurück in die Bibliothek gehen oder tun, was er normalerweise machte, wenn niemand da war, um ihm zu helfen und wie ein erschrecktes Reh herumstehen.

„Ich will nur mit dir reden", sagte ich und als er in sich zusammensank, wurde mir klar, dass ich automatisch meine einschüchternde Stimme benutzt hatte und ich nicht wusste, was zur Hölle ich da machte.

„Brauchst du Hilfe mit dem girly-queer?", fragte Miles hinter mir, sein Gesichtsausdruck war gemein. Was in Gottes Namen machte Miles auch nur in der Nähe einer verdammten Bibliothek? Ich warf einen Blick auf ihn und dahinter, auf die große Gruppe Jungs, von denen er gekommen war. Sie alle sahen aus wie er, Jeans, weißes T-Shirt und kurze Haare. Es war, als ob sie in einer Herde wandern würden.

„Ich brauche deine Hilfe nicht!", schnappte ich.

Miles zog sich sofort zurück, ging dann, der große Typ war eingeschüchtert, weil ich ihn angeschrien hatte. Tyler starrte mich aus geweiteten, glasigen Augen an, ein Hauch Eyeliner in den Augenwinkeln, schob seine langen, rosa gefärbten Strähnen aus seinem Gesicht. Er war ein Hockeyspieler, schnell auf den Kufen – mehr die Art, die vor einem Problem davonlief, als sich in ein Getümmel zu stürzen und darauf zu warten, dass er verletzt wurde – und unser Team brauchte seine Fähigkeiten, weil er schnell und wendig war, aber mir war nie aufgefallen, dass er nicht so viel kleiner war als ich und solide. Es waren der weiche

Rosaton seiner Haare und seine leise Art zu sprechen und wie er mit so viel Unschuld lächelte, die ihn so viel zerbrechlicher wirken ließen, als er es eigentlich war.

Auch die Art, wie ich es geschafft hatte, ihm Angst einzujagen, seit seine Mom in unserer Küche gewesen war. Ich hatte um mich geschlagen – wie ein Kind, das einen Wutanfall hatte – und Tyler verdiente besseres.

Wenn er ein größerer Typ als ich gewesen wäre oder, schlimmer, *reicher*, hätte ich es dann in Ordnung gefunden, ihn gegen einen Spind zu stoßen? Hätte ich meine Eltern so sehr in meinen Kopf hineingelassen, dass ich ihn für etwas bestrafen konnte, was *seine* Mom vielleicht mit *meinem* Dad machte?

„Nennst du mich so? Girly-queer, meine ich?", fragte Tyler mit so leiser Stimme, dass ich mich anstrengen musste, ihn zu hören.

„Nein", verteidigte ich mich und er starrte mich an und ich konnte nicht lügen, weil er eine seltsame Macht über mich hatte. „Ja."

Er hob sein Kinn. „Und das ist das Beste, was dir eingefallen ist", murmelte er, dachte wahrscheinlich, dass ich es nicht hören würde. Dann ließ er seinen Rucksack und die Bücher fallen, öffnete seine zitternden Hände, die Handflächen nach oben und schloss seine Augen. „Mach es einfach."

„Was?"

Er öffnete ein Auge halb. „Ich nehme an, dass du mich schlagen willst. Oder mich anschreien oder irgendetwas von den eine Million Dingen tun willst, durch die du dich besser fühlst?" Er bebte und wirkte niedergeschlagen, als ob er nicht einmal die Energie aufbringen konnte, sich zu fürchten. „Ich gebe auf. Ich bin fertig."

„Ich will nur reden." Ich wich ein paar weitere Schritte zurück, stieß gegen eine Holzbank bei einem Tisch und sank, als ob meine Schnüre durchschnitten worden wären, auf die Bank. Ich verstand nicht, was in meinem Kopf passierte, was Sorens Worte in mir angefangen hatten, oder vielleicht war es Dad, der gesagt hatte, dass Tyler Freunde brauchte und ich so tat, als hätte ich Freunde. Ich hatte keine Freunde. Verdammt, Soren kam dem noch am nächsten und wie verdammt traurig war das? Ich hatte nur Jonah und Miles, die mir hinterherdackelten und machten, was ich sagte und meine Position in der Schule festigten, als jemand, der wichtig war, einfach nur, weil er Geld hatte.

War ich überhaupt wichtig? Welche Spuren würde ich an dieser Schule hinterlassen, abgesehen davon, dass die Leute sich bei Klassentreffen an eines der vielen reichen Kinder erinnerten, die dachten, es wäre in Ordnung zu schreien und zu drohen und einzuschüchtern? Und der Grund, warum mir all diese Gedanken kamen, war wegen der Scheidung meiner Eltern und hatte nichts mit Soren Madsen-Rowe zu tun.

Wen wollte ich verarschen – ich hatte gewusst,

dass die Scheidung unvermeidlich war, und ich war das alles schon durchgegangen – es war Soren, der das Problem war. Soren zwang mich, einen vorsichtigen Schubs nach dem anderen, eine Verbindung zu ihm aufzubauen. Die Verbindung hatte sich in Verwirrung verwandelt und dass ich ständig geil war und mir klar wurde, dass ich schwul war und dass ich innehalten und über Dinge nachdenken musste. Niemand in der Sinclair-Familie war offen schwul, wo hatte ich also meinen Platz bei Moms Seite der Familie? Sie hasste Dad bereits – was, wenn sie mich am Ende auch hasste?

Tyler zögerte für einen Moment, hob seinen Rucksack auf, vorsichtig, kam um den Tisch herum, setzte sich aber nicht hin. Er vibrierte vor nervöser Energie und ich hatte ihm das angetan, hatte ihn so nervös gemacht, dass er sich nicht einmal mir gegenüber hinsetzen wollte. Soren hatte recht, wenn er sich fragte, wer ich wirklich war, und hatte auch recht, mir zu sagen, dass ich alles in mir hatte, um besser zu sein. Ich war überhaupt nicht real und ich würde sogar noch weiter gehen, ich war vollkommen durcheinander – ein gebrochenes Arschloch, das nicht einmal ein Herz hatte, von der Welt aber erwartete, dass sie sich meinen Wünschen fügte. Ich war die schlimmste Art Mensch und ich war traurig und unwahrscheinlich einsam und so armselig wie mein Dad.

„Du kannst dich setzen, wenn du möchtest", sagte

ich, auch wenn es einfacher wäre, wenn er stehen blieb, während ich sagte, was ich wollte und dann ging.

„Warum?" Er öffnete seine Augen weit und schaute sich um, als ob er erwartete, dass Miles zurückkommen würde oder dass Jonah auftauchte oder vielleicht, dass ich über den Tisch sprang und ihn gegen eine Wand drückte.

„Ich will reden."

„Worüber?" Er runzelte die Stirn, während er mit dem Verschluss seines Rucksacks spielte. Ich konzentrierte mich auf den Regenbogenanstecker an einer Tasche und die Farben verschwammen. Er war geoutet, war es immer gewesen, soweit ich mich erinnern konnte, mit seinen Regenbogenansteckern und der blassen Farbe in seinen Haaren und dem Hauch von Eyeliner, der definitiv nicht den Schulrichtlinien entsprach. Aber irgendwie kam er damit durch. War der Fleck Dunkelgrau um seine Augen da, weil er heute Morgen Make-up aufgelegt hatte? Oder war er noch von letzter Nacht? Ich konnte mir vorstellen, wie er vor einem Spiegel saß und Farben auftrug, es vielleicht für die Sozialen Medien filmte und mit seinen Haaren spielte, sich in seinem eigenen Körper richtig anfühlte … vielleicht …

„Was bist du?" Verdammt. Das war der verdrehteste Unsinn aller Zeiten. *Was bist du? Woher war das gekommen?* Mein Gesicht brannte vor Scham und ich wäre beinahe aufgestanden und gegangen, bevor Tyler meine Schwäche sah.

„Was ich bin?", fragte Tyler verwirrt. „Ein Schüler? Nein? Ein Mensch, vielleicht. Meintest du das?"

„Nein. Bist du, ich meine damit, machst du *das* oft?" Ich deutete mit der Hand auf ihn, vor allem sein Gesicht.

„Was?" Tylers Stirnrunzeln vertiefte sich und er neigte seinen Kopf, sodass seine Locken nach vorne fielen, um seine zarten Gesichtszüge erneut zu verbergen.

„Das Make-up. Es sieht gut an deinen Augen aus, smoky. Nicht, dass ich so etwas tragen würde, weil ich aussehen würde wie jemand von Kiss und meine Hände sind nicht so ruhig." Ich streckte eine Hand aus und ließ sie zittern. „Siehst du?"

Sein Kopf kam ruckartig nach oben. „Verarschst du mich?" Wieder schaute er sich um, starrte mich dann misstrauisch an. „Was soll das werden? Du wiegst mich mit deinem Geplauder in Sicherheit und dann was, springst du über den Tisch, um mir eine zu verpassen?" Er hob sein Kinn erneut. „Beeil dich, mit was auch immer du machst, weil ich Mom versprochen habe, zu Hause zu sein, bevor es dunkel wird."

„Nein, ich will wirklich … hör zu … Soren hat gesagt, dass ich … Nein, ich will sagen, dass ich …" Ich stoppte, weil das nur ein unverständlicher Haufen

Nichts war und Tyler nur verwirrte, der so aussah, als würde er auf den Witz warten oder darauf, dass ich ihm eine verpasste. Warum war dieser Ehrlichkeitsscheiß so schwierig? „Mein Dad hat gesagt, dass du einen Freund brauchst."

Er zuckte zusammen. „Was?"

„Er hat gesagt, dass du und deine Mom an diesem Morgen im Haus wart, weil ihr Freunde braucht."

„Und das ist *alles*, was er dir erzählt hat?" Tyler rieb seinen Arm und sah aus, als ob er gleich flüchten würde.

Mein Herz wurde schwer. Hatte Dad gelogen? Aus irgendeinem wahnsinnigen Grund hatte ich mir eingebildet, dass mein Dad mir gegenüber ehrlich sein würde. „Hat Dad gelogen? Sind deine Mom und er-"

Die Tür knallte und Soren kam heraus, sah mich und Tyler zusammen und stand wie eine Art Racheengel da. „Was ist hier los!", verlangte er zu wissen und sprang die drei Stufen herunter, um über mir aufzuragen. „Geht es dir gut, Tyler? Himmel, Felix, gerade wenn ich denke, dass du vielleicht ein verdammtes Herz hast, gehst du wieder auf Tyler los. Wenn du etwas zu sagen hast-"

„Wir reden nur", unterbrach ich, was auch immer Soren mir vor den Latz knallen wollte.

Er musterte mich misstrauisch. „Reden?", fragte er, seine Wut verrauchte und sein schmaler Blick wanderte von Tyler zu mir und wieder zurück.

„Ja, du weißt schon, wenn Leute ihre Münder

öffnen und Worte herauskommen." Ich konnte dieser Stichelei nicht widerstehen.

„Was hast du mit Tyler gemacht?", hakte er nach.

„Nichts", sagte ich leise.

„Er sagt, dass er mit mir reden will." Tyler klang, als stünde er unter Schock.

Er und Soren wechselten Blicke und dann setzte Soren sich sofort mit besorgtem Gesichtsausdruck mir gegenüber hin.

Ich verlor mich in Sorens Augen. Ihrer Farbe, wie sie mit seinem Lächeln aufleuchteten oder sich in Verteidigung verdunkelten, wie sie ganz weich geworden waren, als wir uns in der Bibliothek unterhalten hatten. Was würde er tun, wenn ich über den Tisch griff und ihn zu mir zog und ihn küsste oder etwas noch Dümmeres, wie ihm zuerst zu sagen, dass ich ihn küssen wollte?

„Dann rede." Sorens Tonfall war nicht so, wie er vorhin in der Bibliothek mit mir gesprochen hatte. Das hier waren keine sanften Worte des Verstehens. Jetzt war Soren für Tyler da – für den Freund, dem gegenüber ich durchgedreht war, weil seine Mom …

Was? Meinem Dad nahestand? Mehr? Sogar wenn sie mehr waren, was für eine Rolle spielte es? Mom war weg, ein Besuch alle heiligen Zeiten und das nur, um die Papiere zu unterzeichnen, meinen Dad anzuschreien und zu drohen, mich mitzunehmen. Ihre Ehe war vorbei.

Ich löste meinen Blick von Soren und starrte Tyler

an, der zögerte, sich dann rittlings auf die Bank neben Soren setzte. Wenn das hier nicht ernst gewesen wäre – was auch immer es war – hätte ich vielleicht über die Interview-Situation gelacht, die hier lief, Tyler verwirrt und Soren, der so tat, als wäre ich eine Bombe, die kurz vor der Explosion stand.

„Was sonst hätte mein Dad mir erzählen sollen?", fragte ich Tyler.

Er wandte den Blick ab und zögerte so lange, dass ich dachte, er würde mir nicht antworten, aber dann schaute er mich an. „Meine Mom mag deinen Dad", fing Tyler an und ich versteifte mich, weil dies der Moment war, in dem er sagte, dass mein Dad gelogen hatte und Tylers Mom mit meinem Dad schlief. „Sie sind Freunde." Seine Augen wurden feucht. „Ich bin froh, dass sie einen Freund hat, der so ist wie meine." Er stupste Soren mit der Schulter an, der Tyler ein Lächeln schenkte. Dasselbe wunderschöne Lächeln, das mir in letzter Zeit viel zu sehr auffiel.

„Also, Moment, sie machen nicht … du weißt schon …" Ich wackelte mit meinem Finger, aber nur die Götter wussten, was das sagen sollte. Außerdem hasste ich mich selbst, weil ich fragte.

Er keuchte. „Nein. Nun … ich weiß es nicht … Im Moment braucht sie nur jemanden, der zuhört und einen sicheren Ort für uns, wenn es nötig ist." Er brach ab, als ob er etwas gesagt hätte, das er nicht sollte.

„Warum braucht ihr einen sicheren Ort?", fragte

ich, aber das war Tylers Stichwort, dichtzumachen. Er schulterte seinen Rucksack.

„Wir sind hier fertig", sagte er und joggte davon und ich war vor den Kopf gestoßen von der Art, wie er das Gespräch so plötzlich beendet hatte.

„Ich bin nicht einmal dazu gekommen zu sagen, dass ich gerne versuchen würde, sein Freund zu sein", bemerkte ich und erst als die Worte herausgeschlüpft waren, erinnerte ich mich daran, dass Soren *hier* saß.

Er starrte mich an, sein Mund stand offen. „Huh?"

Ich beeilte mich, aufzustehen, und ignorierte ihn, ging in Richtung der Vorderseite des Campus, wo Rick mich abholen würde, Soren direkt an meiner Seite.

„Was sollte das mit Tyler?", fragte Soren vielleicht zwei oder drei Mal, blieb stehen, als ich Ricks Auto erreichte.

Ich wirbelte zu ihm herum und stach ihm in den Brustkorb. „Verschwinde."

Er schaute zu, wie ich davonfuhr, die Hände in seine Taschen gestopft und ich weigerte mich, ihn anzusehen.

„Guter Tag?", fragte Rick.

„Ja", log ich.

Ich war supergut im Lügen.

DREIZEHN

Soren

Es gab diesen wirklich alten Metal-Song – so alt, dass mein Dad Ten dazu abrockte – der davon schrie, die Krankheit zu bekommen – *getting down with the sickness*.

Eine ziemlich gute Melodie, um ehrlich zu sein. Ich hatte den Song sogar auf einer Playlist mit all meiner anderen ‚abrundenden‘ Musik. Wenn ich diesen Song nehmen und die Lyrics ändern könnte, dass sie zu meinem Leben passten, würde es heißen *getting down with the weirdness*, weil die Seltsamkeit exponentiell wuchs. Und da ich nicht Wednesday Addams war, störte es mich durchaus, mit der Seltsamkeit zu leben. Dinge, von denen ich gedacht hatte, dass sie in Stein gemeißelt waren, lagen jetzt als Haufen Schutt zu meinen Füßen.

Felix und ich hatten in der Bibliothek definitiv einen Moment gehabt. Und keinen coolen Film-Moment, in dem zum Beispiel ein roter Ballon vorbeifliegt und irgendein Kind sich einem irren Clown/unheimlichen, verkohlten toten Kind im Keller gegenübersieht. Nein, um ehrlich zu sein, so wie meine Eingeweide sich verkrampften und meine Haut jedes Mal rot wurde, wenn ich Felix sah, würde ich mich lieber dem toten, verkohlten Kind stellen. Okay, vielleicht nicht, aber verdammt, alles war so seltsam. Was hatte überhaupt dazu geführt, dass ich Felix küssen wollte? Hatte ich ihn nicht vor einem Monat noch gehasst?

Ja, ja, hatte ich.

Scheiße. Ich schüttelte diese Rom-Com Szene ab, mit Felix und mir in den Hauptrollen unter dem Gemälde der stirnrunzelnden Lady aus dem Revolutionskrieg und dem beinahe verzweifelten Bedürfnis, ihn in der Lobby der Bibliothek zu küssen.

Von Musik und Küssen abgesehen, jetzt war nicht die Zeit, geistig abwesend zu sein. Wir hatten unser erstes Spiel gegen Hershey. Alle waren da. Meine Dads, Großeltern und Geschwister und alle Eltern aller Spieler. Sogar Tylers Mom und Felix' Dad, die nebeneinandersaßen, sich eine Decke und eine Thermoskanne heißen Kaffee teilten und jubelten.

Es war surreal, dass alle so taten, als ob nichts sich geändert hätte, obwohl *alles* sich verändert hatte. Ich hätte Felix beinahe geküsst. Zwei Mal. Und er war bei diesem ersten Mal nicht zurückgescheut oder hatte sich verzogen. Er hatte sich vorgebeugt, über die Bücher, die von dunkelhäutigen Kriegsveteranen handelten und Stapeln gekritzelter Notizen. Er hatte diesen glänzenden Ausdruck in seinen himmelblauen Augen bekommen und war nähergekommen. Warum? Verarschte er mich? Wartete er darauf, dass unsere Lippen sich supernah waren, um dann zurückzuweichen und mich eine dämliche Schwuchtel zu nennen? Versteckten seine gorillaartigen Kumpel sich in der Abteilung für Fachbücher, bereit, Videos aufzunehmen, wenn er mich in Stücke riss, weil ich versucht hatte, ihn anzumachen? Warum war ich so dämlich, mich in einen Hetero-Typen zu verlieben, der sein Arschloch-Abzeichen so stolz trug? Es gab, im wahrsten Sinne des Wortes, zweihundert oder mehr Leute an der Chesterford, in die ich mich verknallen konnte. Millionen auf der ganzen Welt. Und ich suchte mir den größten Mistkerl der Schule aus. Was sagte das über mich? Es sagte, dass ich ein Vollidiot war.

„Aufpassen!", schrie Coach, als ein Puck in den Bereich der Bänke flog.

Wir alle duckten uns, ich den Bruchteil eines Zentimeters langsamer, weil ich mit dem Kopf in den Wolken war. Coach fing den Puck, warf ihn dann dem Linienrichter zu. Gute Reflexe für einen alten Mann. Ich wagte einen Blick die Bank hinunter, sah, dass Felix aufs Eis starrte, sein Mundschutz hing an seinem Mundwinkel, seine Wangen waren rosa von Anstrengung. Er war wahnsinnig hübsch. „Rowe.

Hast du vor, dich deinem Block da draußen anzuschließen?"

Ich zuckte zusammen, als Coach mir auf den Helm tippte. „Tut mir leid, Coach", murmelte ich, warf meine Beine dann über die Bande, mein Gesicht glühend rot vor Scham. Ich musste mich aus diesen Gedanken befreien. Ten und Jared hatten alles getan, um dieses Spiel zu sehen, bevor sie für einen kurzen Abstecher in den Süden mussten, um die neue NHL-Saison zu beginnen. Außerdem wollten wir die Saison wirklich mit einem Sieg starten.

Genau. Gedanken beim Spiel, Soren.

Wissend, dass Hershey ein mittelmäßiges Team war, flog ich praktisch durch ihre Defensivlinie, nachdem ich das Faceoff gewonnen hatte. Hershey hatte im Sommer viele ihrer besseren Verteidiger an das College-Team verloren, darum waren die meisten der Verteidiger, die sie auf dem Eis hatten, Neulinge. Das bedeutete für uns einen Vorteil, den wir bis jetzt genutzt hatten. Unsere ersten fünfzehn Minuten hatten uns zwei Tore eingebracht, verglichen zu ihren Null. Im zweiten Drittel waren sie mit etwas mehr Biss herausgekommen und hatten einen Puck an unserem Goalie vorbeigeschmuggelt, so den Anschlusstreffer erzielt. Jetzt, mit noch sechs Minuten Spielzeit, führten wir noch immer, wollten aber ein weiteres Tor, um etwas mehr Luft zu haben. Das Eis war nicht gut. Teile waren matschig und weich, was bedeutete, dass viele Spieler scheinbar grundlos fielen. Den Puck zu passen, wurde interessant.

Ich schoss einen schnellen zu Caleb, unseren Center und schaute entsetzt zu, wie er auf eine weiche Stelle im Eis traf, dabei gerade langsam genug wurde, dass ein Hershey-Verteidiger seinen Schläger dranbekam. Vor mich hinfluchend, musste ich wirklich Gas geben, in dem Versuch, den Typen mit dem Puck einzuholen, als er auf unser Tor zuraste. Da ich wusste, dass ich es verbockt hatte, tat ich, was jeder tun würde, um sich selbst zu retten. Ich stocherte meinen Schläger in die Kufen des Puck-Besitzers und brachte ihn zu Fall. Pfeifen ertönten, als der Typ, der beinahe einen guten Schuss auf unser Tor hätte abgeben können, mit dem Kopf voran in unser Netz schlidderte. Es ging ihm gut, er war wütend und auf Blut aus, als er wieder auf seinen Kufen stand. Ich war bereits auf dem Weg in die Penalty-Box, ohne dass man es mir sagen musste. Ich wusste, dass ich von Coach eine Standpauke bekommen würde, weil ich den Puck verloren hatte. Ganz egal, wie das Eis war, es war absolut meine Schuld gewesen.

Ich spuckte meinen Mundschutz in meine behandschuhte Hand und nahm die angebotene Wasserflasche vom Penalty-Box-Aufseher an, einem Freiwilligen aus dem Unterstützungsclub. Calebs Dad warf mir einen mitfühlenden Blick zu. Er wusste, dass ich getan hatte, was nötig gewesen war. Die nächsten zwei Minuten waren angespannt, mit mehreren guten Schüssen auf unser Tor, aber keiner kam an Cullen vorbei. Dank sei allen Hockey-Göttern.

Ich kam wie eine Rakete aufs Eis, fuhr hart ins Spiel, hob den Schläger eines der Hershey-Spieler, um den Puck zu stehlen. Dieses Mal passte ich sauber, der Puck segelte zu Felix, der einen Schuss auf das Netz von Hershey abgab, der laut vom Metall abprallte. Die Heim-Zuschauer stöhnten.

Ich machte mich auf den Weg zur Bank, hoffte, dass ich von Coach nicht zu sehr gerüffelt werden würde. Er warf mir einen Blick zu, die Art Blick, die meine Eier ein wenig abbrannte. Das würde ich nicht leugnen.

Als der Buzzer erklang, standen die Coyote-Fans und Unterstützer alle auf und heulten zusammen mit uns. So feierten wir Siege. Kopf zurück, Jaulen und Kläffen. Nach dem Feier-Jaulen schüttelten wir dem anderen Team die Hände, danach machten wir uns voller Energie auf in die Umkleiden. Coach kam herein, um uns eine Motivationsrede zu halten und die Dinge zu erwähnen, die wir beim nächsten Spiel besser machen mussten. Insgesamt machte er mich nicht zu sehr fertig, darum fühlte ich mich später, als wir die Umkleide verließen, um uns mit der Familie und den Unterstützern in der örtlichen Pizzeria zu treffen, beschwingt.

Das Restaurant war voll, der Geruch von Knoblauch und Tomaten hing schwer in der Luft. Ich

kam mit meinen Dads, Großeltern und Geschwistern.
Lottie war quengelig und müde, bis sie das Innere des
Restaurants sah, ihrem Lieblingsort auf der *ganzen
weiten Welt*, weil sie Pizza und Gemälde an der Wand
hatten. Die Tische waren mit rot-weiß karierten
Tischtüchern bedeckt, während falsche Kerzen in
kleinen Gläsern flackerten, die auf jedem Tisch
standen. Unser Team brauchte ungefähr zehn Tische,
die Unterstützer und Familien noch einmal so viele.
Es war unglaublich laut. Wir alle stießen die Fäuste
aneinander, als ich vorbeiging, sogar Felix hielt eine
Hand hoch. Ich tippte seine leicht an, ließ mich dann
lässig auf einen Stuhl neben ihm fallen, zog mir die
Team-Jacke aus, die ich letztes Jahr bekommen hatte.
Wir alle hatten sie. Nun, nicht alle. Die Freshmen
würden ihre am Ende der Saison bekommen. Es
machte mich stolz, eine zu haben und dem Campus
zu zeigen, dass ich Teil dieses Teams war. Außerdem,
und das dachte ich mir nicht nur aus, Mädchen und
Jungs standen wirklich darauf, mit Sportskanonen
auszugehen. Ein Mädchen, mit dem ich letztes Jahr
zwei Mal ausgegangen war, hatte mich gebeten,
meine Jacke tragen zu dürfen. Ja, nein. Das würde nur
bei jemandem passieren, der mir wirklich wichtig war.
Jemandem, mit dem ich fest zusammen war.

„Nettes Penalty", bemerkte Felix, als die Krüge
mit den Limonaden auf die Tische gestellt wurden.

Ich warf ihm einen Blick zu und bekam eines
dieser Grinsen, das seltsame Dinge mit mir anstellte.

Ich kratzte mir langsam das Kinn mit meinem Mittelfinger, stellte sicher, dass er es sah. Die Jungs um uns herum lachten und Felix nickte, nur einmal – seine blauen Augen ausnahmsweise glücklich – und dann richtete er seine Aufmerksamkeit darauf, sich ein Rootbier einzuschenken. Ich hatte ihn zum Lächeln gebracht. Es war albern, wie glücklich mich das machte.

ER WAR HIER, in meinem Zimmer und wir lernten und Mann, ich war absolut, Betonstiefel-mit-den-Fischen-schwimmen geliefert.

„... denke, wir sollten das auf abstrakte Weise machen, oder?"

Ich rollte meinen Kopf nach links. Felix lag neben mir auf dem Boden meines Zimmers, Bücher und Blätter, Stifte und Marker überall um uns herum verteilt, während Post Malones „I Like You (A Happier Song)" aus den Lautsprechern auf meinem Schreibtisch kam. Ich liebte Post und dieses Duett mit Doja Cat war reines Feuer. Es beschrieb auch irgendwie, wo mein Kopf gerade war, während der Oktober mit seinen kühlen Nächten, fallenden Blättern und einem Tanz in zwei Wochen einsetzte. Einem Tanz, für den ich immer noch kein Date hatte.

„Sicher, das ist cool." Ich hielt mein Tablet hoch, meine Fersen ruhten an der Wand unter einem Poster von Dwight Schrute. Felix hatte dieselbe Beine-an-der-Wand Pose eingenommen, Kissen lagen unter unseren Hintern, um unsere Füße noch weiter anzuheben. Laut meiner Großmutter war dies eine coole Yoga-Pose, die half, den Stress in den Beinen zu lindern, den wir beide nach einem Killer-Training nach der Schule heute hatten. „Wir können die Fotos in geneigten Winkeln einfügen. Dadurch wird es poppiger und weniger Ladys Journal of the Home oder wie auch immer diese Zeitschrift heißt."

Er kicherte, neigte sein Tablet dann in alle Richtungen, der Bildschirm war fest. „*Ladies Home Journal*, Dummkopf."

„Woher weißt du das?"

„Meine Haushälterin hat das immer gelesen."

„Oh, cool. Ist sie nett? Deine Haushälterin?"

„Mm, ja, Phoebe ist nett. Was hältst du davon, noch mehr Interviews zu machen?"

Ich rollte mich auf die Seite, verknotete meine Beine zu einer seltsamen Brezel, weil mein Hintern immer noch an der Wand lehnte. Nun, eine Pobacke war an der Wand. Es war eine verknotete Pose, für die Großmutter ganz sicher einen Yoganamen haben würde, wenn sie mich sah.

„Ja, das wäre cool." Ich drückte mein iPad an meinen Brustkorb, um sein Profil zu genießen. Er roch heute Abend wirklich gut. Nach Kirsch-Vanille-Limo. Seine kurzen goldenen Haare klebten an seinen Wangen und Wimpern. Ich musste mein Tablet fest packen, um meine Hände bei mir zu behalten. Die Haare auf seinen Wimpern mussten unbedingt sanft aus seinen Augen gestrichen werden …

„In Ordnung, cool. Mir gefällt, dass es in unseren Artikeln weniger um die wahnsinnig langweilige Geschichte eines Gebäudes geht, sondern um die lebenden, atmenden Menschen, die in Chesterford arbeiten und lernen. Das ist viel spannender."

Er war so hübsch anzusehen, vor allem, wenn seine strahlenden Augen vor Kreativität funkelten. Sein Blick huschte von seinem Tablet zu mir, als ich nicht reagierte. In dem Moment, als sein Blick meinem begegnete, brach dieses seltsame, wackelnde Gefühl in meinem Bauch aus. Und es waren keine Blähungen von Großmutters hervorragenden gebackenen Tacos, die wir zu Abend gegessen hatten. Er drehte sich zur Seite, sein Blick blieb die ganze Zeit auf meinen gerichtet, rollte näher, bis unsere Nasen nur noch einen Zentimeter voneinander entfernt waren. Ich starrte in seine Augen, liebte all die verschiedenen Schattierungen von Saphir, Türkis und Sonnenblume. Dicke Wimpern kamen einmal, zweimal, herunter und beim dritten Mal ruhten sie für eine Sekunde auf seinen Wangen, bevor sie sich langsam hoben.

Ich glaube, ich fing an, aber vielleicht machten wir es auch gleichzeitig? Schwer zu sagen, weil wir ja nur eine Federbreite getrennt waren. Wer auch immer. Wie auch immer. Es spielte überhaupt keine

Rolle, weil seine vollen Lippen jetzt an meine gepresst waren, und das war *alles*. Ich hatte schon Menschen geküsst. Ich war ein paar Mal weiter als Küssen gegangen. Schließlich würde ich in fünf Tagen sechzehn werden. Also ja, die ganze Sache mit dem Küssen hätte mich nicht so treffen sollen, wie sie das tat. Der Kuss war zärtlich und ein wenig zögerlich. Unglaublich heiß, sogar ohne Zunge. Mein Körper vibrierte, Blut raste so schnell nach Süden, dass mir ein wenig schwindlig wurde.

Dann zog er sich zurück. Ich befeuchtete meine Lippen, um mehr vom Kribbeln seines Geschmacks in meinen Mund zu bekommen. Felix starrte mich an, als wäre ich eine neue Art, die gerade auf dem Grund des Ozeans entdeckt worden war.

„Das war … das hätte ich nicht tun sollen", sagte ich schwach, während er dalag, mich mit leerem Blick anstarrte. „Ich weiß, dass du nicht auf Jungs stehst. Ich habe nur … es tut mir leid. Das hier war absolut nicht einvernehmlich."

„Ich habe angefangen", flüsterte er, seine Stimme so leise und schläfrig, dass ich mich anstrengen musste, ihn zu hören. „Ich stehe auf Jungs. Exklusiv, glaube ich."

Ich blinzelte. Heftig. Mehrere Male. Wenn ich in einem Sandsturm in der Sahara gestanden hätte, hätte ich nicht so gleichmäßig gezwinkert. Okay. Huh. Nun, das erklärte … absolut gar nichts.

„Bitte, frag … frag einfach nicht. Ich habe absolut

zugestimmt, wenn du denkst, dass du es vielleicht wieder tun willst?"

Er musste nicht zweimal fragen. Wir küssten uns ein dutzend Mal, vielleicht zwei, alles vorsichtige Küsschen, die gerade lang genug dauerten, dass wir richtig in Fahrt kamen, dann trennten wir uns.

„Ich bin mir nicht sicher, was ich sagen soll", meinte ich atemlos, nach Kuss fünfzehn, glaube ich. Es gab eine Tonne Dinge, die ich sagen, fragen wollte, aber er hatte mich gebeten, es einfach laufen zu lassen, darum würde ich das auf alle Fälle tun. Ein Poltern vor meiner Tür, direkt, bevor jemand klopfte, brachte uns dazu, auseinanderzurollen, als wären wir Seitenwinder-Klapperschlangen.

„Hey, Jungs, es ist elf. Zeit, mit dem Lernen aufzuhören. Ich bringe dich nach Hause, Felix", sagte Opa, schenkte uns ein breites Lächeln und ging dann, ließ die Tür meines Schlafzimmers offen.

„Das ist es wohl", meinte Felix mit angespannter Stimme. Wir sammelten schweigend seine Sachen ein, keiner von uns war sich sicher, was zur Hölle wir nach den zwei Dutzend Küssen sagen sollten. Ich ging mit ihm zur Eingangstür. Opa nickte mir zu, führte Felix dann zu seinem Auto und sie waren weg, nichts als Rücklichter in der Dunkelheit.

Es war verrückt, wie das Aufeinandertreffen von zwei Lippenpaaren alles verändern konnte.

VIERZEHN

Felix

„… und sie sind direkt durch mich hindurchgegangen, wenn du weißt, was ich meine." Sorens Opa zwinkerte mir zu, während er den Motor abstellte und ich konnte nicht anders, als das Lächeln zu erwidern. Er war alles, was ich dachte, dass ich von Großeltern wollte, aber ich hatte nur die aufseiten meiner Mutter in New York, die mir nie ganz vergeben hatten, dass ich der Sohn ihrer Tochter und ihrer schlechten Entscheidung von einem Ehemann war. Klar, ich sah sie manchmal im Sommer, und hin und wieder an Weihnachten, aber das war mehr ein Austausch von Geld dafür, dass ich höflich war, als Umarmungen und Geschichten über das eine Mal, als Sorens Opa zu viele Pflaumen gegessen hatte.

„Danke, dass du mich nach Hause gefahren hast", sagte ich und lächelte erneut, öffnete dann die Tür, sah, dass er dasselbe machte.

„Es ist nur höflich, wenn ich Hallo sage", erklärte er.

Ich würde nichts dagegen einwenden, weil ich nicht wusste, wie ich es machen sollte. Ich war immer noch high von den Küssen und den leisen Worten, die ich mit Soren geteilt hatte. Was bedeutete das? Waren wir jetzt zusammen? Dateten wir? Waren es die Hormone? Würden wir händchenhaltend durch die Schule gehen? Fuck … darüber konnte ich im Moment gar nicht nachdenken.

Ich ging um das Haus herum, Opa im Schlepptau und sah Rick zuerst.

„Es freut mich, Sie kennenzulernen", fing Opa an.

„Das ist nicht mein Dad", setzte ich an und fragte mich dann, wie ich meine Beziehung zu Rick erklären sollte, doch dann wusste ich genau, was ich sagen musste. „Er ist praktisch mein bester Freund. Er und seine Frau, Phoebe, sie kümmern sich um mich."

Rick strahlte mich an, streckte dann seine Hand aus.

„Sorens Großvater", erklärte Opa.

„Rick."

Sie unterhielten sich nicht lang, plauderten über das Wetter und Autos und Gartenarbeit, aber Rick berührte kurz meine Schulter, als ich an ihm vorbeiging und wir lächelten einander an.

Die Küchentür stand offen und ich ließ meine Tasche auf den Tisch fallen und rief den Namen meines Vaters so laut, wie ich konnte, ohne dass es wirklich bis in sein Büro drang.

„Er ist wahrscheinlich immer noch in einem Meeting", erklärte ich Opa, der überhaupt nichts einwendete, sondern nur Ricks Geste kopierte und meine Schulter drückte, mir dann einen letzten Rat anbot, wie Großeltern das gerne taten. Nur, dass es nicht darum ging, meine Krawatte geradezurücken, damit ich nicht unordentlich aussah oder um sicherzustellen, dass ich gut lernte, sondern ein eher praktischer Rat.

„Halte dich von den Pflaumen fern", sagte er.

„Guter Rat", antwortete ich und wir lachten und er ging. Kollision zwischen Dad und Sorens Opa vermieden.

Ich schnappte mir einen Saft und Snacks und machte es mir mit meinem Handy im Medienzimmer gemütlich.

Ich brauchte Antworten und vielleicht konnte mein Handy helfen, darum stellte ich meinen Browser auf inkognito – nur für den Fall – und fing an, Fragen einzugeben.

Wie bin ich schwul? Das ergab zu viele Treffer und ich wusste bereits, was ich war – ich musste nur mein neues Leben mit diesem Wissen in Einklang bringen. Ich war schwul, ich stand auf Jungs und hauptsächlich stand ich auf Soren.

Moment … ich tippte eine neue Frage ein. *Kann*

ich nur für eine Person schwul sein? Darauf kamen mehrere Antworten, in denen es um das Spektrum von Sexualität ging und ich dachte über jede einzelne gründlich nach. Fühlte ich mich zu Soren hingezogen, weil meine Emotionen so durcheinander waren? Wollte ich nur experimentieren? Oder lief diese Sache mit Soren, weil ich gedacht hatte, ich würde ihn hassen und sich herausgestellt hatte, dass er kein schlechter Mensch war? Vielleicht war es, weil sein Dad Tennant Madsen-Rowe war? Dieser letzte Gedanke verengte meinen Brustkorb – Soren mochte ja mit Tennant verwandt sein, aber das hatte nichts damit zu tun.

Es ging viel weiter zurück als Soren.

Bis hin zu James Dryden in Mathe. Er war eine Sportskanone, ein Footballspieler, forsch, selbstbewusst und ich hatte *Dinge* gefühlt, wenn ich ihn mit etwas, das Bewunderung nahekam, angeschaut hatte. Er war perfekt. Er war mein Traum. Er war alles, woran ich dachte, bis zu dem Tag, als Soren in Chesterford angefangen hatte.

Nein, es war nicht nur Soren.

Aber Soren war derjenige, der all meine Gedanken beherrschte, seit ich ihn zum ersten Mal gesehen hatte.

War auf ihn loszugehen ein Selbstverteidigungsmechanismus gewesen, um gegen meine Attraktion für ihn anzukämpfen? Zu dem Jungen, der aus der Gosse gerettet worden war und dann alles auf dem Silbertablett serviert bekommen hatte? Dachte ich jetzt so? War ich der schlimmste Mensch auf Erden oder einfach nur verdammt verwirrt? Ich klickte auf ein paar weitere Links, öffnete eine Seite über Bisexualität. War ich bi, wenn mir ein Mädchen in seinem Pulli gefiel, auch wenn ich nur ihren Pulli bewundert hatte und nicht ihre Brüste? Ich stellte mir vor, ein Mädchen zu küssen, all diese Weichheit an mir zu spüren, aber da tat sich nichts. Ich wollte starke Hände und das Gefühl eines …

… Ich wollte Soren.

„Felix?" Dad unterbrach meine Gedanken und ich schloss hastig all die inkognito Seiten. Auf gar keinen Fall war ich bereit, meinem Dad irgendetwas über Soren zu erzählen oder Küssen oder die Tatsache, dass ich dachte, ich wäre schwul.

„Alles in Ordnung?" Er formulierte es als Frage, stand immer noch in der Tür, redete mit mir, obwohl ich nicht mit ihm reden wollte, weil er meine große Erkenntnis und mein rosiges Glühen von den Küssen mit Soren ruinierte.

„Ich habe mit Soren gelernt. Sein Opa hat mich heimgefahren."

„Sag ihm Danke von mir."

Ich blinzelte ihn an. „Soren oder seinem Opa?"

„Seinem Opa. Weil er dich gefahren hat. Ich war am Telefon, habe versucht … nichts. Ich hätte kommen können, um dich abzuholen."

„Alles war gut."

„Können wir reden?"

Ich legte mein Handy langsam neben mich. „Ja?"

Er deutete auf die Couch, als ob er meine Erlaubnis brauchte, hereinzukommen, und ich nickte – Felix für *wie auch immer*.

Er nahm die Couch mir gegenüber und griff nach der Fernbedienung, schaltete den Fernseher aus. Ich neigte mein Kinn, weil ich zweifellos irgendetwas verbockt hatte und ich hätte wissen müssen, dass unser Waffenstillstand gebrochen werden würde. Vielleicht dachte er, ich hätte mit Mom geredet oder ein Handtuch liegenlassen oder dass ich unhöflich gewesen war oder vielleicht war ich zur falschen Zeit am falschen Ort. Es ging wahrscheinlich darum, dass ich versucht hatte, mit Tyler zu reden – vielleicht hatte ich ihn schief angesehen oder so und er war zu seiner Mom gerannt. Großartig, jetzt fühlte ich mich gestresst und nervös.

„Was habe ich jetzt gemacht?", fragte ich mit übertriebener Geduld.

„Nichts. Du hast nichts gemacht. Hör zu ..." Er hielt inne, rutschte dann nach vorne, sodass er am Rand der Couch saß. „Wir müssen eine Entscheidung treffen, zusammen, wir beide. Der Grund, warum ich in einem Meeting war ... ich habe mit meinem Anwalt gesprochen. Ich habe alles getan, um mich dagegen zu wehren, Felix, aber deine Mom schließt das Büro in Harrisburg. Sie verkauft dieses Haus unter meinem Hintern und ich würde mit dir gerne umziehen, nach-"

„Moment. Ich weiß, wie viel du wert bist, Dad. Ich verfolge die Börse täglich."

„Auf dem Papier. Alles, was ich habe, ist in der Firma gebunden. Wir haben einen Ehevertrag unterzeichnet, als ich so jung war, dass ich nicht einmal wusste, was ich da unterschrieb, und es spielte keine Rolle, weil ich deine Mom damals geliebt habe. Ich habe sie geliebt." Er rieb sich die Augen.

„Ich weiß, dass du das getan hast", murmelte ich, weil es mir richtig vorkam, das zu sagen.

„Das ist das Haus deiner Mom. Jegliches Geld, das ich habe, gehört deiner Mom. Nicht mir."

„Sie wird es mir geben und du kannst bleiben", sagte ich voller Zuversicht. Meine Mom mochte sich langsam, aber sicher, aus meinem Leben zurückgezogen haben, aber sie war immer noch meine Mom.

Er starrte auf den Boden, seine Schultern sanken nach unten. „Sie hat es zum Verkauf freigegeben. Heute."

„Dann halt sie auf." Ich wusste nicht einmal, warum ich stritt, weil es nicht so war, dass ich dieses Haus liebte – ich hasste es. Aber Phoebe und Rick waren hier und wenn wir umzogen, würde ich sie verlieren, würde ich dann auf mich gestellt sein? Oder nur mit meinem Dad? Alles wurde abrupt auf mir abgeladen, die Küsse waren vergessen, mein momentaner Frieden zerschmettert. Ich presste eine Hand auf mein Herz, als es zu rasen anfing und Adrenalin mich wie Lava durchfloss, brennend und zischend und jedes bisschen rationales Denken zerstörend.

Bereitete Dad mich auf etwas vor? Würde er gehen? Würde ich vollkommen allein sein?

„Wir müssen uns eine andere Bleibe-"

„Das machst du!", schnappte ich. „Du findest etwas anderes für dich, weil ich Phoebe und Rick nicht verlieren werde – ich werde bei ihnen wohnen!"

Sein Gesicht verzog sich und ich dachte, dass er zu weinen anfangen würde. „Du wirst Phoebe und Rick niemals verlieren. Ich werde sie bitten, mit uns zu kommen, wohin wir auch gehen. Ich weiß, dass du denkst, dass es mir egal ist, ich weiß, dass du mir nicht vertraust und zur Hölle, ich weiß, dass deine Mom und ich Schuld sind, aber Felix, ich möchte, dass wir neu anfangen, weil du mein Sohn bist."

„Auf dem Papier", wiederholte ich seine Worte von vorhin und er zuckte zusammen, als ob ich ihn tatsächlich geschlagen hätte. Vielleicht sollte ich, jetzt, irgendetwas schlagen, weil ich mein goldenes Glühen zurückhaben wollte. „Ich verdiene Eltern, denen ich tatsächlich etwas bedeute … aber weißt du was? Vergiss es. Ich bin mit all dem durch. Du bekommst eine Scheidung, darum darf ich entscheiden, wo ich wohne. Ende der Geschichte."

„Ich dachte, wir könnten in der Gegend bleiben und du würdest bei mir wohnen, damit du auf der Chesterford bleiben kannst?" Ich kam mit all diesem Weinen und den Emotionen nicht klar. „Aber Sohn, wenn du bei deiner Mom sein möchtest, werde ich nicht dagegen ankämpfen."

Was? Warum würde er nicht dagegen kämpfen? Wollte er mich nicht? Ich war sein Sohn! Zur Hölle mit ihnen beiden. Wenn keiner von beiden mich wollte, dann würde ich etwas anderes finden, bei einem Freund wohnen … Ich hatte keine echten Freunde … Ich hatte Soren.

In meinem Kopf war alles durcheinander.

„Ich hasse dich dafür, dass du das sagst! Ich gehe. Ich weiß nicht wohin, aber ich bin mit all dem hier fertig."

„Sohn, ich habe damit nicht gemeint, dass ich möchte, dass du gehst-"

„Ich hasse dich und ich hasse Mom." Ich stand auf, noch während das Gesicht meines Dads sich traurig verzog. „Hast du mich gehört? Ich hasse dich!" Ja, ich wollte ihm wehtun, denn ihm wehzutun war real und ehrlich und die Vergeltung für all die Male, als ich mich hier eingeschlossen hatte, um meinen streitenden Eltern zu entkommen, wobei er jedes einzelne Mal nachgegeben hatte. Ich fühlte mich ganz kalt.

Und Menschen wehzutun war das, worin ich gelernt hatte gut zu sein.

Dann wurde mir klar, dass er rückwärts taumelte und weiter rückwärts, bis er mit dem Rücken gegen die Lehne der Couch krachte, seine Hand an seinem Brustkorb und er krümmte sich vor Schmerz. „Was ist los? Was machst du da?"

Er schaute zu mir auf, sein Blick unscharf, seine Atmung unregelmäßig. „911."

Die Fahrt ins Krankenhaus war verschwommen. Die Sanitäter waren innerhalb von zehn Minuten da, aber es kam mir wie eine Stunde vor, weil ich nur die Hand meines Dads halten und beten konnte, dass ich ihn nicht gerade mit den Klingen des Hasses, die ich gegen ihn gerichtet hatte, umgebracht hatte. Dann dauerte es einen ganzen Tag, bevor sie mir sagten, was los war, ohne eine Spur von meiner Mom, obwohl ich angerufen und ihr eine Nachricht hinterlassen hatte. Sogar wenn sie nicht für Dad hierherkam, sogar wenn sie ihn so sehr hasste, wie ich gesagt hatte, dass ich es tat, würde sie doch sicher für ihren Sohn da sein. Oder? Ich verbrachte viel zu viel Zeit damit, auf dem Stuhl neben Dads Bett zu warten. Ich wartete auf die Diagnose, wartete darauf, dass er von der OP zurückkam, bei der ihm ein Herzschrittmacher eingesetzt wurde, wartete darauf zu erfahren, dass er wieder gesund werden würde.

Wartete auf Mom.

Ich hinterließ fünf Nachrichten, bevor ich überhaupt eine Antwort bekam. Ich starrte sie ewig an, als ob die Buchstaben sich vielleicht neu anordnen und mir sagen würden, dass sie mich liebte und sie für mich da sein würde. Nichts veränderte sich – die Nachricht blieb dieselbe.

Es ist für meine mentale Gesundheit nicht gut, jetzt gerade dort zu sein.

Da war nicht einmal ein Kuss. Nicht, dass wir eine sonderlich offene Familie wären, aber dennoch, ein einzelnes X hätte gereicht, damit ich zumindest dachte, dass sie bei all dem wenigstens kurz an ihren Sohn dachte.

„Hey", sagte Phoebe von der Tür. Sie und Rick waren eine Konstante gewesen. Sie war ins Haus gelaufen, als ich sie angerufen hatte, um ihr zu sagen, dass Dad zusammengebrochen war. „Wir holen Mittagessen. Was möchtest du?"

Ich zog meine Beine auf den Stuhl und schlang meine Arme um meine Knie. „Mir geht es gut." Ich fühlte mich krank und schockiert und mir ging es gar nicht gut.

„Ich werde dir etwas bringen", murmelte sie, aber ich schaute sie nicht einmal an. Ich starrte Dad an, regungslos, aber atmend, seine Augen öffneten sich noch nicht. Ich dachte, sie wäre gegangen und es war die Stimme einer anderen Frau, die Hallo sagte, die mich aus meiner Konzentration zerrte und für einen Moment hatte ich Hoffnung. Aber es war nicht Mom, es war Lilly Corrigan und hinter ihr, Tyler. Beide schienen nicht zu wissen, was sie tun sollten, und nach einem kurzen Hallo von ihr schien es, als wäre das alles, was sie zustande brachte.

Es war wohl an mir, sie hereinzubitten, aber ich nahm mir einen Moment, um Tylers Mom zum ersten Mal wirklich anzusehen – ein Blick, bei dem ich mich nicht aufführte, weil ich dachte, sie würde sich zwischen Mom und Dad stellen. Sie war kleiner als Tyler, eine schlanke Frau mit langen dunklen Haaren, aber ich konnte sehen, von wem Tyler seine großen Augen bekommen hatte und seine Knochenstruktur. Ich konnte verstehen, was Dad vielleicht in ihr sah, aber der Gedanke daran war, obwohl mein Dad in einem verdammten Krankenhausbett lag, einfach zu viel, um ihn zu ertragen.

„Hi", fügte Tyler hinzu, keiner von beiden machte Anstalten, hereinzukommen. Ich wusste, dass sie offiziell nicht ins Zimmer durften, es sei denn, sie gehörten zur Familie, aber jetzt waren sie da, worauf warteten sie also? Eine schriftliche Einladung vielleicht? Fuck, sogar jetzt konnte ich diese beißende, schnippische Seite meines Hirns nicht abschalten. *Ich bin kaputt.* Ich legte mein Kinn auf meine Knie und starrte sie an und endlich brach Tyler das Patt, holte tief Luft, bevor er anfing.

„Wir wollten nur Hallo sagen und dass es uns leidtut, dass dein Dad hier ist und dass, wenn du

irgendetwas aus der Schule brauchst, ich es dir
bringen kann und wenn Mom irgendetwas für dich
tun kann, dann frag einfach", sagte er in einem
einzigen Satz, warf dann seiner Mom einen Blick zu,
die verdächtig rote Augen hatte.

Ich hatte keine Worte. Ich hatte *gar nichts*. Ich war
wie betäubt, aber irgendwie waren sein ernst
gemeintes Hilfsangebot sowie die Tatsache, dass sie
überhaupt gekommen waren, das, was ich brauchte.

„Danke", bot ich ihnen mit leiser Stimme an, war
dankbar, als Phoebe und Rick auftauchten und ich
still und klein dasitzen konnte, während sie über
Dinge redeten, auf die ich nicht einmal achtete.

„Kann ich dir etwas bringen?" Tyler erschreckte
mich und mir wurde klar, dass er vor mir stand. Ich
schüttelte meinen Kopf und er drängte nicht und
dafür war ich dankbar.

Als er und seine Mom gingen, fuhren Phoebe und
Rick los, um ein paar Sachen von zu Hause zu holen
– nur, um etwas zu tun haben – und es waren wieder
nur ich und Dad. Ich rückte den Stuhl näher ans Bett
und nahm seine Hand, wollte, dass er seine Finger
bewegte und mit meinen verflocht. Eine
Krankenschwester kam herein, um nach seinen
Werten zu sehen, und fragte mich, ob es mir gut ging.
Ich nickte, meine Gedanken drehte sich nur um Dad
und wie wir zusammen nach Hause gingen.

Ich konnte nur daran denken, dass ich ihm gesagt
hatte, ich würde ihn hassen und wenn er starb …

Ich vergrub meinen Kopf in der Decke seines Bettes und versuchte, meine wilde Atmung zu beruhigen, verstärkte den Griff um die Hand meines Dads und wünschte mir, dass er wieder gesund wurde.

Bitte.

FÜNFZEHN

Soren

Als die Englischklasse am Donnerstag anfing und Felix immer noch nicht da war, begann ich, mir Sorgen zu machen. Ein paar Fehltage, wenn man einen Schnupfen hatte, waren normal, aber mehr als das? Ich versuchte, ihm eine Nachricht wegen des Projekts zu schreiben – nicht wegen der Küsse, weil ich das nicht auf meinem Handy haben wollte, jedenfalls noch nicht. Aber ging er mir wegen der Küsse aus dem Weg?

Beinahe eine Woche Abwesenheit von der Schule und keine Nachrichten wegen dieser dämlichen Zeitung waren etwas anderes. War ich wütend, dass ich die Gliederung allein und in aller Eile machen musste? Ja. Nicht, dass mich die Arbeit störte ... okay, das tat sie absolut, weil ich selbst genug zu tun hatte und dass Felix seinen Anteil nicht erledigte, war beschissen. Außerdem hielt mich das vom Streamen ab, was ich gerne machte, um Stress zu reduzieren. Stress, hervorgerufen von meinem Projektpartner in Englisch, der sich vor der Schule und Hockey drückte. Also ja, ich war wütend, weil wir jetzt bei dieser dämlichen Aufgabe ins Hintertreffen gerieten. Und Felix, aka Richie Rich, war wahrscheinlich irgendwo in einem Herbst-Urlaub auf St. Bartholomäus, aalte sich in der Sonne, wurde braun und machte die hübschen Mädchen von den Französischen West Indies an. Warum sollte er mich einfach so stehenlassen, nachdem wir uns geküsst hatten? Bereute er diese Küsse jetzt?

Ich war hier und riss mir den Arsch auf, bei diesem –

„Hey", hörte ich hinter mir. Ich schaute über meine Schulter, nachdem ich mein Chemiebuch in den Spind gestopft hatte und sah Tyler, der an der Reihe blauer Spinde zu meiner Linken lehnte, direkt neben einem Jack-O-Lantern Poster für Halloween. „Gehst du nach dem Unterricht ins Hockeytraining?"

„Ja." Ich holte die Bücher heraus, die ich für die Hausaufgaben brauchen würde, schloss dann meinen Spind und drehte mich zu ihm.

„Würdest du mir einen Gefallen tun?" Er sah gestresst aus, hatte Falten um seinen Mund, als die Schüler aus der letzten Stunde des Tages entkamen, um Busse zu erreichen oder sich mit ihren Fahrgelegenheiten nach Hause zu treffen.

„Klar." Ich schob meinen Rucksack auf einen

Arm, griff dann nach hinten, um meinen linken Arm durch den baumelnden Riemen zu schieben.

„Kannst du Coach sagen, dass ich heute nicht dabei bin, weil ich mit meiner Mom ins Krankenhaus gehe, um Jim zu besuchen?

„Oh, ja, mach ich." Ich hatte keine Ahnung, wer Jim war, aber wenn er im Krankenhaus lag, dann war es wohl ernst. „Sorg nur dafür, dass du für das Training nächsten Montag eine Entschuldigung von deiner Mom hast, sonst setzt Coach dich auf die Bank. Felix wird ganz sicher auf dem Holz reiten, weil er diese Woche zwei Mal das Training verpasst hat."

Mr Iglesias kam auf uns zu, sein Blick huschte über uns. „Ich bin mir sicher, die Gentlemen haben Besseres zu tun, als auf den Fluren herumzulungern und den Schülerfluss zu behindern", ätzte er, bevor er weitereilte, um dasselbe zu einer Gruppe Mädchen zu sagen, die vor einem Toilettenraum schwatzte. Ich warf seinem schlaksigen Rücken einen finsteren Blick zu, während er herumging und den Superzwischen-stundenaufseher spielte.

„Nein, er hat eine verlängerte Entschuldigung bekommen, wegen Jims Herzinfarkt."

Das brachte mich davon ab, dem mürrischen Lehrer für amerikanische Geschichte finstere Blicke zuzuwerfen, weil er wollte, dass wir in der Schule nicht sozial waren. War der Sinn der Schule nicht, sozial zu sein? Erwachsene ergaben keinen Sinn.

„Wer ist Jim?", fragte ich, meine Wut schmolz dahin, wurde von Sorge ersetzt.

„Felix' Dad", antwortete Tyler, eine wildgewordene Strähne baumelte ihm ins Auge. „Er ist jetzt seit einer Woche krank."

„Oh, Scheiße" flüsterte ich, fühlte mich jetzt wirklich beschissen. Ich hatte tagelang wie ein Rohrspatz geschimpft, weil Felix sich vor der Arbeit drückte. Verdammt. Ich war ein Arschloch. „Warum hat er sich nicht bei mir gemeldet? Warum hast *du* es mir nicht erzählt?"

Tyler war verwirrt. „Ich dachte nicht, dass du etwas über Felix hören willst?"

„Wir haben ein Projekt und er hat meine Nummer …", verteidigte ich mich.

Tyler zuckte mit den Schultern. „Ja, nun, er scheint ziemlich daneben zu sein. Er bekommt seine Hausaufgaben online, damit er im Unterricht nicht den Anschluss verliert. Coach hat gesagt, dass er ihn auf die Liste der Verletzten setzen kann, wenn er länger wegbleiben muss, aber ich denke, dass er wahrscheinlich nächste Woche zurück sein wird. Sie stellen eine Krankenschwester an, die bei Jim bleibt, bis er wieder auf den Beinen ist, darum wird er Felix nicht zum Helfen brauchen."

„Wow", sagte ich erneut, weil das alles war, was mir einfiel. „Mann, das ist kacke. Danke, dass du es mir erzählt hast."

„Kein Problem. Danke, dass du es Coach sagst.

Mein Handy ist tot und ich muss mich mit Mom seit zehn Minuten am Eingang treffen. Zum Glück ist die Fahrt zum Harrisburg Medical Center kurz, sonst würde sie jetzt Junge bekommen." Wir stießen die Fäuste aneinander und Tyler rannte los wie ein Hase, bewegte sich anmutig durch die Schülermassen, während ich dastand und ein Poster für den Halloween-Tanz Ende Oktober anstarrte. Ich hatte mich gefragt, wen ich bitten würde, mit mir hinzugehen. Jetzt schien mir das, in Hinblick auf die Neuigkeiten über Felix' Dad, ziemlich unwichtig.

Mein Kopf tat weh. Was würde ich tun, wenn Jared oder Ten schwer krank wären? Milo und ich waren erst seit Kurzem offiziell ihre Söhne, nur zwei Jahre, aber ich liebte sie beide. Wenn einer von ihnen ernsthaft krank oder bei einem Spiel verletzt würde, würde ich … nun, ich würde sagen, zur Hölle mit allem und wäre dann an ihrer Seite, genau wie Felix es getan hatte. Ich starrte den lächelnden Jack-O-Lantern ewig an, lang genug, dass Mr Iglesias zurückkam und mir befahl, weiterzugehen.

Aus irgendeinem seltsamen Grund entschied ich, nach dem Training nicht mit zum Ramen-Essen zu kommen und stattdessen Felix zu besuchen. Ich schickte Ten eine kurze Textnachricht, dass er mich nach den Drills nicht abholen musste. Ich würde den Bus ins Krankenhaus nehmen und so auch nach Hause fahren. Der öffentliche Nahverkehr schreckte mich überhaupt nicht. Ich war damit aufgewachsen, entweder mit dem Bus zu fahren oder zu gehen. Milo und ich hatten kein teures Auto mit einem liebenden Elternteil gehabt, das vor unserer Schule wartete, bevor Ten und Jared uns bei sich aufgenommen hatten. Als Ten fragte, ob bei mir alles in Ordnung wäre, erklärte ich es ihm. Er schickte zurück, dass es in Ordnung war, dass er Blumen auf Jims Zimmer schicken würde und dass ich Felix und seiner Familie unsere besten Wünsche ausrichten sollte.

Sich auf Hockey zu konzentrieren war schwer. Mein Kopf zog mich immer wieder in tiefe, dunkle Szenarien über meine eigenen Väter. Jared hatte ein Problem mit seinem Herzen. Ten hatte vor Jahren bei einem Spiel eine Kopfverletzung davongetragen und die Nachwirkungen der Hirnblutung zeigten sich hin und wieder immer noch mit schrecklichen Kopfschmerzen. Was wäre, wenn einer von ihnen krank wurde? Was, wenn beide starben? Sie flogen während der Saison, die in ein paar Wochen beginnen würde, im ganzen Land herum. Das Trainingscamp der Railers war bereits in vollem Gang. Was würden wir drei machen, wenn sie in einem Flugzeug saßen, das über den Rockies abstürzte? Wer würde sich um uns kümmern? Würden Milo und ich wieder auf der Straße landen? Wer würde Lottie bekommen? Konnte ich sie behalten? Ich liebte sie wie meine eigene Schwester. Würden wir bei Großmutter und Großvater leben? Oder bei Onkel Brady oder Onkel Jamie? Würden sie uns trennen und uns zwingen, in verschiedenen Staaten zu leben? Auf gar keinen Fall würde das passieren.

Niemand nahm mir Milo oder Lottie weg.

Auf diesem Hügel würde ich sterben.

Meine Gedanken waren vollkommen durcheinander. Coach war nicht beeindruckt von meiner Leistung während unserer Drills und sagte mir, dass ich mein Hirn einschalten sollte. Ich *gab* mir Mühe, wirklich. Die Busfahrt zu dem riesigen Krankenhaus, das an den Ufern des Susquehanna River stand, half wenig, die Sorgen um meine Eltern wegzuspülen. Ich kam durch die Eingangstüren, hielt kurz inne, um mir eine Maske zu nehmen, betrat dann das große Gebäude. Ich blieb an der Rezeption stehen, um nach dem Weg in die kardiologische Intensivstation zu fragen, und bekam dazu nachdrücklich gesagt, dass ich keinen Patienten sehen dürfte, wenn ich kein Familienmitglied war. Was in Ordnung war. Ich machte einen kurzen Stopp beim Geschenkeladen und suchte einen Blumenstrauß für Jim und einen Plüschpelikan für Felix aus. Ich hatte keine Ahnung, was an dem albernen Vogel, dessen Schnabel mit winzigen Süßigkeiten aus der ortsansässigen Schokoladenfabrik gefüllt war, mich ansprach, aber da war etwas.

Als ich in den vierten Stock kam, fand ich mich vor einer weiteren Rezeption und auf meine Frage nach James Maxwell-Sinclair wurde mir gesagt, dass er stabil war, und das war alles, was die dunkelhaarige Frau in Weiß mir erzählte.

„Ich werde der Familie sagen, dass Sie hier sind. Sie können in einem unserer Warteräume warten."

„Cool. Ich bin da drüben." Ich deutete mit dem Daumen auf einen sonnigen Bereich mit grauen und blauen Sesseln. Sie nickte und kehrte zu ihrem Papierkram zurück. Ich schlenderte in den Raum, ließ meinen Rucksack auf eine graue Couch fallen und stürzte mich auf die Snack-Automaten an der anderen Wand. Mit einer Traubenlimo und einer Tüte Chips machte ich es mir mit meinem Handy gemütlich. Ich musste nicht zu lang warten. Als ich aufschaute, sah ich Felix in der Tür, der mich anstarrte, als wäre ich eine außerirdische Spore, die zusammen mit den anderen Staubteilen in den Sonnenstrahlen schwebte, die durch die Doppelglasfenster hereinkamen.

„Die Krankenschwester hat gesagt, dass du hier bist", sagte Felix, seine strahlend blauen Augen waren stumpf vor Sorge und Schlafmangel. Er hatte dunkle Ringe unter diesen sonst scharfen Saphir-Augen. „Was zur Hölle machst du hier?"

„Ich habe das mit deinem Dad gehört." Ich stand auf, gab mein Bestes, die Krümel der Sourcream und Zwiebel-Chips zu ignorieren, die von meinem Oberteil auf den Boden fielen. Felix hob sie natürlich auf. Ich wischte meinen Bauch ab. Er richtete seine Aufmerksamkeit auf diese Bewegung, sah dann noch wütender aus. „Meine Dads schicken Blumen."

„Ja, wir haben sie gerade bekommen." Er blieb in der Tür, vorsichtig, als würde er gleich in die Höhle des Löwen treten. „Sie sind hübsch."

„Gut. Nun, ich habe ihm die gebracht." Ich nahm die Blumen und hielt ihm den Strauß hin. „Und das ist für dich." Ich streckte ihm auch den Pelikan hin. Er musterte den kleinen Plüschvogel, als wäre er eine Packung C-4. „Aus irgendeinem Grund hat er mich an dich erinnert."

„Danke?" Er betrat endlich den Raum, um die Blumen und den Pelikan zu nehmen.

„Ja, ich glaube, sein riesiger Schnabel voller Essen hat mich an dich denken lassen, als wir beim Ramen-Essen waren und deine Wangen mit Nudeln vollgestopft waren." Er machte ein wütendes Gesicht, aber es fehlte der übliche Biss. „Jedenfalls, das mit deinem Dad tut mir leid. Geht es ihm gut? Tyler hat gesagt, dass sie einen Schrittmacher eingesetzt haben?"

„Ja, nein, es geht ihm gut." Er ging zum Fenster, um auf den Fluss zu schauen, der langsam vorbeifloss, die Blumen und den Pelikan hatte er an seinen Brustkorb gedrückt. „Das ist mittlerweile eine ziemlich einfache Prozedur. Sie haben ihn stabilisiert, er kann morgen also nach Hause."

Ich tappte an seine Seite, mein Blick ging ebenfalls auf den Fluss. „Das ist großartig."

„Ja." Er seufzte, sein Griff um die Blumen und den Pelikan wurde fester. Die Stiele der Gänseblümchen wurden gewürgt und der arme Vogel kotzte seine Schokoladenküsse aus. „Es war ... er wäre beinahe vor meinen Augen gestorben."

Ich hatte absolut keine Ahnung, was ich dazu sagen sollte, darum hielt ich meinen Mund und streckte die Hand aus, um seinen Bizeps zu reiben. Sein Arm war hart unter dem zerknitterten grauen Railers T-Shirt. Sein Muskel spannte unter der Berührung, dann, beinahe unmerklich, begann er sich zu entspannen, während sein Kiefer zu zittern anfing.

„Felix?"

Er schauderte. „Wir haben uns gestritten. Er hat versucht, cool zu sein, verstehst du?"

Ich nickte, denn ja, ich verstand es. Dads versuchten, cool zu sein. Manchmal funktionierte es und manchmal, wie zum Beispiel bei Milos Geburtstagsparty im Sommer, als Jared zu einem Megan Thee Stallion Song gesungen und getwerkt hatte, ging es gigantisch in die Hose. Ich sah den Tsunami an Emotionen, der Felix übermannte und konnte nichts anderes tun, als seinen Arm fester zu reiben, während die Welle der letzte paar Tage auf ihn einstürzte.

„Ich war ein Arschloch", keuchte er, der Pelikan verlor all seine Süßigkeiten, die Blumen fielen zur Seite, ihre Stiele waren kaputt. „Ich habe ihn angeschrien. Ich … ich habe ihm gesagt, dass ich ihn hasse."

Dann fielen die Tränen, trotz seiner Bemühungen, sie zurückzuhalten. Sie liefen seine stoppeligen Wangen hinunter, befeuchteten die Flecken goldener Barthaare.

„Du hast es nicht so gemeint", sagte ich, legte meinen Arm um seine Schultern.

Die Schluchzer trafen ihn hart. Ich zog ihn an meinen Brustkorb, die seitliche Umarmung war ungeschickt, reichte aber aus, dass er wenigstens sein Gesicht auf meine Schulter legen konnte. Jemand kam an der offenen Tür vorbei, Schuhe mit Gummisohlen quietschten auf dem frisch gewischten Fliesenboden.

„Er hätte sterben können und das wären meine letzten Worte an ihn gewesen. Wie krank ist das?", keuchte er.

Ein Aufruf für einen Arzt kam durch die Lautsprecher, ersetzte für einen Moment den Siebziger Softrock. Ich hielt ihn an mich gedrückt, unfähig, Worte zu formen, die helfen würden, seine Schuld zu lindern. Ich kannte diese Bürde. Ich hatte ein paar ziemlich beschissene Dinge zu Ten und Jared gesagt, als wir sie kennengelernt und einander ausgelotet hatten. Ich hatte damals niemandem getraut, der älter als dreißig war und aus gutem Grund, denn all die Erwachsenen, mit denen ich es je zu tun gehabt hatte, hatten mich und Milo enttäuscht.

Natürlich wünschte ich, dass ich diese schrecklichen Dinge jetzt zurücknehmen konnte, aber Worte, die man voller Wut ausgesprochen hat, können niemals ungeschehen gemacht werden.

„Wir alle reden Scheiß, wenn wir wütend sind oder Angst haben", schaffte ich endlich zu sagen, hoffte, dass es nicht dumm und abgedroschen klang. „Er weiß, dass du ihn liebst."

Er schniefte auf wirklich unelegante Art und Weise. Ein Laut, der weit unter dem war, was Felix Maxwell-Sinclair normalerweise von sich geben würde. Sein Kopf hob sich von meiner Schulter und er starrte mich aus rotumrandeten Augen an, die mit solchem Schmerz erfüllt waren, dass meine Eingeweide sich zusammenzogen.

„Das tue ich", flüsterte er schwer, seine Wimpern waren klumpig vom Weinen. „Ich hasse nur das ständige Streiten. Weißt du, Mom ist nicht einmal hier."

„Ist sie einkaufen gefahren oder so?"

„Sie ist nie hergekommen."

Das klang schlimm. Ich nickte, als ob ich wüsste, über welche Streitereien er redete. In Wirklichkeit hatte ich keine Ahnung, was in seinem Haus vor sich ging. Er war nicht wirklich der offenste Typ der Welt, aber wenn ich raten müsste, meinte er wahrscheinlich seine Eltern.

„Es ist beschissen, wenn Eltern sich streiten", wagte ich es und bekam einen verwirrten, tränenschweren Blick. „Ten und Jared machen es manchmal, in der Regel wegen Kleinigkeiten, wie dass einer die Zahnpastatube nicht zugemacht hat oder der andere seine Socken nicht aufhebt. So Scheiß eben. Milo und ich haben bei einem Paar gewohnt, als wir noch im System waren, die sich ständig gestritten haben. Laute, hässliche Streitereien. Sachen wurden geworfen. Es wurde gegen Wände gedroschen. Milo und ich haben uns immer im Schlafzimmerschrank versteckt, er in meinen Armen, bis es im Haus still war, dann haben wir uns rausgeschlichen und sind ins Bett gegangen. Milo hat die ganzen zwei Jahre, die wir bei ihnen waren, bei mir geschlafen und sogar jetzt, wenn Ten und Jared laut werden, kommt er zu mir."

Felix neigte seinen Kopf, wischte sich sein Gesicht mit dem Rücken der Hand ab, die den zerknautschten Strauß hielt und traf mich mit einer verwelkten Tulpe an der Nase. Das brachte ihn aus irgendeinem Grund zum Lachen. Lautstark, als ob der lustigste Comedian der Welt gerade den besten Witz aller Zeiten gemacht hatte. Er lachte so sehr, dass ich ihn halten musste. Was für eine Achterbahnfahrt der Gefühle.

Wir setzten uns auf die Couch, er keuchte, ich kicherte über sein herzhaftes Lachen. Ich hatte ihn noch nie zuvor lachen hören. Er hatte ein starkes Lachen. Er sollte das wirklich öfter machen. Es machte sein Gesicht hell und sonnig.

„Ich glaube, ich drehe durch", hustete er heraus, als er langsam wieder zu Atem kam.

„Es ist eine ziemlich heftige Woche gewesen", warf ich für ihn hin und er nickte wild. „Willst du eine Limo?"

„Ja, bitte, danke." Er saß auf der Couch, seine Knie wie Gummi und legte die Blumen auf den Glastisch neben einen Stapel Zeitschriften. Den Pelikan hielt er weiter und dadurch fühlte ich mich innerlich gut. Ich kaufte ihm eine kalte Dose Coke und reichte sie ihm, bevor ich die silber verpackten Süßigkeiten vom Boden aufhob. Als ich mich setzte, öffnete ich eine und hielt sie ihm hin.

„Milo sagt, das Beste, wenn man weint, ist Schokolade", erklärte ich, als ich das winzige Stück Genuss in Felix' bebende Handfläche fallen ließ.

„Er ist weiser als seine Jahre", antwortete er, schob sich die Schokolade dann in den Mund. Wir saßen ein paar Momente schweigend da, ich ließ ihn seine Coke trinken und etwas Schokolade essen. „Danke, dass du vorbeigekommen bist. Du bist die einzige Person aus der Schule, abgesehen von Tyler, die sich die Mühe gemacht hat und er war mit seiner Mom wegen meines Dads hier, nicht wegen mir."

„Nun, um fair zu sein, niemand, abgesehen von Tyler, hat es gewusst." Ich warf eine silberne Kugel in den Müll. „Treffer."

„Miles und Jonah wissen es", sagte er mit leiser

Stimme. „Ich habe ihnen eine Nachricht geschrieben."

„Oh." Ich versuchte, nicht verletzt zu sein, dass er mich nicht angerufen oder mir geschrieben hatte, vor allem nach diesen Küssen und dem Gedanken, dass wir, vielleicht, am Beginn von etwas standen. Dann schob ich das von mir – jetzt war nicht der Zeitpunkt, sich verletzt zu fühlen, jetzt war der Zeitpunkt, für Felix da zu sein. Ich reichte ihm eine weitere Schokolade. „Miles und Jonah sind Arschlöcher, das weißt du, oder? Nun, Miles auf alle Fälle. Jonah ist nur … Jonah."

Er atmete seufzend aus. „Ja, ich weiß. Ich glaube, das bin ich auch."

„Ja, bist du auf alle Fälle." Ich stupste ihn in die Seite und reichte ihm eine weitere Schokolade.

„Es braucht eines, um eines zu erkennen", gab er mit einem zittrigen Lächeln zurück und die Welt fühlte sich etwas sonniger an. Oder vielleicht hatte ich nur eine Überdosis des Kribbelns, das sein Oberschenkel neben meinem und sein abfälliges Grinsen schufen.

Ja, wahrscheinlich Letzteres.

Absolut Letzteres.

SECHZEHN

Felix

Der erste Tag zurück in der Schule öffnete mir die Augen. Es gab keine Spur von Miles oder Jonah, die an ihrer üblichen Stelle unter dem Baum in der Nähe der Bring-Zone warteten, aber das konnte daran liegen, dass sie nicht gewusst hatten, dass ich zurückkam. Ich hatte ihnen zwar letzten Abend eine Nachricht geschrieben, aber sie hatten nicht geantwortet, darum nahm ich an, dass sie die Nachricht nicht gesehen hatten.

Oder sie wollten es nicht wissen, was wahrscheinlicher war.

An ihrer Stelle, etwas weiter den Weg entlang, stand Soren, den Fuß an der Wand hinter ihm, während er in den blauen Himmel starrte. Ich hatte *ihm* nicht erzählt, dass ich heute zurückkommen würde und nur der Gedanke, dass er hier auf mich wartete, war albern. Er musste auf Tyler warten oder

Courtney oder jemand anderen aus seiner Gruppe
Freunde, darum hob ich mein Kinn und zog meinen
unsichtbaren Mantel von er-kann-mich-nicht-sehen
um mich, schlenderte dann vorbei und versuchte
verzweifelt, nicht an zuckersüße Küsse zu denken und
die Art, wie er mich anstarrte, wenn unsere Lippen
sich begegneten oder wie ich mich wegen allem so
verwirrt fühlte.

„Hey", rief er, joggte von seinem Standort los und
kam neben mich, stupste dann meinen Ellbogen an.

„Hey", antwortete ich und musterte ihn von der
Seite. „Was geht ab?" Ich konnte nicht glauben, dass
er an diesem Morgen auf *mich* gewartet hatte. Er
wollte wahrscheinlich über das Projekt reden, weil wir
jetzt   hinterherhinkten   und   ich   all   seine
Textnachrichten ignoriert hatte. Ich hatte sie
ignoriert, denn jedes Mal, wenn ich seinen Namen
gesehen hatte, hatte ich mich verwirrt und geil und
durcheinander und seltsam gefühlt und das war keine
gute Sache. Nun, es *war* eine gute Sache – der geile
Teil zumindest.

„Es ist immer schwer, nach einer Pause wieder in
die Schule zu kommen", bemerkte Soren, als wir uns
in die kurze Schlange vor den Scannern stellten, die
aus rostfreiem Stahl bestanden, unpassend vor den
alten Steinen des Hauptgebäudes. „Ich dachte mir,
dass du vielleicht Gesellschaft möchtest, das ist alles."

Er schaute mich an und seine Hand strich über
meine und für einen kurzen, leuchtenden Moment,

dachte ich, dass wir uns vielleicht an den Händen halten oder dass er sich vorbeugen und mich küssen würde, aber er trat wieder außer Reichweite – keine öffentlich gezeigte Zuneigung oder Anerkennung des Unfalls, der unsere sich berührenden Lippen gewesen war. Vielleicht waren die Küsse nichts anderes als Herummachen gewesen und wir würden ganz sicher nicht öffentlich zugeben, dass es passiert war.

„Ich brauche keine Gesellschaft." Mein üblicher Verteidigungsmechanismus war problemlos angesprungen. Ich konnte nicht *zulassen*, dass ich irgendetwas brauchte, denn so konnte ich nie enttäuscht werden. Einfach.

„Pech. Du hast sie", sagte Soren mit diesem nervtötenden Tonfall, der bedeutete, dass ihm egal war, was ich dachte.

Wir gingen durch die Scanner, dann rechts Richtung Aula und kurz bevor wir unsere Spinde erreichten, zog er mich nach links, den Flur hinunter und um eine weitere Ecke, in eine Toilette. Ich hatte nicht einmal gewusst, dass diese Toilette existierte, dann sah ich, dass *Besucher* darüberstand, darum war sie eindeutig nicht für Schüler. Ich hätte mich dagegen wehren können, dorthin gezerrt zu werden, aber Soren bestand darauf und der Teil von mir, der sich an die Küsse erinnerte, wollte hören, was er zu sagen hatte, wenn auch nur, um das Pflaster abzureißen, denn dies war der Moment, in dem er mir sagte, dass was wir getan hatten, dumm war und er nicht auf mich stand und dass jeder der Küsse eine Lüge war. Hashtag Unvermeidlich.

Er schob die Tür zu und ich sah zum ersten Mal eine Besucher-Toilette. Es gab weiche Handtücher, eine Zelle und den größten Spiegel, den ich in der Schule gesehen hatte. Dazu drei Dosen Handcreme – keine Pumpflaschen, Dosen – und passende Seifen auf einer Seifenschale und alles roch gut, nach Lavendel oder so.

„Niemand kommt hier rein", bemerkte Soren und nahm eine Seife, warf sie in die Luft.

„Es sei denn, man ist Besucher", sagte ich trocken.

Er zuckte mit den Schultern. „Dann sagen wir ihnen, dass es uns leidtut und fliehen. Was können sie schon tun?"

„Die Besucher?"

„Sie und die Schule?"

„Ich weiß es nicht." Worüber diskutierten wir überhaupt?

„Erste Tat", verkündete Soren und lehnte sich an den Waschtisch mit zwei Waschbecken und vornehmen Hähnen. So wie die Wände aussahen, musste dies Teil der vorderen Erweiterungen sein, die, wo sie alles hinter einer Ziegelfassade verstecken mussten, die vom Efeu dunkelgrün war. „Hier drin ist es sicher", fügte er hinzu.

„Sicher wovor?"

„Fragen, Leuten, die andere Leute schlagen, diese

Dinge." Er hielt meinen Blick fest. „Tyler hat es mir gezeigt."

Ich schwöre, ich konnte spüren, wie die Hitze mich von innen her verbrannte – ich war wahrscheinlich tiefrot vor Scham über alles. Er redete über *mich*, über die Dinge, die *ich* Tyler angetan hatte und das hier war was? Eine Art Rache? Die Küsse hatten mich denken lassen, er wäre ein guter Kerl und jetzt würde er mich schlagen und hier in der Toilette zurücklassen. Ich machte wohl einen Schritt rückwärts, aber er packte meine Hand und zog mich zu sich.

„Schau nicht so drein", flüsterte er.

„Was?"

„So ängstlich. Es waren nur Küsse. Es muss nichts bedeuten."

Enttäuschung durchflutete mich und legte sich auf meinen Brustkorb, schwer wie ein Fels. „Oh. Okay." Ich versuchte, meine Hand wegzuziehen, aber er hielt sie fest.

„Nichts Schlimmes, meine ich damit, denn es könnte etwas Gutes bedeuten, weißt du", sagte er und mein Herz füllte sich mit dämlicher Hoffnung. „Ich habe nicht all die Worte, die du vielleicht hören musst. Ich habe keine vornehme Erziehung und die Manieren. Ich bin nur ich, ein Typ, der sich um seinen kleinen Bruder kümmert, jemand, der es durch die Schule schaffen und ohne durchzufallen auf der anderen Seite herauskommen möchte. Ich weiß nur …"

Er legte einen Finger unter mein Kinn, um mein Gesicht anzuheben, und mir wurde klar, irgendwie, dass ich aufgehört hatte, ihn anzusehen. Dann schob er seine Hand in meinen Nacken und es war die sanfteste Berührung, aber sie fühlte sich so fest an, als ob er mich halten und beschützen könnte.

Mich beschützen? Wovor? Eltern? In ein neues Haus zu ziehen? Schule? Hockey?

Oder vielleicht konnte er mich vor mir selbst beschützen.

Ich presste meine Wange an seine Hand, verloren in der Wärme seiner dunklen Augen, kümmerte mich nicht darum, dass wir in der Schule waren, dass wir in einer Toilette standen, wo wir nicht sein durften und dass wir zu spät zum Unterricht kommen würden.

„Felix?" Er lehnte sich in meine Richtung.

Ich hob die Hand und legte meine auf seine, dann glitten wir langsam in einen weiteren Kuss, ein zärtliches Pressen von Lippen, dasselbe, das wir in seinem Zimmer geteilt hatten. Was machte ich da? War mein Küssen in Ordnung? Ich hatte vor Soren noch nie einen Jungen geküsst, aber ich hatte mit meiner Hand geübt. War das widerlich? War ich widerlich? Wie konnte er überhaupt …

Seine Zungenspitze wanderte über meine Lippen, stupste den Saum an und mit einem Seufzen öffnete ich meinen Mund ein wenig, damit er eindringen und mich schmecken konnte – damit ich ihn schmecken konnte. Ich hatte solche Angst. Was, wenn ich es falsch machte, was, wenn alles, was ich über sanft und suchend gelesen hatte, eigentlich stoßend und fordernd geheißen hatte und ich alles verbockte? Seine Hand hob sich, um mich näher an ihn zu ziehen, und ich stöhnte leise in den Kuss, ein bettelnder, atemloser Laut, den er in dem Kuss fing. Ich hörte ihn lachen, aber es war still und nett und dann hob er meinen Kopf und zog sich zurück.

„Ist das in Ordnung?", fragte er.

„Ja. Aber …"

„Aber was?"

Ich war zutiefst beschämt. „Mache ich es richtig?"

„Ich will dich wieder küssen. Darf ich?"

Er bat *mich* um Erlaubnis und gerade im Moment wollte ich alles. Soren zu küssen bedeutete, dass ich an nichts außerhalb dieses kleinen Raumes denken musste, ihn zu küssen war heiß und emotional und alles verfing sich in meiner Kehle, als ich nickte.

Mit einem Lächeln auf den Lippen küsste er mich erneut und dieses Mal machte ich mit Begeisterung mit und zum ersten Mal traf meine Zunge seine – sie tanzten träge und langsam, Schmecken und Berühren – und ich war so hart und so verloren in der absoluten Perfektion dieses Moments. Seit dem Tag im Krankenhaus, als ich in seinen Armen geweint hatte, schien es, als wären all meine Gefühle so nahe an der Oberfläche, dass ich mir Sorgen machte, sie würden wieder hervorquellen, aber dieser Kuss war alles und es war mir egal, dass ich Tränen in den Augenwinkeln hatte oder dass ich so geil war, dass ich auf der Stelle in meiner Hose kommen konnte. Er zog mich ein wenig näher und vertiefte den Kuss und ich war verloren.

Wir trennten uns erst, als die erste Glocke erklang.

„Kommst du nach dem Training mit uns mit?", fragte er leise, rückte dabei den Riemen meines Rucksacks auf meiner Schulter zurecht.

„Werden die anderen das wollen?"

„Klar werden sie das." Er könnte lügen, aber das war mir egal, als er seine Lippen ein letztes Mal auf meine drückte und verklagt mich doch, weil ich mehr wollte, obwohl ich wusste, dass wir gehen mussten. Ich würde vielleicht etwas Nachsicht bekommen, weil es mein erster Tag zurück war, aber Soren würde nicht mit Milde rechnen können.

Er verbrachte eine Weile damit, seine Kleidung so zurechtzuzupfen, damit er verbergen konnte, dass er so geil war wie ich, zog sein Jackett nach unten, bevor er mich angrinste. „Uh oh."

Ich versteckte meine Erektion so gut ich konnte und dann schob ich mich nach draußen, er direkt hinter mir und dieses Mal, als unsere Hände sich berührten, verflocht er unsere Finger kurz und drückte. In der ersten Stunde hatte ich Chemie und ich hatte in dieser schwierigeren Klasse noch mehr von dem, was los war, verpasst, aber gestärkt von den

Küssen betrat ich den Unterricht mit einem Lächeln, wusste, dass ich heute mit allem fertig werden würde. In der nächsten Stunde war ich mit Soren und wenn das mich nicht zum Lächeln bringen konnte, würde nichts es tun.

Abgesehen von Miles, der mir im Flur finstere Blicke zuwarf, mich in Mathe böse anstarrte und mich dann während der ersten Pause aufsuchte, als ich gerade in meinem Spind nach meinen Aufzeichnungen für Englisch suchte. Miles packte mein Jackett, zerrte mich in die nächste Männertoilette, die stank und deutlich weniger vornehm war als die, in der wir an diesem Morgen gewesen waren. Er trat jede der vier Türen auf, schickte dann einen Freshman mit einem wütenden Blick davon, als dieser es wagte, hereinzukommen. Mir gefiel der Ausdruck der Furcht im Gesicht des Jungen nicht. Mann, wie sich die Dinge änderten – mich hatte das nie zuvor gekümmert.

„Was ist los?", fragte ich Miles und schrie auf, als er mich gegen das Waschbecken schubste und mich dort festhielt, sein Griff an meinen Armen fest.

„Wie sich herausstellt, ist dein Dad nicht so wichtig!" Er schrie mir direkt ins Gesicht, stieß mich heftiger, der Waschtisch grub sich in meinen Oberschenkel. „Wie sich herausstellt, ist er nichts, jetzt da meine Mom gefeuert wurde und ich muss nicht mehr so tun, als wollte ich etwas mit dir zu tun haben."

„Miles-"

„All die Male, wo du dafür gesorgt hast, dass ich mich winzig gefühlt habe, nur weil meine Mom für deinen Dad arbeitet und du deswegen Macht über mich hast, und jetzt hat er sie gefeuert und wir sind am Arsch und das einzig Gute, das ich aus all dem ziehen kann, ist, dass ich dich blutend auf einer Toilette zurücklassen kann."

Sehr echte Furcht erwachte in mir. Miles war ein großer Kerl, ein Linebacker, muskulös und viel größer als ich und sogar jetzt hob er mich schon in die Höhe.

„Es tut mir leid, ich wusste das mit deiner Mom nicht-"

Er schüttelte mich wie eine Lumpenpuppe, schubste mich dann so hart von sich, dass ich stolperte und auf die Knie fiel, mir den Kopf an der Ecke des Waschtischs anstieß. Ich versuchte nicht einmal, hochzukommen – ich verdiente, was immer kommen würde, weil die Furcht und der Schmerz die Rache dafür waren, wie ich mit Tyler umgegangen war und wie ich so getan hatte, als wäre ich besser als alle anderen.

„Es tut mir leid", sagte ich erneut, wartete auf den Tritt oder den Schlag, aber da war nichts und dann hörte ich, wie die Tür zuschlug und als ich den Blick hob, war Miles fort. Ich benutzte den Waschtisch, um hochzukommen, presste gegen die Seite meines Kopfes, die in Kontakt mit den Fliesen gekommen war und zum Glück bedeckten meine Haare die offensichtliche Beule. Ich rückte meine Krawatte und mein Jackett zurecht und schluckte, als ich ein sehr kleines und dummes Kind sah, das mich im Spiegel anschaute.

Fühlte Tyler sich so? Verängstigt, traurig? Kein Wunder, dass er mich hasste. Ich hasste mich.

Ich verließ die Toilette, den Kopf gesenkt und schaute durch jedes Fenster, das ich finden konnte, wusste, dass Tyler irgendwo bei den Naturwissenschaften sein musste, wollte ihn unbedingt so schnell wie möglich finden. Ich sah ihn im letzten Zimmer links, über einen Block gebeugt, wie er wild schrieb. Ich holte tief Luft, klopfte an die Tür und steckte meinen Kopf hinein. Mrs James, Fachbetreuerin für Physik, drehte sich mit gerunzelter Stirn um, aber dieses Stirnrunzeln verschwand, als sie mich sah und ich war mir sicher, dass es wahrscheinlich eine Art Infoblatt gab, in dem den Lehrern mitgeteilt wurde, dass es mein erster Tag zurück an der Schule war.

„Ja, Felix?", fragte sie nach einem Moment.

„Ich brauche Tyler", sagte ich und deutete auf ihn, für den Fall, dass irgendetwas unklar war. „Ich meine damit, der Direktor hat nach Tyler gefragt."

Tylers Augen weiteten sich und er schob seine Aufzeichnungen in seine Tasche und war sofort an meiner Seite, sein Gesichtsausdruck voller Furcht. Scheiße, ich hatte nicht vorgehabt, ihm Sorgen zu machen. Wir schlossen die Klassenzimmertür und er fing sofort an, Fragen zu stellen.

„Ist es Mom? Nein! Ist er wieder da-"

„Es tut mir leid", unterbrach ich.

Er blinzelte mich an. „Was? Ist es meine Mom?"

„Nein. Deiner Mom geht es gut ... ich bin es. Es tut mir so verdammt leid, was ich dir angetan habe, wie ich dir Angst eingejagt habe. Es tut mir leid."

Wir standen mitten im Flur und er starrte mich an, als ob ich Hörner hätte.

„Du ... Ich war im Unterricht ... und du ..." Er schlug mir gegen den Brustkorb. „Du hast mir Angst gemacht, Arschloch", murmelte er.

„Tut mir leid."

Tyler musterte mich eingehend. „Moment." Er strich sich seine blassrosa Strähnen aus der Stirn und stemmte seine Hände in die Hüften.

„Moment was?", fragte ich vorsichtig.

„Dir tut es also leid, dass du mir Angst gemacht hast, indem du mich aus der Klasse gezerrt hast, um mir zu sagen, dass es dir leidtut, dass du mir davor Angst gemacht hast."

Ich verdaute die Worte. „Ja, so ziemlich."

Er verdrehte seine Augen, deutete dann auf den Raum hinter ihm. „Kann ich jetzt zurück?"

„Warte", sagte ich, als er anfing, sich umzudrehen. „Was war das mit deiner Mom?"

Er schüttelte seinen Kopf, stumm, seufzte dann. „Nichts."

Ich wollte ihn drängen, mir mehr zu erzählen, aber er gab mir rein gar nichts und jetzt fühlte ich mich furchtbar peinlich. „Es tut mir leid, ja?"

Seine Augen wurden schmal, aber dann lächelte er mich an und es reichte bis in seine von Kajal umrahmten Augen. „Klar."

Plötzlich war es lebensnotwendig, dass ich alles in Schwarz und Weiß wusste. Ich erwartete nicht, dass er mir vergab, aber ich wollte zumindest anfangen, die Dinge mit ihm in Ordnung zu bringen – ihn dazu bringen, mir zu vertrauen. „Zwischen uns ist alles cool?"

Er zuckte mit den Schultern. „Vielleicht wird alles cool, eines Tages."

Das hatte ich verdient. „Es tut mir leid."

Er nickte. „Ich weiß." Dann drückte er eine Hand auf meinen Arm. „Wir alle tun, was wir müssen, um die Schule zu überleben", murmelte er. „Es ist alles in Ordnung."

Er ging zurück in seine Klasse und ich stand ein paar Momente da, bis eine Hand auf meine Schulter fiel.

„Was machst du im Flur?", fragte die Stimme – Mr Iglesias – und ich klebte mir den traurigsten Gesichtsausdruck auf und drehte mich zu ihm.

„Emotionen", murmelte ich.

Er wich sofort zurück, als ob er erwartete, dass ich anfing zu weinen, wo ich doch nur grinsen wollte. „Okay. Natürlich", sagte er. „Brauchst du jemanden?"

Ich blinzelte zu ihm auf. „Könnten Sie mich in meine nächste Stunde bringen und, Sie wissen schon …" Ich zuckte mit den Schultern. „… es dem Lehrer erklären?"

„Natürlich", stimmte er zu und versuchte ein aufmunterndes Lächeln.

Es sah wirklich so aus, als hätte er Verdauungsprobleme.

SIEBZEHN

Soren

Ich war mir wirklich nicht sicher, ob das Leben noch besser sein konnte.

Wahrheit. Der einzige Dämpfer in meinem Leben im Moment war die Tatsache, dass Felix und ich unsere Beziehung versteckten. Herumzuschleichen war beschissen, da will ich nicht lügen. Was wir tun würden, wenn unser Zeitungsprojekt fertig war und wir nicht länger die Ausrede hatten, gemeinsam zu lernen, machte mir Sorgen. Ich wollte ihn nicht drängen, sich zu outen. Absolut nicht mein Recht. Wir alle mussten das nach unserem eigenen Zeitplan machen, aber ich schien diese Poster für den Halloween-Tanz an gefühlt jeder Wand der Chesterford Academy zu sehen.

Da ich ein gieriger Bastard war, wollte ich Felix bitten, mit mir hinzugehen. Ich konnte nicht einmal daran denken, jemand anderen zu fragen, nicht jetzt, da ich wusste, wie gut er schmeckte, wie hervorragend er sich in meinen Armen anfühlte, wie perfekt wir zusammenpassten. Sämtliche andere Schüler verblassten im Vergleich.

Wir hatten gerade, vor nicht einmal dreißig Minuten, ein eiliges Rendezvous im Bio-Labor gehabt. Man sollte meinen, dass der Geruch von Formaldehyd unsere Lust dämpfen würde, aber Nein. Wir waren immer noch schrecklich geil darauf, einander zu küssen, auch wenn Behälter mit toten Fröschen uns beobachteten.

Was der Grund war, warum ich ein paar Tage vor dem Ball immer noch darüber nachdachte, solo zu gehen. Darum versteckte ich mich auch mit meinen Lernmaterialien für den Führerschein in der Bibliothek. Ein paar der Mädchen hatten mich während des Mittagessens gemustert. Es wurde langsam knapp und sie waren verzweifelt. Ich hatte die langen Blicke bemerkt und war in die dunkelste Ecke der Bibliothek gerannt, um zu lernen.

Ich hatte mich seit meinem Geburtstag und der kleinen Familienfeier, die wir gehabt hatten, als die Dads das letzte Mal zu Hause gewesen waren, in diesem Stoff vergraben. Ich hatte nicht viel gewollt. Mir kam es wie Geldverschwendung vor, eine Menge Kröten für eine Party für mich auszugeben. Milo und Lottie? Klar, sie waren Kinder. Ich nicht. Nicht mehr. Ein Geburtstag war schlicht ein weiterer Tag. Das war etwas, das ich im System gelernt hatte. Ich hatte mindestens drei Geburtstage gehabt, die in keiner Weise bemerkt worden waren. Ten und Jared hatten zunächst gezögert, aber schließlich nachgegeben, darum hatte ich den Verdacht, dass sie für dieses Wochenende etwas Großes planten. Was, wusste ich nicht, aber sie hatten sich die letzten paar Tage furchtbar verdächtig benommen.

Jemand tippte mir auf die Schulter. Ich ließ meinen Kopf nach hinten fallen und sah Courtney hinter mir stehen, die wahnsinnig niedlich aussah in ihrem kaugummirosa Pulli. Ihre Haare waren zu einem Dutzend Pferdeschwänze gebunden.

„Hey", antwortete ich, als sie sich auf den Stuhl neben mir fallen ließ, ihr Rucksack polterte auf den Tisch. „Wusstest du, dass für die äußeren Verhältnisse zu schnell zu fahren der Hauptgrund ist, warum Sechzehn- und Siebzehnjährige in Unfälle verwickelt werden? Steht hier." Ich deutete auf den Bildschirm meines Tablets. „Meine Dads würden mich umbringen, wenn ich eines ihrer Autos crashen oder einen Strafzettel für zu schnelles Fahren bekommen würde."

„Sie sind nicht die Einzigen, die dich töten wollen", keifte sie. Ich blinzelte schockiert, senkte mein Tablet, das PDF für die Verkehrsregeln von Pennsylvania ruhte auf meinen Knien. „Was zur Hölle ist das mit dir und Felix?"

Oh. Scheiße. „Nichts", log ich, die Unwahrheit schmeckte wahnsinnig bitter.

„Lüg mich nicht an", schnappte sie, wurde dann von den Schülern ein paar Tische weiter zum Schweigen gebracht. „Ich habe gesehen, wie ihr beide in Mrs Montgomerys Labor gegangen seid, als ich gerade aus meinem Ökologie-Unterricht gekommen bin. Ihr habt euch an den Händen gehalten und geflüstert, als ihr in dieses Zimmer geschlichen seid."

Scheiße. Scheiße. Scheiße. Ich starrte auf die pflaumengesichtige Frau in dem Gemälde über dem Kamin. Sie schien sogar noch mürrischer zu sein.

„Ich kann es erklären", flüsterte ich, warf den anderen Schülern einen besorgten Blick zu. Es würde nur einen geflüsterten Kommentar brauchen, um Felix zu outen. Ich wollte das nicht auf meinem Gewissen haben.

„Das hoffe ich, denn als ich durch das Fenster an der Tür geschaut habe, habt ihr beide versucht, das Gesicht des anderen zu essen." Sie verschränkte ihre Arme vor ihrem Busen, ihr Gesichtsausdruck war mörderisch. „Warum machst du mit ihm herum?!"

„Würdest du *bitte* leiser sein?", spie ich aus, stand dann auf. „Komm mit." Ich stopfte mein Tablet zurück in meinen Rucksack, marschierte dann aus der Bibliothek. Courtney stampfte hinter mir her. Es war erstaunlich, wie viel Lärm ihre winzigen Füße in diesen hauchdünnen schwarzen Lederschuhen machten. Wir explodierten durch die Türen in einen kühlen Herbsttag. Graue Wolken hingen tief am

Himmel, tote Blätter tanzten die Gehwege entlang und die Luft schmeckte nach Herbst.

Ich ging schnell, mein Verstand raste, bis wir die Statue eines alten Typen erreichten, der in den späten Vierzigern einer der größten Spender für die Schule gewesen war. Silas irgendwas. Nicht wichtig im Moment.

Courtney pflanzte ihre Füße am Sockel der Statue auf den Boden. „Und?"

„Okay, es ist so." Ich schaute mich auf dem Campus um. Schüler lungerten in Windjacken herum, Hoodies und Jacken waren fest zugemacht, die Kapuzen hochgezogen. Ich versuchte, meine Worte sorgfältig zu wählen, weil dies wichtig war. „Wir hängen irgendwie zusammen rum."

Eine ihrer Brauen hob sich. „Ihr beide habt nach mehr als nur Herumhänge-Kumpel ausgesehen. Ihr beide seht aus, als wäret ihr viel mehr als das. Habt ihr was laufen?"

„Was? Nein, haben wir nicht." Das stimmte. Wir waren nicht über intensive Küsse und Reiben hinausgekommen. Nicht mehr als das. Felix war nicht bereit und das war für mich in Ordnung. Ich hatte es auch noch nie getan, darum hatte ich kein Problem damit, zu warten. Ich wollte, dass es etwas Besonderes für uns war. „Wir haben nichts am Laufen. Wir ..." Und hier kam ich ins Strücheln.

„Felix ist ein Idiot. Ein Arschloch-Idiot-Homophob. Du hast ihn vor zwei Monaten gehasst und jetzt seid ihr beide ständig zusammen? Was habe ich verpasst?" Sie gab nicht nach und ich konnte ihr keinen Vorwurf machen. „Ich bin angeblich deine beste Freundin!" Ihre Augen wurden feucht.

Scheiße. „Court, ehrlich, wenn ich es dir hätte erzählen können, hätte ich es getan." Ich holte sehr tief Luft, hielt sie, während ein Dutzend trockener Eichenblätter an meinen Sneakern vorbeiflog, entließ sie dann. „Na gut, es gibt Dinge, die du nicht weißt."

„Ach nein!" Sie wischte eine Träne weg, die ihre Wange hinunterlief. Ugh, ich war so eine schreckliche Person.

„Felix ist noch nicht geoutet." Es sprudelte irgendwie aus mir heraus. Ich wusste nicht, was ich sonst sagen oder tun sollte. „Es ist sehr verwirrend für ihn, aber er steht auf Jungs."

„Ja, das war ziemlich offensichtlich, so wie er versucht hat, dein Gesicht zu schlucken." Etwas von der Wut in ihrem Gesicht wich. Ich parkte meinen Hintern auf Silas' Sockel, als sie anfing zu versuchen, es zu verarbeiten. „Okay." Sie setzte sich neben mich, unsere Rücken ruhten an altem Zement, die Füße hatten wir ausgestreckt, um uns abzustützen, die Hände unter die Achseln gesteckt, weil der Wind mit jeder Minute kälter wurde. „Ich will die ganze Geschichte hören." Ich öffnete meinen Mund. Sie hob eine Hand. „Nein, sag es nicht. Ich weiß, dass es ein Geheimnis ist, weil er nicht geoutet ist. Du weißt, dass ich nichts verraten werde."

Das wusste ich. Einige der Dinge, die wir einander anvertraut hatten, seit ich hier angekommen war, wären soziale Todesstöße gewesen, wenn wir unsere Geheimnisse offenbart hätten. „Es ist nur … er hat sich Tyler gegenüber immer so hasserfüllt verhalten."

Und hier wurde es kompliziert. Ich gab mein Bestes zu erklären, wie Felix und ich uns nahegekommen waren, ohne die Situation in seiner Familie zu verraten. Wir saßen locker fünfzehn Minuten da, während ich den kompletten, wahrgewordenen Soren und Felix BL-Romantik-Manga erzählte. Als ich nicht mehr weiterreden konnte, rieb sie über ihre Augen, zog mich dann in eine feste Umarmung. Sie roch nach Mango-Körperspray. Ich hielt sie an mich gedrückt, ignorierte die Blicke einiger Schüler, die vorbeieilten.

„Es tut mir leid, dass ich auf dich losgegangen bin", sagte sie, lehnte sich dann zurück, um mir ins Gesicht zu schauen. Ihre Wangen waren feucht. „Und ich verstehe absolut, warum ihr beide es geheim haltet. Ich verspreche, ich werde zu niemandem ein Wort sagen. Aber nächstes Mal vertrau mir bitte genug, um mir so etwas zu erzählen."

„Das tue ich! Ich habe vollstes Vertrauen in dich, ich habe nur … es war seltsam. Ich musste erst meinen eigenen Scheiß auf die Reihe bekommen, verstehst du? Wie konnte ich diesen Typen so heiß finden, wo er doch so ein absolutes Arschloch war? Wir haben irgendwie … nun, wir haben das alles gelöst. Er hat einiges durchgemacht, Court, so richtig großen Lebensscheiß."

„Ja, ich weiß, dass sein Dad einen Herzinfarkt hatte." Sie tupfte ihre Wangen, um sie zu trocknen, während ich meinen Arm um ihre Schultern ließ.

„Das war nur eine Sache. Es gibt noch anderen Mist, über den ich nicht reden kann, weil er mir das im Vertrauen erzählt hat. Aber er wird langsam. Er ist wie ein ganz anderer Mensch, wenn wir zusammen sind."

Sie lächelte zittrig. „Du und Felix. Es ist nur … wow." Sie deutete eine Explosion an ihrer Schläfe an. Ich kicherte ein wenig. „Dennoch, ich akzeptiere das, solange er dich gut behandelt. Wenn er anfängt, wieder ein Arsch zu sein, lässt du es mich wissen. Ich werde ihn zerhacken, als wäre er Feuerholz."

Das Mädel war tödlich, wenn sie ihren Feldhockeyschläger in der Hand hatte. Ich hatte sie spielen sehen, darum hatte ich keine Zweifel, dass sie Schienbeine brechen konnte, wenn es nötig war.

„Bist du wütend auf mich?" Ich musste fragen.

Sie schüttelte ihren Kopf. „Nein. Ich war nie wütend." Ich hob eine Braue. „Schön, ich war wütend, aber ich war super-verwirrt und verletzt. Jetzt verstehe ich es. Und wenn er bereit ist, sich zu outen, werde ich ihn unterstützen. Er hat noch etwas Arbeit vor sich, ein anständiges menschliches Wesen zu werden, aber wenn er sich Mühe gibt, dann werde ich ihm die Gelegenheit geben, seinen Arschloch-Status zu revidieren."

„Du bist eine gute Freundin." Ich drückte sie fest.

„Das weißt du doch. Jetzt lass uns reingehen, bevor meine Titten erfrieren und abfallen."

Sie war *so* ein Sommermädchen.

DREI TAGE später war das Team auf dem Eis versammelt und lauschte meinem Dad.

Es war manchmal surreal, der Sohn einer Legende zu sein. Leute versuchten, sich mit mir anzufreunden, nur um an Tennant heranzukommen. Was beschissen war. Ein paar von ihnen hatten Erfolg gehabt, als ich frisch adoptiert gewesen war, aber ich hatte schnell gelernt, die Warnzeichen zu erkennen. Jetzt waren meine Freunde *meine* Freunde und auch wenn sie zu Beginn vom Starruhm geblendet waren, überwanden sie das schnell. Ten war nach diesem ersten Moment nur ein anderer Dad.

„… vergesst nie, dass ganz egal, was ihr im Leben werden wollt – sei es Hockeyspieler oder Arzt oder Rancher oder Künstler – stürzt euch mit der Entschlossenheit darauf, der Beste zu sein, der ihr sein könnt. Wenn ihr mit Schweinen arbeitet, dann seid der beste Schweinebauer, der ihr werden könnt. Wenn ihr den Traum verfolgt, ein professioneller Athlet zu sein, dann geht aufs Eis und gebt jedes Mal einhundert Prozent. Meine Brüder und ich …"

Ich driftete ein wenig ab, als Ten zu den Teenagern redete, die um ihn versammelt waren. Nicht, dass mein Dad nicht motivierend war, aber ich hatte diese Worte, oder ähnliche, schon gehört. Glaubt mir. Wenn man mit zwei Hockeyspielern zusammenlebte, wurde jede Mahlzeit von Herb Brooks Zitaten begleitet. Darum richtete meine Aufmerksamkeit sich auf Felix, während Ten seine Rede hielt. Wie seine Haare sich um seine Ohren lockten, die verschiedenen Schattierungen von Blau in seinen Augen, die starke Form seines Kiefers, die Länge seines Halses. Ich war wirklich auf ihn angefixt. Er spürte, dass ich starrte, und warf mir einen schüchternen Blick zu, der lustige Dinge mit mir anstellte. Mein Schwanz fing an, aufzuwachen. Da ich nicht hart werden wollte, während ich einen Tiefschutz trug, musste ich meine Aufmerksamkeit von ihm abwenden. Als ich zu meinem Vater zurückkehrte, der im Kreis der eifrigen jungen Hockeyspieler stand, redete Ten noch, aber sein Blick war auf mich gerichtet.

Da ich wusste, dass ich dabei erwischt worden war, wie ich Felix anstarrte, senkte ich meinen Kopf, um meine Schnürsenkel zu mustern. Der Vortrag endete und dann fand ein kleines Praxisseminar statt, bei dem Ten uns ein paar seiner Tricks auf dem Eis zeigte. Wie man einen Goalie auf eine Seite lockte, dann auf die andere schoss. Wie man den Kopf benutzte, um einen Verteidiger in die Irre zu führen, solche Dinge. Alles ganz gewiss wertvolle Hockey-Tipps, aber meine Gedanken waren woanders. Ich hatte mich entschlossen, Felix zu bitten, mit mir zu dem Tanz zu gehen. Vielleicht. Scheiße. Wie konnte ich das machen? *Ugh.*

Ich war während der Dusche hin- und hergerissen. Als ich mich mit Ten auf dem Parkplatz traf, ging die Sonne unter, der Himmel war so klar wie Glas.

„Das Erste, was Opa sagen wird, wenn wir nach Hause kommen, ist irgendetwas über Frost auf dem Kürbis", bemerkte Dad, als wir meine Ausrüstung in den SUV luden.

„Wahrscheinlich", antwortete ich. Der frostige Kürbis war bei Opa jetzt seit einer Woche Gesprächsthema. Ich nahm an, kalte Kürbisse waren eine bedeutende Nachricht für über Sechzigjährige.

Ich sank in den Ledersitz, müde und verwirrt und geil, versuchte auf der Fahrt nach Hause, an der Plauderei meines Dads teilzunehmen. Er erinnerte mich daran, dass sie für eine Nacht nach Buffalo reisen, aber zu Halloween zurück sein würden, was für Milo und Lottie große Neuigkeiten waren. Alle würden dieses Jahr auf Mandalorian machen. Lottie war Baby Yoda und Milo verkleidete sich als Din Djarin. Die beiden Dads waren Boba Fett und Moff Gideon. Unser Haus war Nerd-Central. Und ich lebte dafür. Während sie also unterwegs waren, um Süßigkeiten abzustauben, würde ich entweder allein auf dem Tanz sein, mit Felix auf dem Tanz sein oder zu Hause Trübsal blasen und Snickers verteilen. Mann, dieses ganze mit einem nicht geouteten Typen auszugehen war hart. Wert, aber hart.

„… nach dem Abendessen?", frage Ten, als wir in unsere Auffahrt fuhren und er den Motor ausschaltete.

„Klar, ja." Ich hatte keine Ahnung, aber ich war mir sicher, dass es nichts zu Schlimmes sein konnte. Wahrscheinlich nur eine Erinnerung, dass ich den Müll rausbringen sollte. Ja, das Leben im Rowe-Madsen Haus war superglamourös.

Milo empfing uns an der Tür, seine Unterlippe zitterte. Ich übernahm, rieb seinen Kopf, führte ihn dann ins Wohnzimmer, wo wir uns setzten. Er schien auf mich schneller zu reagieren als auf irgendjemanden sonst, wenn er aufgewühlt war.

„Was ist los, Kumpel?", fragte ich, schälte mich aus meiner Jacke, wurde dann meine Vans los.

„Ich muss einen Aufsatz über unsere Familie schreiben und …" Er zögerte, sein besorgter Blick huschte durchs Zimmer, kehrte dann zu mir zurück. „Meinen sie unsere neue Familie, die alten Familien, die wir hatten oder unsere echte Mom-Familie?"

Himmel. Ja, ich konnte seine Verwirrung verstehen. Ich klopfte auf die Couch und er sprang darauf, schmiegte sich an meine Seite, wie er es immer machte, wenn er durcheinander war. Ich rieb seinen Rücken, während er auf seinem Daumennagel kaute. Eine Stufe besser als daran zu saugen, wie er es bei Stress gemacht hatte, als er noch jünger gewesen war, aber dennoch hart für die Nägel.

„Ich wette, sie meinen unsere neue Familie. Die, wie du weißt, unsere wahre Familie ist. Legal und emotional. Unsere Dads sind unsere Dads und die temporären Familien, die wir davor hatten, waren nur Pflegeeltern, bis das richtige Paar gekommen ist. So wie Din Djarin seine Eltern verloren hat und von Mandalorians großgezogen wurde. Er und wir sind Fundkinder, die von supercoolen Kämpfern gerettet wurden. Nur dass unsere Helden Kufen tragen, keine Jetpacks."

„Jetpacks sind wirklich cool", flüsterte er um seinen Daumen herum.

„Absolut", bestätigte ich, zauste dann seine Haare. Das wurde zu einem Wrestling, das ich ihn gewissen ließ, nur um ihn lächeln zu sehen.

Wir aßen mit den Großeltern, Opa erzählte von kalten Kürbissen, Großmutter fragte, ob ich in letzter Zeit Klavier geübt hatte, während sie uns ihren zum Sterben guten Thunfisch-Nudel-Auflauf servierte.

„Nein, nicht in letzter Zeit" antwortete ich, während Lottie ihre Erbsen herauspickte, dann versuchte, sie heimlich Gordie zu füttern. „Ich verspreche, ich werde das übers Wochenende machen."

„Gut. Ich weiß, dass es albern scheint, aber wenn das mit dem Hockey nicht funktioniert, hast du noch eine andere Fähigkeit, auf die du zurückgreifen kannst. Du weißt, dass nur einer von viertausend Spielern es in die NHL schafft, darum ist es weise, mehrere Ersatzpläne für die Zukunft zu haben", erklärte Großmutter, während ich seltsame Blicke von Ten und Jared bekam.

„Ich werde ein Jedi, wenn ich groß bin", verkündete Milo zwischen zwei eingeschlürften Nudeln.

„Ich werde auch ein Jedi", verkündete Lottie, gerade als der Hund ihren Löffel klaute und damit davonrannte. Sie fing zu weinen an, der Hund winselte und brachte den Löffel zurück und legte ihn ihr auf den Schoß. Opa stand auf und brachte Lottie einen sauberen Löffel. Das Abendessen mit der Familie war immer spannend.

Nachdem ich den Müll rausgebracht und geholfen hatte, die Küche aufzuräumen, ging ich in mein Zimmer, um zu lernen und noch ein wenig mehr Trübsal zu blasen. Vielleicht war Trübsal blasen nicht das richtige Wort. Ich war nicht traurig. Nun, irgendwie schon. Da war dieses brennende Bedürfnis, mit Felix zusammen zu sein. Stolz mit ihm zusammen zu sein. Als Paar. Ich dachte, dass wir ein Paar werden würden. Vielleicht waren wir schon so weit. Es kam mir so vor, als ob wir das sein könnten, wenn –

Ein leises Klopfen an meiner Tür lenkte meinen

Blick ab von der Hausaufgabe in Chinesisch, die ich nicht machte.

„Ja", rief ich und beide Dads schlüpften herein, beide sahen aus, als hätten sie Verdauungsprobleme. Mir war nicht aufgefallen, dass Thunfisch-Nudelauflauf zu Blähungen führte, aber andererseits *waren* sie irgendwie alt. Vielleicht lag es an den Erbsen? Ich wusste, dass Jared ziemlich zu stinken anfing, wenn er rohen Brokkoli aß.

„Hey, können wir reden?", fragte Jared.

Ich nickte, rollte mich herum, richtete mich dann auf, als sie die Tür schlossen, sich dann neben mich auf das Bett setzten, jeder auf einer Seite.

„Habe ich etwas falsch gemacht?", fragte ich sofort, ein kleines Körnchen Sorge, dass sie meiner müde geworden waren, flammte auf. Dämlich, ja und wir waren jetzt alle vor dem Gesetz eine Familie, aber alte Gewohnheiten waren schwer abzulegen.

„Nein, natürlich nicht", sagte Jared, sein Blick fiel auf meine Chinesisch-Hausaufgabe, dann schaute er zu Ten, dann wieder zu mir. „Überhaupt nicht. Wir … nun, Tennant hat erzählt, dass er das Gefühl hatte, du wärest während seines Besuchs heute beim Team abgelenkt gewesen."

Ich warf Ten einen Blick zu.

„Nein, nein, das habe ich nicht gesagt. Nicht genau so." Ten beeilte sich, alles zu erklären. „Ich habe nur, nun, mir ist aufgefallen, dass du und Felix Maxwell-Sinclair euch Blicke zugeworfen habt. Und ich hatte das Gefühl, dass es vielleicht an der Zeit ist, dass ich und dein Dad uns mit dir hinsetzen und reden."

Oh. Oh nein. Oh bitte, nein. „Ähm, welche Art Reden?"

„Nun, über Sex", sagte Jared und ich fühlte das überwältigende Bedürfnis, unter mein Bett zu kriechen. „Also, wir wissen, dass du sechzehn bist. Und dass du denkst, du weißt alles über Dinge intimer Natur und wir sind sicher, dass du mehr weißt als wir in deinem Alter."

„Da kannst du nur für dich sprechen", murmelte Ten. Jared warf ihm einen Blick zu. „Was? Ich wusste alles darüber, welcher Zapfen in welche Öffnung gehört, als ich ungefähr zehn war. Ich hatte zwei ältere Brüder. Außerdem war es nicht so wie damals, als *du* ein Kind warst und deine Neuigkeiten von einem Stadtrufer einholen musstest."

Ein abgewürgtes Lachen entkam mir. Jared seufzte, während Ten mir verschmitzt zuzwinkerte. „Jedenfalls", fuhr Jared fort, „wollten wir dir versichern, dass du jederzeit mit deinen Fragen zu uns kommen kannst. Wir haben nicht vor, irgendwelche Diagramme hervorzuholen-"

„Gott sei Dank", sagte ich und erntete ein Lächeln von beiden.

„Wir wollten dich nur wissen lassen, dass wir da sind. Wenn du irgendwelche Fragen zu irgendetwas hast. Hetero-Sex, Schwulen-Sex. Was auch immer.

Außerdem und das ist ziemlich wichtig, versorgen wir dich gerne mit Kondomen, wenn du sexuell aktiv bist." Ten zog ein Bein nach oben, drehte sich ein wenig, um mich besser zu sehen. „Ich weiß, dass es peinlich sein kann, in Hennessey's Pharmacy zu schlendern und nach Trojans und Gleitgel zu fragen."

Ich konnte spüren, wie mein Gesicht heiß wurde. Ich hatte das erst letzte Woche versucht. Und versagt. Kläglich. Auf gar keinen Fall ging ich vor zum alten Hennessey und legte eine Schachtel Skyns und eine Tube Astroglide an die Kasse. Da würde ich lieber auf ewig masturbieren. Nein, das war eine Lüge. Das würde ich lieber nicht.

„Er braucht vielleicht kein Gleitgel, wenn er mit einem Mädchen zusammen ist", bemerkte Jared netterweise. „Aber es kommt wohl darauf an, was sie machen."

Bringt mich auf der Stelle um.

Ten fuhr fort. „Klar, stimmt, aber die Blicke, die ich zwischen ihm und Felix gesehen habe, lassen vermuten, dass er im Moment an einem Jungen interessiert ist. Und wenn er das ist, dann werden sie irgendwann experimentieren und werden Gleitgel brauchen, um-"

„Okay, hey, wow, das war unglaublich informativ und ich liebe es, dass ihr so cool auf alles reagiert, aber wenn wir weiter über Po-Zeugs reden, werde ich unter mein Bett rutschen und auf ewig bei den Staubflusen leben."

Sie starrten mich beide für einen Moment an, erröteten und standen auf. „Cool, wir verstehen. Vergiss nur nicht, dass wir da sind, solltest du irgendetwas brauchen oder einfach nur reden wollen. Unsere Tür steht dir immer offen, Sohn." Jared streckte die Hand aus, um sanft meine Wange zu tätscheln, bevor er und Ten, der mir das Rock on Zeichen machte, mich allein ließen.

Ich fiel zurück auf mein Bett, meine Wangen waren immer noch warm und ich lachte leise, als mein Handy summte. Ich holte es unter meinem Hintern hervor und spürte das vertraute Anschwellen von Emotionen, als ich sah, dass Felix anrief.

Ich beeilte mich, den Anruf auf meinem Laptop anzunehmen, weil ich unbedingt seine hübschen blauen Augen sehen wollte. Als er erschien, hatte ich einen Moment. Einen vollkommen dämlichen, idiotischen Moment. Zu sehen, wie er mich anlächelte, machte mein Hirn breiig. Wahrscheinlich wegen all des Blutes oberhalb meines Gürtels, das nach unten raste. Ehe er überhaupt Hallo sagen konnte, sprudelte ich mit sieben Worten heraus, die ich nicht vorgehabt hatte, herauszusprudeln.

„Möchtest du mit mir zum Tanz gehen?"

ACHTZEHN

Felix

Es hatte ein paar Gelegenheiten in meinem Leben gegeben, in denen meine Welt auf den Kopf gestellt worden war, aber nichts, das mein Herz dazu gebracht hatte, sich so weit in meinem Brustkorb auszudehnen, dass ich dachte, es könnte explodieren.

„Du musst nicht gleich antworten", sagte Soren beinahe so schnell, wie er mich gefragt hatte.

Dass Soren mich auf einen Tanz einlud, war eine andere Art von auf den Kopf gestellt, weil es nicht einfach nur darum ging, Ja oder Nein zu sagen. Es bedeutete, mich vor der ganzen Schule zu outen, es bedeutete Finger, die auf mich gerichtet wurden und dass Leute irgendwelchen Scheiß laberten und ich mich absolut der Möglichkeit aussetzte, verletzt zu werden. Es bedeutete, es Dad zu sagen, der immer noch nicht hundertprozentig fit war und dann die Tatsache, dass ich schwul war, in die Form

einzufügen, die unser neues Familienleben annehmen
würde.

Soren war so hoffnungsvoll, seine Lippen zu
einem Lächeln gehoben und sein Gesichtsausdruck
würde einfach nur verständnisvoll werden, wenn ich
Nein sagte, denn so war er als Mensch. Er konnte ein
Nein hinnehmen, ohne dass es sein ganzes Leben
zerstörte.

Ich konnte Nein sagen.

Ich hatte so viel in meinem Kopf, dass ich
vielleicht Nein sagen sollte.

„Ja", platzte ich heraus.

Sorens Lächeln wurde breiter und der Bildschirm
bewegte sich, als er mit der Faust in die Luft pumpte,
bevor er ernst wurde. „Wir sollten aber darüber
reden."

„Nope. Nein, das tun wir nicht", sagte ich. „Kein
Reden, kein Denken. Das ist keine große Sache. Das
ist nicht riesig. Ich gehe nur mit jemandem auf den
Tanz, den ich sehr mag und … ja."

„Du magst mich?", flüsterte Soren und lehnte sich
vor, wurde ganz verschwommen. „Oder *magst* du
mich?"

„Übertreib es nicht, Rowe", schnappte ich.

Soren fiel zurück auf sein Kissen. „Wie du meinst,
Sinclair." Er grinste. Dann wurde er ernst. „Wie geht
es deinem Dad? Das hätte ich zuerst fragen sollen."

„Er ist schlecht gelaunt, weil er langsam machen
soll, aber ja, es geht ihm gut."

„Gut", wiederholte Soren, wurde dann sehr still und ein Teil von mir dachte darüber nach, dass er gleich sein Angebot für den Tanz zurücknehmen würde. In meinem Bauch wohnte ein ganzer Eimer Schmetterlinge und mir wurde bewusst, wie beschissen es wäre, wenn er mir sagte, dass er nur einen Witz gemacht oder dass er seine Meinung geändert hatte. Ich verdiente das, nach all den Dingen, die ich zu ihm gesagt hatte.

„Es tut mir leid", platzte ich heraus. „Ich mag deine Dads wirklich und die Dinge, die ich zu dir über sie gesagt habe, tun mir leid."

Er runzelte die Stirn und ich wünschte, ich hätte meinen Mund gehalten.

„Ich weiß", sagte er schlicht. „Ich hätte dich nicht gefragt, ob du mit mir zum Tanz gehst, wenn ich das nicht wissen würde."

„Oh."

„Ich wollte dich fragen und du musst nicht, weil es eine große Familienfeier ist und ich glaube, mein Stiefbruder wird auch da sein und du hast ihn noch nicht kennengelernt, aber …"

„Ryker, er spielt für Arizona."

„Ja, er ist cool, aber hör zu … ich feiere in zwei Tagen meinen Geburtstag nach. Würdest du gerne herkommen, für diese Party, die meine Eltern schmeißen? Es wird eine Tonne Familie da sein und fängt um zwei an und sie haben gesagt, dass ich einladen kann, wen ich will, und das habe ich. Tyler wird kommen, natürlich, Court und alle, du weißt schon. Ich werde dem Team eine Nachricht schreiben, aber bevor ich das mache, wollte ich *dich* persönlich einladen, damit du nicht denkst, du wärest nur Teil eines Gruppenchats oder so."

Er schien unsicher zu sein, als ob dies eine schwierigere Frage war, als mich zu bitten, mit ihm zu dem Halloween-Tanz zu gehen.

„Felix?", hakte er nach und ich musste kein Experte sein, um zu wissen, dass ich es verbockte, indem ich nicht sofort antwortete.

„Natürlich. Liebend gern", sagte ich schnell. „Ich habe nur gerade darüber nachgedacht, was ich dir schenken soll."

„Nur dich selbst und vielleicht einen Kuss?", fragte er hoffnungsvoll.

„Das kann ich tun."

Dann schwiegen wir beide, als ob wir keine anderen Emotionen mehr zur Verfügung hätten, als wie Idioten zu grinsen. Ein schnelles Gute Nacht und dann drückte ich den Bildschirm an meinen Brustkorb und kniff meine Augen zu. Ich war so aufgeregt und nervös und glücklich und … Ich wusste nicht, was ich mit den Gefühlen machen sollte, und außerdem war ich so verdammt hungrig. Ich legte den Bildschirm auf meinen Schreibtisch, richtete ihn in der Ecke auf und starrte dann eine lange Zeit darauf. Ich fragte mich, was Soren jetzt machte. War er so aufgeregt wie ich? War er nervös? Mein Magen knurrte, erinnerte mich daran, dass ich bereits entschieden hatte, dass eine Mitternachts-Snack-Mission Priorität hatte – nicht, dass es Mitternacht war, aber jeder Zeitpunkt nach zehn Uhr zählte. Ich machte mich auf den Weg in die Küche und schaltete das Licht an, alles wurde erhellt und mein Dad blinzelte mich an, weil er aus irgendwelchen Erwachsenengründen im Dunkeln gesessen war. Ich glaubte zu wissen, worum es ging, als ich all die Grundstücksbeschreibungen sah, die vor ihm ausgebreitet lagen.

„Hey, Sohn", sagte Dad, schob all die Ausdrucke zu einem ordentlichen Stapel zusammen. „Ich bin gleich weg."

„Schon gut, Dad, ich wollte nur einen Snack."

„Phoebe hat einen Pie dagelassen, wenn du ihn aufwärmen möchtest. Es gibt auch Eis." Er warf mir einen hoffnungsvollen Blick zu.

„Willst du damit sagen, dass du etwas Pie möchtest?", fragte ich trocken.

Seine Lippen bogen sich zu einem Lächeln. „Nun, ich möchte nicht, dass du ganz allein essen musst und was meine Diätberaterin nicht weiß, macht sie nicht heiß."

Ich schnitt zwei Stücke Pie herunter, seines kleiner, wärmte sie auf, holte Eis und Gabeln und stellte eines vor Dad, nahm dann den Stuhl auf der anderen Seite der Arbeitsfläche, griff nach den oberen Grundstücksbeschreibungen. „Ist das eines der

potenziellen Häuser, die du dir anschaust?" Ich
überflog das Papier, während ich den ersten Bissen
Apfel und Teig in meinen Mund schob. Es sah ganz
nett aus, kleiner als unser jetziges Haus, aber wenn es
nur Dad und ich waren und dann nur Dad, wenn ich
aufs College ging, war es großartig.

„Ja. Es ist schwer zu entscheiden, was am besten
ist, weil ich angefangen habe, dieses Haus zu mögen."

„Du meinst, obwohl es Moms Idee war, es zu
kaufen?" Ich schnaubte, aber Dad warf mir einen
Blick zu und wirkte gequält.

„Ich werde nicht schlecht über deine Mom reden,
Felix. Immerhin hat sie mir dich geschenkt und ich
liebe dich." Er senkte seinen Blick und seine Wangen
wurden rot. Es war ihm tatsächlich peinlich, mich
diesen Teil von ihm sehen zu lassen, und das
schmerzte.

„Ich liebe dich auch, Dad", antwortete ich und er
lächelte mich an. „Können wir einen Moment
reden?"

„Machen wir das nicht gerade?" Er wirkte
verwirrt, während er eine Gabel voller Pie aß.

„Ich meine über wichtige Dinge reden."

Er hörte zu essen auf und legte seine Gabel auf
den Teller. „Klar. Ich weiß, dass eine Scheidung für
Kinder schwer ist und wenn es irgendetwas gibt, das
ich tun kann, damit du aufhörst, dir Sorgen zu
machen, könnten wir-"

„Ich bin schwul, Dad." Ich platzte damit heraus

und er blinzelte mich an, so wie er es getan hatte, als ich das Licht angeschaltet hatte, als ob er sich nicht auf mein Gesicht konzentrieren könnte. „Ich weiß es schon seit einer Weile, aber es war vergraben, tief vergraben, weit unten, aber ich habe jemanden kennengelernt und er ist …"

„Er ist was?", hakte Dad nach.

„Er ist einfach nur perfekt. Für mich, meine ich. Nein, er ist eigentlich insgesamt perfekt."

„Ist es jemand aus der Schule?"

War ich bereit, Sorens Namen zu teilen? Nun, er würde es ohnehin eher früher als später herausfinden. *Na dann mal los.* „Es ist Soren. Soren Madsen-Rowe."

Dad starrte mich an und für einen schrecklichen, dunklen Moment erwartete ich einen Anpfiff und konnte mir den Schmerz nicht vorstellen, den Mom für diese *Entscheidung* auf mir abladen würde.

„Wie lang weißt du schon, dass du schwul bist?", fragte Dad und meine ganze Welt entglitt mir wieder, nur war es dieses Mal eine so große Enttäuschung, dass ich nicht einmal die Ränder sehen konnte. Wollte er damit sagen, dass er mich irgendwie schwul gemacht hatte? Was zur Hölle!

„Ich wurde schwul geboren, Dad!", schrie ich und er war sofort entsetzt.

„Nein! Warte, natürlich ist das so", sagte er. „Mann, ich mache das falsch." Er schob seinen Stuhl zurück und er knallte gegen den Herd. Dann eilte er um die Arbeitsplatte herum und öffnete seine Arme.

„Ich meinte, es tut mir leid, dass ich ein beschissener Vater war und du es mir zuvor nicht erzählen konntest. Das ist meine Schuld und es tut mir so leid." Ich brauchte einen Moment, um alles zu verarbeiten – er sagte nicht, dass er mich schwul gemacht hatte. Er sagte, dass er dachte, ich hätte es vor ihm geheim gehalten wegen unserer verkorksten Beziehung. Ich erhob mich in eine echte Dad/Sohn Umarmung und er hielt mich fest und dann schob er mich etwas von sich. „Ich bin so stolz auf dich", sagte er, seine Augen glänzten vor Emotionen. „Ich mag Soren sehr. Ich nehme an, ich sollte mich mit seinen Dads unterhalten und Moment ..." Er schaute sich in der Küche um. „Ich habe Kondome, aber haben wir Bananen? Ich muss mit dir reden."

„Du wirst mir nicht diese Rede halten." Ich grinste ihn an und tat dann so, als würde ich ihm auf den Arm schlagen.

Er umarmte mich erneut. „Ich liebe dich, Felix. Ich liebe es, dass du es mir erzählt hast."

Und ich liebte ihn dafür, dass er mich liebte und die Person, zu der ich wurde.

Aber mehr als das liebte ich, dass wir keine Bananen hatten.

Bei Sorens Haus anzukommen, war, als würde man in die Hockey-Zentrale treten. Ich erkannte so viele der Jungs von den Harrisburg Railers, die herumstanden und plauderten und ich schaffte es, mit keinem von ihnen zu reden, während ich am Rand der Gäste entlangschlich und zu Tyler gelangte.

„Hey", sagte ich und er zuckte so sehr zusammen, dass seine Limo überging und er aufschrie. „Tut mir leid, ich dachte, du hättest mich kommen sehen", entschuldigte ich mich.

Er zuckte zusammen. „Ja", war alles, was er meinte, und dann schien er sich weiter in die Nische zurückzuziehen, die er zwischen zwei Trophäenvitrinen gefunden hatte. In keiner von beiden befanden sich Trophäen, oder wenn, dann waren sie hinter Fotos von Soren, Milo und Lottie, sowie dem Flügelspieler der Arizona Raptors – Ryker – Sorens Stiefbruder über ihren Dad Jared, versteckt. Es musste cool sein, Geschwister zu haben – adoptiert oder anders – und echte Stars in der Familie zu haben, musste mehr als cool sein.

„Hast du Soren gesehen?", fragte ich Tyler, der den Kopf schüttelte und noch weiter zurückwich, als zwei der großen Hockeyspieler lautes Lachen hören ließen und rückwärtstaumelten, auf unseren Platz zu. Ich wusste nicht, was hier vor sich ging, aber ich legte einen Arm um Tylers Schultern und lenkte ihn durch die Menge hinaus in den Garten, direkt dorthin, wo ich Milo und Lottie mit einem lockenhaarigen Typen sehen konnte, der uns den Rücken zugewandt hatte. Die drei gruben in einem Sandkasten, bauten eine riesige Burg, die mit winzigen Flaggen geschmückt war und als wir sie erreichten, entspannte Tyler sich, als ob das Gewicht von irgendetwas von seinen Schultern genommen worden wäre. Der Mann hier, der mit den lockigen Haaren, war niemand anderes als der geoutete und hübsche NHL-Star, Ryker, Sorens ältester Bruder. Der einzige Nachteil an ihm war, dass er für ein Team spielte, dem ich nicht folgte und als er uns anlächelte, war es, als würde man Sonnenschein betrachten.

„Hey, Tyler", sagte Sonnenschein-Ryker und schlug ihre Fäuste zusammen, bevor Tyler in die Hocke ging, um bei der Burg zu helfen. „Hey …"

„Felix", antwortete ich und streckte meine Hand aus.

Rykers Augen weiteten sich, dann nahm er meine Hand und zog mich in eine seitliche Umarmung. „Halloween-Tanz-Typ", verkündete er und schaute sich im Garten um. „Soren!", rief er.

Ich entdeckte Soren, der mit einem breiten Grinsen über den weitläufigen Rasen joggte. Er kam vor mir rutschend zum Stehen.

„Hey", sagte er schüchtern, zog mich dann in eine Umarmung.

„Frohe verspätete Geburtstagsparty", flüsterte ich in sein Ohr und die Umarmung dauerte und dauerte. Ich inhalierte seinen Geruch − eine Mischung aus Deo und Garten − und wollte, dass die Umarmung ewig dauerte, aber das konnte sie nicht und dann wurde ich eng an ihn gezogen, stand gegenüber seinem Stiefbruder, der uns intensiv musterte. Wusste Ryker, was für ein Arsch ich gewesen war? War ihm klar, dass ich immer noch in Arbeit war? Wusste er, dass ich Tyler geschlagen und versucht hatte, Soren das Leben zur Hölle zu machen? Wusste er, was ich über seine Dads gesagt hatte?

Ryker schubste Soren. „Geht weg und gratuliert ordentlich", sagte er und fuhr dann fort, mit dem Sand zu spielen, schaute noch einmal kurz auf. „Hat Dad mit dir geredet?"

„Was geredet?", fragte Lottie und starrte zu uns auf.

„Nichts, Lottie", sagte Ryker sofort und hielt ihr die Ohren zu. „Hat er?"

„Ja", bestätigte Soren und er und Ryker lachten schnaubend. „Hey, wenigstens hattest du nur deinen Dad. Ich hatte beide. Es war so peinlich."

Wir entfernten uns. „Ich habe ein Geschenk für dich", murmelte ich. „Es ist nichts Großartiges, aber ich weiß, dass dein Lieblingshockeyspieler-"

„Nicht hier, komm mit. Ich muss dir etwas zeigen." Er nahm meine Hand und suchte sich einen Weg durch Familie und Freunde, blieb hin und wieder stehen, um zu plaudern, ich an seiner Seite und jedes Mal, wenn er mich als seinen festen Freund vorstellte, zuckte nicht eine Person mit der Wimper. Tatsächlich bekam ich Umarmungen und Hallos und das Gefühl wuchs, dass sie sich alle irrten, weil sie nicht mein wahres *ich* kannten. Ich versuchte, Soren meine Hand zu entziehen, aber er ließ nicht los, gehalten in der Liebe und dem Lächeln von Familie und Freunden, während ich nur das Gefühl hatte, entkommen zu müssen. Gerade als ich dachte, dass ich ihn vielleicht zu Boden werfen musste, zog er mich durch ein Tor und in die Garagen und ich war nie erleichterter, als die Tür sich hinter uns schloss und der ganze Wahnsinn zurückgehalten wurde. Ich beugte mich vor, fand meine Beherrschung wieder und nach einem Moment schaute Soren von unten in mein Gesicht.

„Geht es dir gut?"

„Wissen sie alle, was ich gesagt habe? Wissen sie, was ich getan habe?"

Er schaute zum Tor, dann wieder zu mir. „Nein. Nur meine Dads und sie verstehen es."

„Verstehen was?"

Soren zuckte mit den Schultern. „Ein Jugendlicher zu sein. Das Leben."

Das war so eine einfache Antwort auf die komplizierteste aller Gleichungen und irgendwie ergab es Sinn, aber dadurch war ich nicht vom Haken. Stattdessen wollte ich eine bessere Person sein, dieses Leben, das ich im Begriff gewesen war zu versauen, zu nehmen und zu verändern. Soren weckte in mir den Wunsch, besser zu sein, und ich wollte sein Vertrauen verdienen.

„Wie dem auch sei, schau!", sagte Soren und deutete auf die Auffahrt. „Mein Auto."

Ich hatte mir ein brandneues Auto vorgestellt, mit einer roten Schleife, dasselbe, was Mom mir geschickt hatte, das unberührt in der Garage stand, neben Dads Mercedes, den ich, wie er sagte, fahren konnte, wann immer ich wollte. Stattdessen sah ich ein älteres Prius-Modell in Blassblau, keine personalisierten Nummernschilder, keine Schleife und mit Kratzern an einigen Stellen.

„Ist es nicht wunderschön?" Er zog mich mit und tätschelte die Motorhaube. „Meine Dads haben jeden Dollar, den ich verdient habe, mit Babysitten und Gartenarbeit, solches Zeug, verdoppelt und dann, mit meinem ganzen Geburtstagsgeld, hatte ich genug zusammen, um es von einem Freund von ihnen zu kaufen. Wie findest du es?"

Was hielt ich von dem älteren, aber wahrscheinlich sehr vernünftigen und sicheren Prius? Ich fand, dass er mit Liebe und Zuneigung verdient worden war und ich liebte alles daran. Ich sehnte mich nach so etwas und ich wollte mit Soren jubeln und das verdammte Auto lieben und dann weinen. Ich entzog ihm meine Hand.

„Ich muss mich bei deinen Dads entschuldigen, bei Tyler, bei Jonah und Courtney. Ich muss meinen Dad umarmen und es tut mir leid, ich muss einfach …"

Er eilte hinter mir her, als ich durch das Tor rannte, dorthin, wo ich Sorens Eltern zuletzt gesehen hatte, fand sie in einer Gruppe Männer mit Kindern

und ich schob mich dazwischen – kein guter Anfang,
aber ich wusste nicht, wie ich es sonst machen sollte.
Ich war normalerweise so voller Trotz und Hass, die
mir halfen, tapfer zu sein, aber das war weggeblasen.

„Es tut mir leid", platzte ich vor Ten heraus, der
mich anlächelte und dann Soren, der mich einholte
und meine Hand packte, als würde er mich nie wieder
loslassen wollen. „Es tut mir leid, dass ich das Schw-
Wort benutzt habe. Es tut mir leid, dass ich gesagt
habe, ihr hättet eure Kinder aus dem Müllcontainer
gezogen."

„Du hast was gesagt?", fragte jemand und ich
wurde rot.

„Es tut mir leid, dass ich so gemein und furchtbar
war und …" Mein Atem stockte und hörte dann ganz
auf, als *Tennant Madsen-Rowe* mich in eine Umarmung
zog und festhielt.

„Es ist alles in Ordnung", murmelte er. „Du
kannst jetzt atmen."

Und es fühlte sich wirklich so an, als ob ich das
könnte.

———

Soren und ich saßen im Prius, nachdem alle
gegangen waren und es schien, als wären wir mitten
in einem unglaublichen Abenteuer, auch wenn wir
nur dasaßen und auf die Garage vor uns starrten. Die
Möglichkeiten waren endlos. Ein Ort zum Reden,

zum Fahren, sobald er durfte, uns vor allen zu verstecken, die uns sehen wollten. Das einzige kleine Problem war, dass Tyler und Courtney auf den Rücksitzen saßen und eine Schachtel CDs durchgingen, die sie unter meinem Sitz gefunden hatten. Die Tatsache, dass Soren mich gebeten hatte, vorne bei ihm zu sitzen, während dieses ersten im Auto Platz nehmen und nirgendwohin fahren, war ziemlich cool.

Ich fühlte mich anders. Wie etwas *Besonderes*.

„Also, mein Geschenk?", zog Soren mich auf und ich blinzelte ihn an, während mir klar wurde, dass ich ihm sein Geschenk noch nicht gegeben hatte. Es war nicht viel, aber ich hatte meine Flucht-Vorräte angezapft und ihm das Beste gekauft, was ich finden konnte. Ich suchte in meiner Jackentasche und fand das kleine, eingewickelte Geschenk und er drehte es herum und schüttelte es, obwohl es offensichtlich eine Karte war.

„Du wirst wahrscheinlich wahnsinnig enttäuscht sein-"

„Nein, werde ich nicht." Er beugte sich zu mir und küsste mich, sehr zu Tylers und Courtneys Erheiterung und dann wickelte er es aus, öffnete eine Autogrammkarte von Xander Holden, dem Kapitän der Boston Rebels, dem ersten geouteten, Hockey spielenden Kapitän eines Teams.

„Ich weiß, dass du kein Boston-Fan bist, aber ich

erinnere mich an diese Rede in Englisch, über deinen Helden und das war – umph."

Er küsste mich erneut, umfasste mein Gesicht ungeschickt und küsste mich hart und als wir uns voneinander lösten, grinsten wir beide.

Wie hatten alle vier Kuchen auf Servietten und es gab zwei große Schüsseln Chips – eine für uns vorne, die andere für die beiden auf dem Rücksitz. Die Limo war kalt, das Auto warm und wie beinahe den ganzen Tag, hielt Soren meine Hand, unsere Finger verflochten und ich würde bald nach Hause müssen, aber für den Moment lebte ich meinen Traum.

Epilogue

SOREN

„Wie hast du es geschafft, dieses Hemd so zu verknittern?", fragte Großmutter, hielt das hellrosa Hemd am Kragen in die Höhe. „Es sieht aus, als hättest du es zu einem Ball zusammengeknüllt und dann im Wäschekorb versenkt."

„Es ist vor ein paar Tagen im Schrank vom Bügel gefallen und ich habe es nicht gesehen." Ich zeigte ihr meine traurigsten Welpenaugen. „Kannst du es für mich bügeln?"

Sie lächelte. „Nein." Ich starrte sie mit offenem Mund an. „Ich werde *dir* zeigen, wie du es selbst bügeln kannst. Es gibt keinen Grund, warum ein Mann nicht selbst bügeln sollte. Komm."

Ich warf meinem Großvater einen Blick zu. Er schaute über den Rand der Zeitung, die er las, seine Lesebrille saß ganz vorne auf seiner Nase. Milo und

Lottie waren von *The Muppet Show* gefesselt, die Variety-Show aus den späten Siebzigern und frühen Achtzigern. Ich mochte sie auch irgendwie. Animal war der Hammer.

„Sie hat recht. Alle unsere Jungs können kochen, nähen, bügeln und die Rechnungen bezahlen", sagte Opa mitfühlend. „Ich auch. Das Nähen war eine schwierige Lernerfahrung, aber jetzt bin ich großartig darin, Knöpfe wieder anzunähen. Alles andere geht an meine wunderbare Frau."

„Süßholzraspler. Komm, lass uns das Bügeleisen holen", sagte Großmutter, führte mich ins Waschzimmer, in dem, ich konnte es nicht glauben, ein Bügelbrett an der Wand hing. Es war ein wenig staubig. „Oh je, bügeln deine Dads nie?"

„Nicht wirklich. Ich glaube, das ist eine Sache aus der alten Zeit", kommentierte ich, während ich mich auf die Waschmaschine setzte, um zuzuschauen, wie es funktionierte. Großmutter verdrehte die Augen. „Ich glaube, dem ist wirklich so. Niemand, den ich kenne, bügelt."

„Nun, es gibt ein paar Dinge, die jeder können sollte. Wie man ein Hemd glatt bekommt, ist eines davon." Sie reichte mir das Hemd, baute das Bügelbrett mit ninja-mäßiger Geschwindigkeit auf, griff dann nach oben über den Trockner, um das Bügeleisen vom Regal zu nehmen. Auch das war staubbedeckt. „Was ist, wenn du ein

Bewerbungsgespräch hast und ordentlich aussehen musst?"

„Die meisten finden online statt", gab ich zurück, schaute mit wenig Interesse zu, wie sie das Bügeleisen einsteckte, bevor sie mir einen Blick zuwarf. „Was? Das ist so. Aber ich verstehe, was du sagen willst."

„Gut. Alle jungen Männer müssen sich im Haushalt zu helfen wissen. Du kannst von deiner Frau oder deinem Ehemann nicht erwarten, dass sie dich verwöhnen, wie deine Mutter es getan hat." Ihre Augen wurden groß. „Es tut mir leid. Das war … Ich habe nicht nachgedacht und nur die Sätze wiederholt, die ich meinen Jungs vorgebetet habe."

„Schon gut." Sie sah entsetzt aus. „Nein, im Ernst, es ist in Ordnung. Ich weiß, was du sagen willst, und ich verstehe es. Beide Geschlechter müssen wissen, wie man im Haushalt klarkommt."

„Das stimmt." Ihre winzige Hand drückte kurz mein Knie, dann zeigte sie mir die Einstellungen auf dem Bügeleisen und welche ich benutzen sollte. Ich nickte, schaute zu, wie sie mein rosa Hemd hinlegte, dann langsam anfing, die Falten mit einem sehr heißen Eisen auszubügeln. „Genau wie es wichtig ist, auf eine Karriere nach dem Hockey vorbereitet zu sein."

„Ich bin mir nicht wirklich sicher, ob ich Hockey machen werde", kommentierte ich, als der Geruch warmer Baumwolle meine Nase erreichte. Sie warf mir einen überraschten Blick zu, bewegte aber weiter das Bügeleisen. „Ich weiß, alle denken, dass ich das werde, wegen meiner Dads, aber ich denke über Psychologie nach. Vielleicht werde ich mit dem Sozialamt arbeiten und anderen Kindern wie mir und Milo helfen."

Sie hob das Eisen von der Rückseite meines Hemdes, ihre Augen füllten sich mit Tränen. Oh, großartig, ich hatte meine Großmutter am Abend des Halloween-Tanzes zum Weinen gebracht. An dem Abend, an dem ich mit Felix an meiner Hand in die Aula von Chesterford treten würde. Dem größten Abend unseres Lebens. Und ich hatte meine Großmutter zum Weinen gebracht. Was für eine beschissene Person war ich?

„Das ist eine wunderbare Idee, Soren. Einfach wunderbar." Oh. Okay, es waren also Glückstränen. Cool. Puh. Sie schniefte, bügelte dann weiter. „Du hast so ein freundliches und empathisches Wesen. Schau dir die Wunder an, die du bei Felix vollbracht hast."

„Ich glaube, Felix hat die ganze Arbeit an sich gemacht, *allein*."

„Oh, da bin ich mir nicht so sicher." Sie drehte das Hemd herum, um einen zerknitterten Ärmel zu bügeln. „Ohne dich als Leitstern hätte er vielleicht nie seine Fehler eingesehen. Ein wahrer und guter Freund kann immer helfen, dich auf einen besseren Weg zu führen. Ich glaube, dass du dich unter Wert verkaufst."

Ich war davon nicht so überzeugt, aber es war schön zu hören. Sie schenkte mir ein liebevolles kleines Lächeln, fing dann an, über Sprühstärke zu reden. Ich hatte keine Ahnung, was das war, aber sie schien es für etwas ziemlich Tolles zu halten. Nachdem mein Hemd gebügelt war, rannte ich nach oben, um zu duschen, die dunklen Stoppeln von meinem Kinn zu rasieren und meinen Anzug anzuziehen. Ich drehte mich vor dem Spiegel an meiner Tür, betrachtete mich aus jedem Winkel. Ja, ich sah gut aus. Felix würde so heiß auf mich sein.

LUSTIG. Als ich Felix in seinem dunkelblauen Anzug sah, war *ich* es, der heiß auf *ihn* war. Der Mann war wunderschön.

Ehrlich, er war der hübscheste Junge in Pennsylvania. Jeder, der anderer Meinung war, konnte sich mit mir anlegen. Wir trafen uns vor der Schule, meine Großmutter begleitete uns zur Tür, damit sie ungefähr zehntausend Fotos machen konnte, die sie dann meinen Dads schickte, die in Kanada bei einem Spiel waren. Das war einer der größten Nachteile, wenn man einen Profi-Hockeyspieler als Dad hatte. Die Reisen. Sie verpassten so viele wichtige Dinge. Dinge, die sie, das wusste ich, miterleben wollten, was für sie genauso beschissen war – oder vielleicht sogar noch beschissener – als für mich, Milo und Lottie.

„Oh, warum piept es mich ständig an?", fragte Großmutter verwirrt/frustriert.

„Moment." Ich lachte, ging dann zu ihr, um ihre Handykamera für sie einzustellen. Das war eine tägliche Sache mit den Großeltern. Es war entweder ihr Laptop oder ihr Handy oder ihr Desktop, der nicht richtig funktionierte. In Wirklichkeit waren es in der Regel sie, die nicht richtig funktionierten, aber das würde ich ihnen niemals sagen. „Okay, wenn du deine Kamera aufrufst, dann musst du nicht so lang halten. Mach einfach das Bild wie mit einer alten Kamera. Nein, nein, das ist … nein, das ist Bearbeiten, nein, jetzt versuchst du, das Bild zuzuschneiden. Nope, okay, gib es mir für eine Sekunde."

Sie reichte es mir, starrte zu mir auf, als hätte ich den Mond und die Sterne an den Himmel gehängt. Um ehrlich zu sein, eine Oma und einen Opa zu haben war das Allerbeste. Es war auf derselben Stufe wie zwei Dads zu haben, einen Bruder, zwei Stiefgeschwister und einen Haufen cooler Freunde. Oh, und einen festen Freund. Einen hübschen festen Freund. Den hübschesten Jungen im Staat. Beweist mir das Gegenteil.

„Da, jetzt ist alles eingestellt. Wenn du uns jetzt siehst, tipp einfach auf den kleinen Kreis." Ich umarmte sie schnell, huschte dann zurück zu Felix. Sie hatte uns unter einem Eichenbaum platziert, den die Schülervertretung mit kleinen Stoffgeistern behängt hatte. Niemand trug ein Kostüm. Chesterford veranstaltete nicht diese Art von Tanz. Sie waren halb-formell, corporate casual und komplett formell bei den Abschlussbällen. Felix sah ein wenig angespannt aus, aber er lächelte während der Million Schnappschüsse.

„Ihr zwei seht so gut aus", sagte Großmutter, nachdem sie die Fotos an meine Dads und in den Rowe-Familien-Chat geschickt hatte, was ewig dauerte, weil so viele Menschen in diesem Chat waren. Ich hatte überall Cousinen, vor allem Mädchen, aus Florida und Boston, sowie Ryker und seinen Ehemann im Westen *und* alle Railers, die aus irgendeinem Grund Fotos von mir beim Schultanz bekamen. Warum? Ich hatte keine Ahnung, aber so funktionierten die Railers als Team. Familie. Es war wirklich ziemlich cool. „Okay, dein Großvater wird um elf hier sein, um euch beide abzuholen. Er fährt in der Dunkelheit lieber als ich. Ich hasse diese großen, hellen Scheinwerfer, die manche an ihren Autos haben. Im Ernst, versuchen sie, bis in den nächsten Staat zu sehen?"

Ich lächelte. Felix lächelte. Schüler, die zum Tanz kamen, rannten an uns vorbei, Atem bildete vor ihnen Wolken, die meisten kamen Hand in Hand. Wie Halloween ein romantisches Thema für einen Tanz sein konnte, wusste ich nicht, aber ich konnte bereits ein paar ziemlich gute Melodien in der kühlen

Nacht hören, jedes Mal, wenn jemand das Gebäude betrat.

Wir winkten meiner Großmutter, als sie zurück zu ihrem Auto ging, standen Seite an Seite unter dem spukenden Eichenbaum und dann drehte ich mich zu ihm.

„Geht es dir gut?", fragte ich, hob meine Schultern an meine Ohren, als ein kalter Herbstwind die winzigen Geister über uns wackeln ließ. „Wir müssen das nicht machen." Er verzog das Gesicht. „Nein, ich meine es ernst. Wie müssen da nicht reingehen und einen auf ‚Schaut uns an, wir sind ein Paar!' machen, wenn du nicht bereit bist. Wir können den Tanz auslassen und zum Hot Pot Noodle Shop gehen, da Ramen essen."

„Du bist wirklich nett", sagte Felix. „Aber ich will das machen. Das tue ich. Im Ernst. Es ist nur … ich bin nervös. Ich war so lange gemein zu den anderen, habe damliche Witze gerissen und-"

Ich legte meinen Zeigefinger auf seine Lippen. „Du hast dich verändert. Die anderen sehen das. Hey, wir alle sagen und machen dämlichen Scheiß, wenn wir Angst haben, oder versuchen, uns zu schützen. Das verstehe ich. Andere auch. Sie werden dein neues Ich akzeptieren, sobald sie, tagein, tagaus sehen, dass du superniedlich und cool bist. Und nur so nebenbei, du hast *den* heißesten Kerl der ganzen Schule als dein Date. Das wird sie alle wahnsinnig beeindrucken. Sie werden alle denken, dass wenn Soren Madsen-Rowe mit diesem Kerl zusammen ist, er episch sein muss." Er verdrehte seine Augen so sehr, dass es ein Wunder war, dass sie nicht aus seinem Kopf fielen und in den Gully ein paar Meter entfernt rollten. „Ich sage nur, dass, was immer du hier tun willst, deine Entscheidung ist. Ich bin an deiner Seite, ganz egal, was du machst." Ich nahm seine Hand und küsste seine Fingerknöchel, stand dann da und fror mir die Eier ab, während er mich gefühlt stundenlang anstarrte.

„Lass uns das machen." Er drehte sich um und marschierte die Stufen hinauf, meine Finger hatte er in einem Todesgriff. Sobald die Türen aufgingen, wurden wir beinahe von der reinen Lautstärke von *Goo Goo Muck* von The Cramps wieder hinausgeblasen, als alle Schüler – und ein paar der Aufsichtskräfte – den Wednesday-Tanz machten. Lichter bewegten sich über die Tanzfläche, Rauch kroch ums Parkett und die unheimlichen, riesigen Papierbäume in den Ecken wiegten sich, als Ventilatoren die Tänzer mit Luft überströmten. Die Schule gab sich bei ihren Tanzveranstaltungen wirklich Mühe, das konnte man nicht leugnen. Der DJ war wert, was immer sie ihm bezahlten. Er leitete zu *Howlin' for You* von den Black Keys über, ein Song, den ich gut kannte, weil er sich auf jeder Playlist von Ten befand.

Felix zog mich sofort mitten ins Geschehen, als der Song zu etwas Langsamerem wechselte. Die

Schüler starrten uns an, ein paar flüsterten mit ihren Freunden. Wir standen inmitten des Rauchs und der herumhuschenden Lichter, starrten einander an, seine Hand in meiner. Ich würde ihn hier führen lassen, weil es seine Ankündigung war, die er machen oder nicht machen würde, ganz wie er wollte. Ein alter Song fing zu spielen an, einer, den ich schon gehört hatte, in dem ein Typ über verlockende Blicke und Hexerei sang. Was irgendwie funktionierte, weil ich ganz gewiss von Felix verzaubert war.

Er sagte kein Wort. Er beugte sich vor, um seine Lippen auf meine zu legen. Ich seufzte in den Kuss, trat vor, schlang meine Arme um seine schlanke Gestalt. Das war mal ein Statement.

Als wir uns trennten, waren seine Wangen rot und seine Augen funkelten. Courtney, Tyler und der Rest unserer Freunde und Teammitglieder lösten sich aus den Tänzern, um uns beide zu umarmen, um ihre Unterstützung und Akzeptanz von Felix, mir und jedem anderen queeren Jugendlichen zu zeigen, die den riesigen Schritt wagten, der Welt zu zeigen, wer sie im tiefsten Inneren waren. Er war tapfer und er war mein.

„Du bist wunderbar", schrie ich, um über den Jubel gehört zu werden, als der DJ *Monster* von Lady Gaga auflegte. Alt, sicher, aber ein solider Tanz-Beat. „Willst du tanzen?"

Er nickte, lächelte so breit, wie ich noch nie eine Person hatte lächeln sehen.

„Ich bin kein guter Tänzer", schrie er zurück.

„Ich mag dich trotzdem."

„Ich mag dich auch. Sehr!", rief er, packte dann ein paar wirklich interessante Tanzbewegungen aus. Ja, ganz sicher, er war der hübscheste Junge hier und mein Herz gehörte ihm.

Auch wenn er zwei linke Füße hatte.

Wie geht es bei den Chesterford Coyotes weiter?

Auf dünnem Eis

Eine Young Adult Hockey-Romanze, gefüllt mit Wiedergutmachung, Familie, Freunden und die wahre Person in sich zu entdecken, während man sich in der verrückten, auf den Kopf gestellten Welt der High-School zurechtfindet.

Jonah Robinson hat es so richtig verbockt und Wiedergutmachung zu leisten, wird nicht so einfach sein, weil die Schüler ihn als den Bad Boy der Chesterford Academy eingestuft haben. Mit Hilfe seiner Familie und eines besonderen Freundes in der Schule, ist Jonah entschlossen, sich bei jenen, denen er Unrecht getan hat, zu entschuldigen. Die erste Person auf dieser langen Liste ist Tyler, der strahlendste Spieler der Coyotes, zumindest findet Jonah das. Er hat für die Schülerzeitung eintausend Fotos von Tyler gemacht, aber er wird lernen müssen, mehr als nur Negative zu entwickeln, wenn er Tyler näherkommen will.

Tyler Corrigans Dad ist gegangen, seine Mom hat schreckliche Angst, dass er zurückkommen wird und es ist Tyler, der seine kleine Familie zusammenhalten muss. Die einzige Erholung vom echten Leben ist Hockey zu spielen und er ist ein wichtiger Teil der Chesterford Coyotes. Obwohl er nicht die größte Person auf dem Eis ist, ist Schnelligkeit seine Superkraft und das Team hat ihm den Rücken gestärkt bei den schlimmsten Auswüchsen des Mobbings, das er hat ertragen müssen. Seine Freunde geben ihm das Gefühl, sicher zu sein, während seine reale Welt voller Furcht ist, aber niemand kann sein Herz beschützen, als ein ungeschickter Jonah, der vollkommen durcheinander und einer der verwirrendsten seiner Mobber ist, plötzlich an jeder Ecke auftaucht und die Dinge in Ordnung bringen möchte.

Eine Entschuldigung kann manchmal unmöglich zu glauben sein, aber auf sein Herz zu vertrauen ist alles.

***

Tragt euch hier ein, um eine Erinnerung zu erhalten mmhockeyromance.com/deya

Newsletter

Um auf dem neuesten Stand bezüglich Neuigkeiten und Veröffentlichungen zu bleiben, habe ich einen monatlichen Newsletter zusammen mit maßgeschneiderten Bulletins für verschiedene Vertreiber, wann immer es eine Neuveröffentlichung gibt oder ich ein Buch kostenlos vergebe oder einen Sale veranstalte.

https://mmhockeyromance.com/deya

Blockwechsel (Harrisburg Railers Buch 1)

Kann Tennant Jared zeigen, dass Alter nur eine Zahl ist und dass nur die Liebe zählt?

Die Rowe Brüder sind berühmte Hockey Teufelskerle, aber als jüngster des Trios musste Tennant immer gegen den Ruf seiner Brüder anspielen. Um aus ihrem Schatten zu treten, und gegen ihren Rat, nimmt er einen Wechsel zu den Harrisburg Railers an, wo er Jared Madsen trifft. Mads ist ein alter Freund der Familie und der ehemalige Teamkollege seines Bruders. Mads ist Tennants neuer

Coach. Und Mads ist der attraktivste Mann, den er je gesehen hat.

Jared Madsens Hockey-Karriere wurde von einem Herzfehler frühzeitig beendet, aber durch die Arbeit als Coach bleibt er nahe am Spiel. Als Ten ins Team wechselt, wird seine akribisch geordnete Welt ins Chaos geworfen. Weil er neun Jahre jünger und der Bruder seines besten Freundes ist, weiß Mads, dass er unbedingt die Finger von Ten lassen muss, aber sobald er Tens Bewegungen sieht, auf dem Eis und im richtigen Leben, weiß er, dass sein Herz ihn wieder in Schwierigkeiten bringen könnte.

Harrisburg Railers Hockey

Ryker (Deutsche Ausgabe) (Owatonna U. Buch 1)

Lernt in dieser fesselnden Romanze die Männer des Hockeyteams der Owatonna University kennen!

Hockey liegt dem reichen Ryker im Blut – während der Junge vom Land, Jacob, nur versucht, durchs College zu kommen. Dennoch haben diese beiden absoluten Gegensätze bald Schwierigkeiten, an etwas anderes als einander zu denken.

Ryker ist Hockey-Adel, Jacob ist ein armer Junge vom Land. Können zwei vollkommen unterschiedliche Menschen eine gemeinsame Basis finden und zu den Männern werden, die sie sein möchten?

Ryker entstammt einer langen Reihe Championship-gewinnender Hockeyspieler. College-Hockey zu spielen, um sein Spiel zu entwickeln, ist sein einziger Fokus und nichts wird sich ihm in den Weg stellen, daran zu arbeiten, der beste Spieler zu werden, der er sein kann. Er hat keinen Platz für Beziehungen, Menschen, die seine Fehler sehen oder irgendjemanden, der ihn wegen seiner Träume anspricht. Er hat ganz sicher keinen Platz für die Liebe und Jacob kennenzulernen ist nichts als eine nützliche Ablenkung nebenher. Schließlich ist der Versuch, seinen Teamkollegen von den Owatonna Eagles ins Bett zu bekommen weniger Arbeit und mehr Spaß. Als seine Familie von einer Tragödie erschüttert wird, zerbricht sein zauberhaftes Leben und die einzige Person, an die er sich wenden kann, ist der Mann, der behauptet, ihn zu hassen.

Jacob Benson hat sein ganzes Leben lang nur harte Arbeit und erstickende konservative Werte gekannt. Geboren und aufgewachsen in der kleinen ländlichen Gemeinde Eden Crossing, Minnesota, ist er der einzige Sohn einer hart arbeitenden, aber in Geldnöten steckenden Familie, die eine Milchwirtschaft betreibt. Jacob nutzt sein Können im Hockey, um seinen Abschluss in Agrarwissenschaften zu finanzieren. Diese vier Jahre an der Owatonna U. werden wahrscheinlich die einzige Zeit sein, die er haben wird, um das Leben zu genießen, seine sexuelle Orientierung akzeptiert zu sehen und offen zu leben, ehe er unausweichlich auf die Farm zurückkehrt. Einen reichen hübschen Jungen wie Ryker Madsen zu treffen, dämpft seinen Genuss des Lebens weit weg von zu Hause. Rykers leichtfertige, sorgenfreie Einstellung geht Jacob auf die Nerven. Wenn Ryker also alles ist, was er nicht mag, warum will er dann nichts mehr, als die sündigen Träume zu erkunden, in denen sein nerviger Teamkollege jede Nacht die Hauptrolle spielt?

Owatonna U. Hockey

1. Ryker
2. Scott
3. Benoit

Von Küste zu Küste (Arizona Raptors, Buch 1)

- *Gegensätze ziehen sich an*
- *Ein bissiger Team-Eigentümer, der von seiner Familie enterbt wurde*
- *Gefangen in einer Klausel in einem Testament*
- *Ein Coach, der sich nicht fürchtet, Dinge zu ändern*
- *Geheimer Motel-Sex*
- *Leidenschaftliche Diskussionen und sture Hitzköpfe*

Als Gegensätze sich anziehen, wird dieses Team von ganz unten in der Liga nie wieder so sein wie zuvor.

Eine Bedingung im Testament seines Vaters zwingt Mark zurück in die Arme einer Familie, die ihn verstoßen hat und macht ihn zu einem Drittel zum Eigentümer eines Hockeyteams, das kurz vor dem finanziellen Ruin steht. Er schaut sich Hockey nicht einmal an, mag es auch nicht und will nichts mehr, als wieder zurück nach New York zu gehen. Dann ist da noch der neue Coach, ein sturer, eigensinniger, irritierender Mann mit einem Überlegenheitskomplex und fragwürdigem Musikgeschmack. Sich mit Rowen anzulegen, wird zur neuen Normalität, aber dazu kommen auch leidenschaftliche Diskussionen und eine alles verschlingende Lust.

Als ihm angeboten wird, eines der schlechtesten Teams der Liga zu einem zukünftigen Mitbewerber um den Cup umzubauen, kann Rowen sich diese Gelegenheit nicht entgehen lassen. Noch nie in seinen zwanzig Jahren Hockey hat er ein Team gesehen, das so schlecht geführt wurde oder Spieler, die so voller Feindseligkeit und Engstirnigkeit sind. Aber etwas an diesem Team und dieser Stadt überzeugt ihn, seine Ärmel hochzukrempeln und anzufangen, alles auseinanderzunehmen. Wenn nur Mark, einer der drei Geschwister, denen die Raptors jetzt gehören, nicht so verdammt stur und doch so verdammt reizvoll wäre, könnte sein Job leichter sein. Es sieht nicht so aus, als ob einer von beiden nachgeben möchte, aber eine Nacht in einem dunklen, abseits gelegenen Hotel verändert alles.

Da viele LeserInnen wohl keine eingefleischten Hockey-Fans sind, habe ich hier eine kleine Sammlung der Hockey-Begriffe, die in diesem Buch vorkommen. Eventuelle Fehler oder Ungenauigkeiten bitte ich zu entschuldigen.

Abseits des Eises (Chesterford Coyotes Buch 1)

Eine Coming of Age Liebesgeschichte mit High School, Hockey-Rivalitäten, Freundschaft, Familie und Coming out.

Sorens Welt verändert sich auf einen Schlag, als er und sein jüngerer Bruder von Hockey-Adel adoptiert werden. Sein neues Leben zu begreifen, ist schwer genug, doch als er in einer Privatschule angemeldet wird, bedeutet das, dass er sich einer ganzen Reihe neuer Probleme stellen muss. Durch Freundschaften, Familie und Hockey zu navigieren ist eine Sache, aber sich zu dem Jungen hingezogen zu fühlen, der ihm auf die Nerven geht, ist eine ganz andere.

Felix muss einen Ruf schützen. Er ist der Junge, der alles zu haben scheint, aber Äußerlichkeiten können täuschen. Mit seinen Lügen über sein perfektes Leben hat er eine Fantasiewelt geschaffen, an die er mittlerweile sogar selbst glaubt. Nur, dass es nicht lange dauert, bis alles in sich zusammenfällt, all seine hübschen Lügen kommen ans Licht und nur sein größter Rivale sieht durch seinen Schmerz hindurch und steht zu ihm.

Kämpfen ist einfach, Freundschaft ist schwierig, aber Liebe ist alles.

Eine Coming of Age Liebesgeschichte mit High School, Hockey-Rivalitäten, Freundschaft, Familie und Coming out.

Sorens Welt verändert sich auf einen Schlag, als er und sein jüngerer Bruder von Hockey-Adel adoptiert werden. Sein neues Leben zu begreifen, ist schwer genug, doch als er in einer Privatschule angemeldet wird, bedeutet das, dass er sich einer ganzen Reihe neuer Probleme stellen muss. Durch Freundschaften, Familie und Hockey zu navigieren ist eine Sache, aber sich zu dem Jungen hingezogen zu fühlen, der ihm auf die Nerven geht, ist eine ganz andere.

Felix muss einen Ruf schützen. Er ist der Junge, der alles zu haben scheint, aber Äußerlichkeiten können täuschen. Mit seinen Lügen über sein perfektes Leben hat er eine Fantasiewelt geschaffen, an die er mittlerweile sogar selbst glaubt. Nur, dass es nicht lange dauert, bis alles in sich zusammenfällt, all seine hübschen Lügen kommen ans Licht und nur sein größter Rivale sieht durch seinen Schmerz hindurch und steht zu ihm.

Kämpfen ist einfach, Freundschaft ist schwierig, aber Liebe ist alles.

Weitere Bücher von RJ Scott

Für eine vollständige Liste der Ebooks und Links scanne bitte den Code oben oder besuche rjscott.co.uk/buchliste

Weitere Bücher von V.L. Locey

Für eine vollständige Liste der Ebooks und Links scanne bitte den Code oben oder besuche vllocey.com/deutsche

Lernt RJ Scott kennen

RJ Scott ist die Bestsellerautorin von über hundert Gay Romance Büchern. Sie schreibt emotionale Geschichten mit komplizierten Charakteren, Cowboys, alleinerziehenden Vätern, Hockeyspielern, Millionären, Prinzen und den Männern, die sie lieben.

Sie lebt etwas außerhalb von London und verbringt jede wache Minute, die sie nicht mit ihrer Familie zusammen ist, damit, zu lesen oder zu schreiben. Das letzte Mal, als sie eine Woche Pause vom Schreiben hatte, hat es ihr gar nicht gefallen. Und sie ist bis heute auf der Suche nach der Tafel Schokolade, der sie nicht gewachsen ist.

www.rjscott.co.uk / rj@rjscott.co.uk

Newsletter - rjscott.co.uk/de

instagram.com/rjscott_author

amazon.com/author/rj-scott

bookbub.com/authors/rj-scott

patreon.com/RJScott

Lernt V.L. Locey kennen

V.L. Locey liebt abgetragene Jeans, Yoga, aus vollem Herzen zu lachen, spazieren zu gehen, lesen und Geschichten voller Lust zu schreiben, griechische Mythologie, die New York Rangers, Comicbücher und Kaffee. (Nicht unbedingt in dieser Reihenfolge.) Sie lebt mit ihrem Ehemann, ihrer Tochter, einem Hund, zwei Katzen, einer Gruppe Hühner und zwei Jersey-Rindern zusammen.

Wenn sie keine peppigen Geschichten schreibt, genießt sie es, den Tag mit ihren Tieren in den sanft abfallenden Hügeln von Pennsylvania zu verbringen, mit einer frischen Tasse Kaffee in der Hand. Sie kann auch online auf Facebook, Twitter, Pinterest und Goodreads gefunden werden.

Webseite: vlloceyauthor.com

facebook.com/124405447678452

x.com/vllocey

instagram.com/vl_locey

bookbub.com/authors/v-l-locey

goodreads.com/vllocey

pinterest.com/vllocey

amazon.com/author/vllocey